quase belo

Também de Jamie McGuire

SÉRIE BELO DESASTRE

Belo desastre

Desastre iminente

Belo casamento

Algo belo

SÉRIE IRMÃOS MADDOX

Bela distração

Bela redenção

Belo sacrifício

Bela chama

Belo funeral

Todas as pequenas luzes

Red Hill

jamie mcguire

quase belo

Tradução
Cláudia Mello Belhassof

1ª edição
Rio de Janeiro-RJ / São Paulo-SP, 2025

VERUS
EDITORA

Título original
Almost Beautiful

ISBN: 978-65-5924-378-5

Verus Editora Ltda.
Rua Argentina, 171, São Cristóvão, Rio de Janeiro/RJ, 20921-380
www.veruseditora.com.br

CIP-BRASIL. CATALOGAÇÃO NA FONTE
SINDICATO NACIONAL DOS EDITORES DE LIVROS, RJ

M127q
McGuire, Jamie, 1978-
Quase belo / Jamie McGuire ; tradução Cláudia Mello Belhassof. - 1. ed. - Rio de Janeiro : Verus, 2025.

Tradução de: Almost beautiful
ISBN 978-65-5924-378-5

1. Romance americano. I. Belhassof, Cláudia Mello. II. Título.

CDD: 813
25-96041 CDU: 82-31(73)

Meri Gleice Rodrigues de Souza · Bibliotecária · CRB-7/6439

Revisado conforme o novo acordo ortográfico.

Seja um leitor preferencial Record.
Cadastre-se no site www.record.com.br e receba informações sobre nossos lançamentos e nossas promoções.

Atendimento e venda direta ao leitor:
sac@record.com.br

Para Jessica Landers

Minha mão direita, meu lado direito do cérebro, minha terapeuta,
minha maior torcedora, minha "vai ou racEha", minha melhor amiga.
Num sentido muito literal, eu não existiria sem você.

1

Recém-casados

ABBY

Finalmente estávamos sozinhos.

Travis se assomava sobre a cama e a bagagem, separando em silêncio a nossa roupa suja.

Não podíamos nem chamar aquela rápida viagem a Las Vegas de vendaval — foi um furacão, daqueles que parecem não ter fim. Tínhamos fugido para nos casar, paramos para contar a novidade a Shepley e America e Trenton e Camille, em um encontro de família, e agora éramos só nós dois no nosso apartamento, esperando bem no olho do furacão. Claro, tudo ainda parecia calmo, mas saber o que estava por vir era quase pior.

Travis tinha ficado calado a maior parte do tempo desde que chegamos da casa do pai dele, aonde fomos dar a notícia do nosso casamento.

Jim aceitou bem. Bem demais. Ele ficou em êxtase, mas percebeu que tinha alguma coisa nos rondando. Agora que o país inteiro sabia do incêndio, percebi que Jim não queria perguntar.

— Trav, você está tão calado. No que está pensando?

Ele segurou meu vestido de casamento na frente dele e, depois de vários segundos, o pousou com cuidado sobre o edredom.

— Nada.

— Nada mesmo? — repeti com suspeitas.

— Principalmente sobre as poucas horas entre o casamento e a partida para o aeroporto. Não durou o suficiente.

Eu me arrastei pela cama, por cima da roupa suja, e entrelacei os dedos atrás do pescoço dele.

— Concordo. Parecia uma dimensão diferente. Mas o lado bom é que podemos ter todas as noites sozinhos que quisermos.

Travis sorriu, mas era um sorriso tenso. Ele olhou de novo para o meu vestido. O cetim e o tule estavam um pouco amassados e franzidos, em parte pela viagem, mas principalmente pela nossa noite de núpcias.

Travis estava certo, o tempo não tinha sido suficiente — aquelas horas mágicas e perfeitas entre os nossos *eu aceito* e a volta para casa —, mas aproveitamos ao máximo.

Embora Travis tivesse me beijado, me tocado e me abraçado muitas vezes antes, toda a empolgação dele com o casamento e o fato de ele poder me chamar de esposa faziam com que essas coisas antes familiares parecessem novas. Enquanto consumávamos nosso casamento obstinadamente, Travis me convenceu de que não queria mais nada nem ninguém, de que ser meu marido era a coisa mais importante do mundo.

Beijei o rosto dele e voltei para onde estava na cama, observando-o separar as roupas sujas. Na verdade, não eram muitas, mas ele fazia questão de virar cada peça do lado certo e esticá-la sobre a cama, algo que ele nunca tinha feito, e as quatro pilhas antigas de roupas no chão eram testemunhas disso.

Travis parecia determinado a se perder nas tarefas mundanas, fazer qualquer coisa para afastar a mente das questões e preocupações que rodopiavam dentro dele.

Levantei minha mão esquerda, encarando o anel de diamante do mesmo jeito que Travis tinha reverenciado meu vestido de casamento momentos antes. Agitei os dedos, curtindo a maneira como o diamante captava a luz, depois notei Travis me encarando quando entrou em foco logo atrás da minha mão. Um lado da sua boca se curvou em um meio sorriso, e ele deu uma risadinha.

— Ainda está tudo bem? — perguntou ele pela terceira vez desde que tínhamos chegado em casa.

— Ainda sou a sra. Maddox — respondi. — Então... sim. Mas eu queria que a gente tivesse mais tempo antes do início das aulas.

— Podemos faltar alguns dias — disse ele com um sorriso presunçoso.

A princípio, achei que estivesse brincando, mas, quando seu olhar encontrou o meu, ele soltou as roupas que segurava e foi até o outro lado da cama para se sentar comigo. Ele passou os olhos castanhos e acolhedores pelo meu rosto, e vi sua barba por fazer. Travis ainda era tão estonteante quanto no dia em que o conheci, com a pele tatuada esticada sobre os músculos enxutos e definidos.

As tatuagens que cobriam seus braços variavam de artísticas a tribais, mas nenhuma era tão preciosa para ele quanto o meu apelido, escrito em uma letra cursiva delicada sobre o pulso, ou a frase em hebraico na extensão das costelas, que ia da altura da axila até a crista do quadril. Dizia: *Pertenço à minha amada, e minha amada pertence a mim* — e eu era. Oficialmente.

Eu até tinha feito uma tatuagem em Vegas: *Sra. Maddox*. Para alguém que nunca tinha pensado em fazer uma tatuagem, eu não conseguia parar de olhar para ela... nem para o meu novo marido.

Marido. Essa palavra sempre me daria frio na barriga, eu tinha certeza disso.

Ele se aninhou no meu pescoço, dando beijinhos em pontos muito sortudos da minha pele.

— Nunca me senti tão tentada na vida, mas este semestre vou cursar estatística. Não quero perder nenhuma aula.

— Você vai se sair bem — disse ele. — Você resolve problemas do mesmo jeito que eu dou socos.

— Nada é tão belo.

Ele se recostou para ver a minha expressão, e uma dezena de emoções passavam pelo seu rosto. As sobrancelhas dele se aproximaram e finalmente pararam em adoração.

— A minha esposa é.

— Acho que eu nunca vou me cansar de ouvir você me chamando desse jeito.

— Ótimo. Assim eu não preciso me sentir tão idiota por ficar muito feliz com isso.

Ele virou a minha cabeça e encostou os lábios nos meus, pondo a outra mão entre as minhas costas e a cama, fazendo cada centímetro da minha pele implorar para tocá-lo em alguma parte.

— A gente tem tempo? — perguntou ele.

— Somos recém-casados, a gente arruma tempo — falei, me ajeitando sobre o colchão.

Travis levou as mãos para trás, segurou a camisa e a puxou por sobre a cabeça, jogando-a na pilha de roupas do outro lado da cama. Tirou a minha meia-calça preta com facilidade e depois me beijou por mais alguns instantes, antes de descer a mão e deslizar os dedos por baixo do algodão da minha calcinha.

Eu expirei, soltando um pequeno gemido. Esse som baixinho fez os movimentos do Travis ficarem menos pacientes, e ele arrancou a cueca e, sem nenhuma pausa, me penetrou.

Quando estava totalmente instalado, ele se obrigou a pausar, com a respiração alterada e quente na minha orelha.

— Eu devia... diminuir o ritmo... Eu vou...

— Não — falei, prendendo os tornozelos atrás dele. — Não desta vez.

Ele fez uma pausa por mais alguns segundos — tempo suficiente para me beijar —, mas, quando voltou a se mexer, não conseguiu desacelerar. Ele entrava e saía de mim, com os braços trêmulos, tão tomado pelo sentimento que ignorou o desempenho geral e permitiu que cada nervo fosse sobrecarregado com a maneira como sua pele parecia cercada e acariciada pela minha.

— Flor...

— Não para — sussurrei.

Ele parecia diferente e familiar ao mesmo tempo, abandonando o controle enquanto terminava.

— Meu Deus, como você é gostosa... Caral... — Ele gemeu durante o clímax, tremendo, mas segurando firme dentro de mim enquanto gozava.

Nós dois estávamos respirando com dificuldade, mas aí ele inspirou fundo e devagar, depois suspirou.

— Droga, me desculpa.

— Desculpa por quê? — perguntei, sorrindo enquanto beijava o rosto dele.

— Eu me empolguei um pouco.

— E isso é ruim? — continuei, mantendo minha perna sobre ele quando se deitou ao meu lado.

Travis encarou o teto.

— Não fiz amor com você, aquilo foi liberar a tensão.

— Por mim tudo bem.

Ele olhou para mim.

— Por que você me ama tanto? Fico pensando em como eu sou um fodido e você simplesmente... me entende. Você já sabe de tudo antes mesmo de eu explicar.

— Não sei de tudo — falei, passando os dedos em seu bigode.

— Isso provavelmente não é um bom sinal — disse ele, meio de brincadeira.

— Bom, eu não te amo pela sua aparência, isso é só paixão. Eu não te amo por causa da nossa química no sexo, isso é só desejo. Eu não te amo porque você me ama, isso é só empatia. Eu não te amo pelo que você pode me dar ou fazer por mim, isso é só uma transação. Eu não te amo pela maneira como você me trata, isso é só gratidão. Eu não te amo porque você me mantém segura, isso é só proteção. Eu não sei dizer por que te amo, baby. E é por isso que eu sei que é pra valer.

Travis cerrou os lábios e balançou a cabeça, tocando o nariz no meu.

Fechei um olho com força.

— A gente provavelmente devia...

Ele se virou de costas com um gemido.

— Eu sei... Eu sei. Que tal a gente só tirar um dia de folga no fim de semana?

— Eu topo.

Travis se levantou, estendeu a mão para mim e me ajudou a levantar. Não conseguimos evitar o sorriso enquanto nos vestíamos, então eu dei uma olhada geral no nosso quarto e apoiei as mãos nos quadris, soprando um fio solto de cabelo do rosto.

— Não é muita coisa, Flor. A gente consegue arrumar tudo hoje à noite.

— Eu sei, é só que... nada. Deixa pra lá. Sabe — falei, dando outra olhada demorada e firme —, é que eu percebi como o seu quarto está diferente de quando a gente se conheceu.

Travis vasculhou a pintura em cada canto. Poucos meses antes, havia um sombreiro pendurado na parede, agora havia molduras com fotos em preto e branco penduradas ali e por toda parte. Registravam momentos de todas as etapas do nosso relacionamento: amigos, inimigos e namorados. Não era de surpreender que estivéssemos sorrindo em todas as fotos ou que Travis estivesse de algum modo me tocando.

Eu senti falta do nosso quarto, mas da última vez que estivemos nele, eu estava pedindo Travis em casamento, e ele estava com o rosto sujo de fuligem por causa do incêndio ocorrido pouco tempo antes.

Um indício de fumaça ainda se espalhava pelo ar.

— Que olhar é esse? — perguntou Travis, tensionando o corpo.

— Nada — respondi.

— Não é nada. Eu vou te fazer feliz; só quero que você saiba disso. Que acredite. Não vai ser tão diferente, a não ser pelo fato de que vamos nos encontrar em casa toda noite, o que não me parece tão ruim...

Inclinei a cabeça.

— Não parece *tão ruim?* Travis, para. Você está agindo como se eu fosse mudar de ideia a qualquer momento.

— Você vai?

Franzi a testa.

Os ombros dele afundaram.

— Desculpa. Não consigo evitar.

Dei alguns passos até estar a poucos centímetros dele.

— Olha pra mim. Bem aqui — falei, usando o dedo indicador e o do meio para apontar para os meus olhos. — Eu não vou mudar de ideia, Trav. Eu estou muito, *muito* feliz. Eu juro.

Seus músculos relaxaram.

— Eu fico tentando afastar esse pensamento da minha cabeça, mas ele não quer ir embora.

— Tem sido uma montanha-russa. Eu não culpo você por se sentir assim; ninguém culparia.

Ele fez que sim com a cabeça e deu um sorriso contido.

— Tá bom. Não vou mais tocar nesse assunto.

— Vai, sim. Porque, se não tocar, não tenho como te tranquilizar. E eu vou fazer isso um milhão de vezes, se for necessário.

— Meu Deus, como eu te amo, Flor.

Eu me apoiei na ponta dos pés e dei um beijo na ponta do nariz dele.

— Eu te amo. É melhor a gente dar logo um jeito nessas roupas pra poder relaxar hoje à noite.

Travis pegou um cesto vazio no fim do corredor. A porta da secadora se abriu, e depois a da lavadora, e Travis voltou com roupas quentinhas, frescas e secas para dobrar.

Estendi a mão para uma toalha e comecei a dobrá-la.

— Shep e Mare parecem ter aceitado.

Ele fez que sim com a cabeça e, com a mesma velocidade em que relaxou, pareceu recuar de novo para dentro da própria concha.

— Seu pai está feliz. E, não importa o que a America diga, ela também está feliz. Shepley conseguiu um quarto no Helms Hall. Parece que foi tudo predestinado.

— Isso foi... complicado — disse Travis.

— O que foi complicado?

— Pedir pro Shep e pra Mare mentirem. Não contar a verdade pro meu pai.

— Eles não estavam lá. Eles não vão mentir... eles só vão... esquecer da conversa por telefone que tivemos antes de partir. As emoções estavam acirradas. Eles não se lembram bem.

— Não quero ver ninguém encrencado por minha causa. Muito menos você.

— Ninguém vai ficar encrencado. Está tudo resolvido.

Travis encontrou o meu olhar.

— Resolvido, né?

— Você sabe o que eu quero dizer. — Peguei uma das pilhas nos braços e me virei para a porta, pensando se, assim como eu, Travis se sentia satisfeito e, apesar disso, deslocado no nosso novo casamento.

— Aonde você vai? — perguntou Travis, tenso.

Girei levemente o corpo na direção do corredor.

— Pra lavanderia. — Ele fez uma careta, e eu ri. — Vou estar no fim do corredor, baby.

Ele fez que sim com a cabeça, mas dava para perceber que ainda estava preocupado que o nosso casamento fosse de algum modo apagado, como se não tivesse acontecido de verdade. Como se, no instante em que eu saísse do seu campo de visão, ele pudesse acordar sozinho na cama.

Passei pela porta em direção à sala de estar, parando menos de meio metro depois para empurrar a porta dobrável para o lado, revelando a lavadora e a secadora empilhadas. Os aparelhos eram barulhentos e estavam amarelados, além de serem mais velhos do que eu, mas funcionavam bem. Eu só coloquei metade das roupas que estava carregando, sabendo que o tambor minúsculo não aguentaria mais do que isso. Pouco depois de eu colocar o sabão, virar a maçaneta e fechar a tampa, alguém bateu na porta.

Deixei o resto das roupas caírem no chão e pulei por cima delas para me apressar pela sala de estar. Espiei pelo olho mágico e engoli em seco, parando por um instante para organizar meus pensamentos antes de abrir a porta.

— Oi — falei, tentando parecer surpresa.

Os policiais estavam à paisana — o que significava que eles eram detetives — e não pareceram nem um pouco surpresos ao me verem.

— Srta. Abernathy? — perguntou o da esquerda. Ele era gordo, com uma barriga que saltava por cima da fivela do cinto, e usava um terno de tweed surrado que estava um pouco apertado. O distintivo acima do bolso do casaco dizia *Gable.*

Seu parceiro, Williams, estava muito bem-vestido com uma camisa social roxa e a gravata combinando. Ele cruzou os braços, e suas feições lisas e escuras eram o oposto da pele rosada com sardas de Gable.

— Era eu. Agora sou sra. Maddox — respondi, sabendo que Gable estava confirmando, não perguntando.

— Ah, é? Estamos procurando Travis Maddox. Seu... marido?

— Sim. Ele está aqui. Está no banheiro — falei, na esperança de que Travis não conseguisse nos ouvir por causa do barulho da lavadora. Seria muito mais fácil acobertá-lo se ele ficasse escondido no quarto. Eu precisava prepará-lo. Ele não era tão bom mentiroso quanto eu, até porque nunca tinha precisado ser. Eu não me lembrava de tê-lo ouvido mentir nem uma vez nos sete meses desde que nos conhecemos.

— Podemos entrar por um instante? Precisamos falar com ele — disse Williams.

— É sobre o incêndio? — perguntei.

Os detetives se entreolharam, já sentindo que estavam um passo à frente.

— Sim — respondeu Gable. — O que você pode me dizer sobre esse assunto?

— Eu vi no noticiário. Assim que arrumarmos as malas, nós vamos até a casa da fraternidade dele. Ele perdeu alguns irmãos. Ele está arrasado — falei, sabendo que essa parte não era mentira.

— Você disse que é esposa dele — começou Gable. — Isso é recente?

— Nós fugimos para nos casar no fim de semana. Em Vegas. Voltamos antes pra casa por causa do incêndio.

Gable estreitou os olhos.

— Temos algumas testemunhas oculares que disseram que Travis pode ter sido visto no prédio no momento do incêndio. Falaram nos depoimentos que ele era um oponente habitual no, hum... — explicou ele, procurando no bloco de anotações — círculo de lutas itinerante. — Ele pronunciou cada palavra como se estivesse falando um idioma estrangeiro.

— Bom... Acho que é ilegal mentir pra vocês — argumentei, segurando firme na porta. Os homens se aproximaram, ansiosos para ouvir a minha confissão. — Nós fomos algumas vezes. Não tem muita coisa pra fazer em Eakins. — Expirei e depois fingi estar desconfortável e constrangida quando eles não acharam graça na minha piada.

Gable se inclinou, percebendo alguma coisa atrás de mim.

— Sr. Maddox?

Eu me virei e vi Travis congelado no corredor.

— Oi, baby — falei. — Esses policiais ouviram dizer que você estava na luta no último fim de semana. Eles estão fazendo perguntas.

— Podemos entrar? — pediu Williams.

— Claro — respondeu Travis, pulando por cima da pilha de roupas que eu tinha deixado no chão. Ele limpou as mãos na calça e apertou com firmeza primeiro a mão de Williams, depois a de Gable, enquanto eles se apresentavam como detetives. — Travis Maddox.

— Prazer em conhecê-lo, senhor — cumprimentou Gable, sacudindo a mão em reação à pressão do cumprimento do Travis. Gable entrou e passou por mim; era perceptível que estava desconfiado do homem que confrontava.

— Você já conheceu a minha esposa — disse Travis enquanto eu fechava a porta depois que os detetives entraram.

Os homens fizeram que sim com a cabeça. Williams fungou.

— Vocês foram de carro ou de avião para Las Vegas?

— De avião — respondemos em uníssono, depois sorrimos um para o outro. Travis pegou a minha mão quando nos sentamos no sofá grande.

Williams preferiu a poltrona reclinável. Gable ocupou a maior parte do sofá de dois lugares.

— As testemunhas estão mesmo dizendo que ele estava lá? — perguntei.

— Na verdade, que vocês dois estavam — informou Gable, escrevendo alguma coisa no bloco de anotações. — Vocês guardaram o cartão de embarque?

— Sim — respondi, me levantando. Fui até o quarto e procurei na bolsa os cartões de embarque e o recibo do hotel. Eu queria deixar tudo à mão para quando os investigadores chegassem para interrogar Travis sobre o seu paradeiro. Peguei meu vestido de casamento ao sair. Eu não queria deixar Travis sozinho com os detetives por mais tempo do que o necessário.

— Que rápida — disse Williams, desconfiado.

— Acabamos de chegar, não tem nem duas horas — retruquei. — Estava tudo na minha bolsa. Aqui — falei, entregando a ele os cartões de embarque e o recibo do hotel.

— Esse é o seu, hum... — começou Gable, apontando para o vestido pendurado no meu braço.

— É — respondi, com um sorriso orgulhoso. — Ah! — exclamei, assustando Travis. Eu me apressei de novo pelo corredor, jogando o vestido na cama e voltando para a sala de estar com uma caixa de DVD na mão. — Vocês querem ver a cerimônia?

Antes que um deles pudesse responder, enfiei o disco no aparelho e peguei o controle remoto. Eu me sentei ao lado do Travis, me aninhando nele enquanto assistíamos ao vídeo que o mostrava inquieto ao lado do celebrante. Beijei seu rosto, então ele se virou para mim e encostou os lábios nos meus.

— Está certo — disse Williams, se levantando. O celular dele tocou, e ele o levou ao ouvido. — Williams. O quê? Quando? Isso é mentira, e você sabe.

Travis me lançou um olhar ligeiro, mas eu apertei a mão dele enquanto mantinha um sorriso no rosto. Encarei a televisão. A gravação me permitia fingir facilmente que eu não estava prestando atenção a cada palavra de Williams.

Gable perguntou ao parceiro, sem emitir som: *O que foi?*

Williams balançou a cabeça.

— Sim, senhor. Estamos aqui neste momento. Entendo, senhor. Sim, senhor. — Ele suspirou e guardou o celular, olhando para Travis com uma expressão irritada. — O Departamento Federal de Investigação vai assumir o caso. Tenho certeza de que eles terão mais perguntas para vocês.

— O FBI? — quis saber Travis.

Williams franziu a testa para o parceiro chocado.

— Parece que sim. Tenha um bom dia, sr. Maddox. Parabéns e boa sorte.

Travis se levantou, me levando com ele. Observamos os detetives indo embora, depois Travis começou a andar de um lado para o outro.

— Trav — falei, estendendo a mão. Ele não parou para me deixar alcançá-lo. — Travis, para. Vai ficar tudo bem. Eu juro.

Ele se sentou no sofá, apoiando os cotovelos nos joelhos e cobrindo o nariz e a boca com a mão. Travis balançava os joelhos, e ele respirava com dificuldade.

Eu estava me preparando para uma explosão.

Então me sentei ao lado dele, tocando seu ombro musculoso.

— Nós estávamos em Vegas, nos casando. Foi isso que fizemos, e é o que vamos continuar dizendo. Você não fez nada de errado, Travis. Aconteceu uma coisa terrível, mas não vou deixar que isso te derrube.

— Abby — disse Travis por trás das mãos. Ele fechou os olhos e respirou fundo. — Você sabia que isso ia acontecer?

Beijei seu ombro.

— O que você quer dizer?

— Que eu ia precisar de um álibi?

Meu coração começou a martelar no peito, socando minha caixa torácica.

— Do que você está falando?

Ele se virou para mim com um medo sutil nos olhos, já se arrependendo da pergunta que ia fazer.

— Me fala a verdade.

Dei de ombros.

— Tá bom...

— Você se casou comigo pra não me deixar ser preso?

Engoli em seco. Pela primeira vez, tive medo de que a minha famosa cara de paisagem não conseguisse me salvar. Se eu admitisse ter criado o álibi, Travis não acreditaria que eu também me casei com ele porque o amava e queria ser sua esposa. Ele não acreditaria que o único motivo para que eu aceitasse ser sua esposa enquanto estava no primeiro ano da faculdade — com apenas dezenove anos — era esse amor. Eu não podia contar a verdade nem queria que o nosso casamento começasse com uma mentira tão grande assim.

Abri a boca para falar, sem saber qual caminho seguir até as palavras saírem.

2

Luz

TRAVIS

Pouco antes de a minha mãe morrer, eu me lembro de abraçar sua perna enquanto ela estava lavando a louça. Raios de sol brancos e suaves entravam em cascata na cozinha, criando um brilho suave que envolvia o perfil e as roupas dela. A luz destacava as partículas de poeira que caíam ao nosso redor.

Minha mãe lavava tudo devagar, garantindo que os pratos e as panelas não batessem uns nos outros, cantarolando uma canção que ficou registrada para sempre na minha cabeça. A casa estava em silêncio, e os únicos sons eram a água e a espuma de sabão batendo com delicadeza nos pratos e aquela doce canção.

A vida inteira eu tentei descobrir a melodia que ela sempre cantarolava pela casa, mas deve ter sido inventada, porque nunca mais ouvi nada igual. O único lugar em que ela existia agora era nas minhas lembranças. As mais nítidas daquele dia, o dia que, eu só percebi muito depois, marcava o início de uma despedida terna e demorada.

Todos os meus irmãos mais velhos estavam na escola desde que Trenton tinha começado o jardim de infância. Estar sozinho com a minha mãe era a melhor parte do meu dia.

Eu amava os meu irmãos, mas tê-la só para mim era um luxo que cada um de nós só conseguiu viver por pouco tempo. Eu não tinha certeza se pressentia o que estava por vir, mas me sentia muito consciente de que o tempo com ela estava voando.

Minha mãe ria de como eu era grudento, mais do que os outros meninos tinham sido, mas não se incomodava com isso. Seria uma ilusão acreditar que sua paciência infinita comigo derivava do fato de que eu era o bebê e ela sabia que seria o último filho. Minha mãe sabia que estava doente e curtia cada momento da vida pelo tempo que podia.

Ser amado pela Abby me lembrava dessas duas coisas: a sensação de estar tão calmo, tranquilo e calado, como eu me sentia agarrado na minha mãe na cozinha, ouvindo-a cantarolar aquela linda canção. E a sensação inabalada e inexplicável — uma sensação que eu não entendia — de que o meu tempo com ela podia acabar a qualquer momento.

Eu sabia que Abby me amava. Ela já tinha dito isso inúmeras vezes, mas o mais importante era que ela demonstrava isso com ações. Caramba, até quando ela estava com raiva de mim era para meu próprio bem. Apenas duas mulheres na minha vida tinham feito eu me sentir assim.

Eu não podia perder Abby. Se isso significava mentir para a polícia, mentir para os meus amigos, minha família e para o mundo, eu faria o que fosse preciso. Eu não era o mesmo sem ela. Com ela, eu era diferente... era melhor.

Minha esposa me dava propósito, encontrar novas maneiras de amá-la e fazê-la feliz me dava algo pelo que ansiar. Não havia nada nem ninguém que me deixasse mais feliz.

Naquele momento, esperando que ela respondesse por que tinha se casado comigo, milhares de cenários passaram pela minha cabeça. Se ela dissesse tinha se casado comigo para que eu não fosse preso, nada iria mudar. Eu ainda ia querer ser seu marido e ainda teria esperança de que, apesar de a situação ter antecipado as coisas, eu eventualmente a faria acreditar que havia tomado a decisão certa.

Algumas pessoas podem até me chamar de babaca egoísta, mas ela não teria feito isso se não me amasse. A questão era o momento certo, as convenções sociais, mas não o amor. Se ela aliviasse os meus medos e dissesse que sim, afinal ela quis se casar comigo apenas uma hora depois do incêndio, eu acreditaria nela? Será que eu estava tão certo das minhas suspeitas que ia considerar isso uma mentira? Se ela estivesse mentindo, isso significava que eu não podia confiar nela?

Era evidente que as engrenagens estavam girando na cabeça de Abby também, e ela se mexeu no assento ao meu lado no sofá, tentando manter sua cara de paisagem sólida como uma rocha.

Quando suas feições estavam suaves num momento tenso, ela estava escondendo alguma coisa. Parte de mim tinha um problema real em começar um relacionamento com segredos.

Eu era seu marido; eu tinha me tornado melhor por nós dois. Minha vida inteira estava diferente por causa dela. Eu queria que ela confiasse em mim e contasse a verdade. Mas, no fim das contas, e se a situação fosse inversa e fosse eu quem tivesse medo que ela não me deixasse salvá-la...? Pode apostar que eu ia mentir. Num piscar de olhos. Eu mentiria sem nenhum constrangimento. De repente, fiquei com raiva de mim mesmo por ter feito a pergunta. *Será que eu realmente quero saber?*

Antes que eu pudesse voltar atrás, ela começou a falar.

3

Mentirinha à toa

ABBY

— Travis — comecei, tocando no joelho dele. — Eu me casei com você porque eu te amo.

Ele hesitou. Travis não queria ter feito essas perguntas, e eu preferia que ele não as tivesse feito. Mesmo assim, pareceu que ele não pôde evitar.

— Esse é o único motivo? — Assim que as palavras saíram da sua boca, vi que se preparava para a dor excruciante que a minha resposta poderia provocar.

— Não.

Seu peito oscilou como se todo o ar tivesse sido arrancado dele. Uma hora atrás, ele começava a aceitar que o nosso fim de semana não tinha sido um sonho. Um mês antes ele teria destruído o apartamento, sem conseguir distinguir o sofrimento da ira.

Dava para ver que ele lutava contra a vontade de agredir o objeto inanimado mais próximo, mesmo sob a imensa dor que estava sentindo. Ver aquele conflito em cada minúsculo movimento da sua expressão me fez amá-lo ainda mais.

Travis encarou o chão ao falar.

— Abby, quando eu digo que te amo... Eu não sabia, até este momento, que eu queria alguma coisa mais do que ter você como esposa. — A respiração dele falhou, e ele pigarreou para afastar o tremor da voz. — A verdade é que... o mais importante pra mim é a sua felicidade. Você não precisava fazer isso se não fosse uma coisa que realmente quisesse.

— Eu *estou* feliz. Hoje, eu estou mais feliz do que nunca. Amanhã eu vou estar ainda mais feliz. Mas a sua felicidade também é importante pra mim, Travis, e... — Hesitei.

Não importava de quantas maneiras eu tentasse explicar, Travis não entenderia. Fugir para Vegas para nos casar e salvá-lo da cadeia significava mais para mim do que decidir, por capricho, me casar aos dezenove anos. Talvez não fosse tão romântico quanto Travis achou que o pedido aleatório e impulsivo seria, mas eu tinha colocado a razão acima dos meus sentimentos. Para mim, era uma prova de que o meu amor por ele transcendia todo o resto, mas eu não tinha certeza de que Travis veria a coisa da mesma maneira.

— Fala logo, Flor. Eu preciso que você fale. Eu só... preciso saber a verdade — disse ele, derrotado.

Segurei o rosto dele e rocei os meus lábios na sua orelha.

— Quando achei que você estava preso no meio daquele incêndio, eu soube. Eu soube que nunca mais ia amar ninguém, que você era o único. Soube que queria passar o resto da minha vida com você e achei que já era tarde demais. Eu sou a sua amada — sussurrei. Minhas sobrancelhas se juntaram. — E você é o meu amor. A gente ter se casado... Sei lá, sinto que é pra valer. Para sempre. Ser sua esposa é o que eu quero. É tudo o que eu quero.

Ele se virou, tocando no meu rosto com a ponta dos dedos, e procurou nos meus olhos o menor indício de que eu não estivesse sendo completamente sincera.

Dei um sorrisinho para ele, guardando as minhas preocupações bem no fundo. As palavras que saíam pelos meus lábios eram a verdade, mas eu sentia a necessidade de protegê-las como se elas fossem mentiras.

Travis não precisava saber que eu queria salvá-lo. Ele só precisava saber por quê.

Ele fez que sim com a cabeça, expirando enquanto os músculos relaxavam.

— Você já desejou muito alguma coisa, algo muito inalcançável, a ponto de sentir tanto medo que quase não consegue acreditar que essa coisa realmente aconteceu?

— Sim — sussurrei, beijando seus lábios. — Agora nós somos um só. *Nada* vai mudar isso. Nunca.

— Não sei — disse ele, balançando a cabeça. — Uma sentença de vinte e dois anos de prisão pode mudar tudo.

— Como é que você pode achar que não tem nenhum controle sobre o que acontece com a gente? Você me deixou tão apaixonada que eu pedi você em casamento aos dezenove anos.

Ele deu uma risada.

Ergui uma sobrancelha.

— Você já parou pra pensar que eu pedi você em casamento porque sou eu quem tem medo de te perder?

Isso o surpreendeu, e aí ele pareceu irritado.

— Pra onde eu iria? — perguntou ele, me puxando para o colo. — Você é a minha âncora. Não existe nada no mundo que eu poderia querer se essa coisa me afastasse de você.

Os cantos da boca do Travis se curvaram para cima, mas só por um segundo.

— Eu vou ser investigado pelo FBI, Flor. E se eu for preso? E se eu ficar longe por muito tempo?

Balancei a cabeça.

— Não vai acontecer nada disso. Você não estava lá. Nós estávamos em Vegas nos casando. — Levantei a mão, balançando os dedos para a luz refletir nas facetas do meu diamante.

A expressão dele fez os meus olhos se encherem de lágrimas, e eu joguei os braços ao redor da sua cintura, abraçando-o com força, apoiando meu queixo na curva do seu pescoço. Eu não precisava esconder que estava com medo.

— Eu não vou deixar que levem você pra longe de mim.

— Alguém vai ter que pagar pelo que aconteceu.

Meus olhos dançaram pelo nosso apartamento, olhando para as velinhas que eu tinha comprado no Shopping de Eakins e para o cinzeiro que Travis mantinha perto da porta e levava para fora quando ia fumar. Pensei na sua espátula preferida ao lado da minha colher de servir preferida na gaveta da cozinha, nos seus copinhos de shot ao lado das minhas canecas de café, nas suas meias de academia fedorentas misturadas com a minha renda da Victoria's Secret.

Pensei no campus da Estadual de Eastern e em como fiquei eufórica quando Travis conseguiu me encontrar no meio de um mar de alunos, pensei também naquela vez que o refeitório todo começou a cantar só porque ele queria ajudar a tirar a atenção de cima de mim.

Eu tinha me mudado do Kansas para Illinois para fugir do meu passado e logo de cara esbarrei na última pessoa com quem eu queria me envolver — e que por acaso era justo a pessoa que me amaria mais intensa e incondicionalmente do que qualquer outra já tinha me amado.

Travis Maddox me fazia sorrir, me fazia ansiar pelos dias que estavam por vir. Não existia Abby sem Travis.

— Não vai ser você — falei. — Não foi você quem escolheu o prédio. Não foi você quem pendurou as lanternas. O incêndio foi um acidente, Trav. Um acidente horroroso e terrível, mas, se alguém tem culpa, não é você.

— Um dia eu vou ter que falar a verdade, Flor. Como posso explicar isso tudo pro meu pai? Como vou contar pros meus irmãos que participei daquilo? Alguns dos irmãos da nossa fraternidade se foram pra sempre. Porra — disse ele, passando a mão no cabelo curto. — O Trenton quase morreu naquele incêndio.

— Mas não morreu. Travis? — Balancei a cabeça. — Você não pode contar pra eles. Você não pode contar pra ninguém. Porque, se você contar e eles não te entregarem, também vão ficar encrencados.

Ele pensou por um instante e depois fez que sim com a cabeça.

— Mas... e se eles prenderem o Adam?

Olhei para baixo.

— Ele já foi preso.

— O quê? Onde foi que você ouviu isso?

— No noticiário, enquanto a gente estava em Vegas.

— E você não me contou? Flor!

— Eu sei! Eu sei. Mas não queria estragar nada. O que a gente podia fazer? O que mudaria se eu tivesse contado pra você?

— Se eu soubesse que ia ser preso...

— Você não vai ser preso!

— Se eu soubesse, não teria te arrastado comigo! — Travis percebeu o que tinha dito e massageou a nuca.

Fiquei calada.

— Talvez seja você quem esteja pensando melhor nessa história de casamento.

— Não — disse ele, balançando a cabeça. — Não, eu juro por Deus que não é isso.

— Uau — falei, sentido um buraco no estômago. — Como foi que isso nunca passou pela minha cabeça?

Ele pegou o meu queixo com delicadeza entre suas mãos fortes.

— Porque nunca passou pela minha.

Encarei suas íris douradas e preocupadas.

— Vamos dar um passo de cada vez. O primeiro deles é o nosso casamento. Nós dois estamos sempre em primeiro lugar — argumentei, tocando no seu peito com um dedo. — Primeiro nós, a nossa família, e depois o mundo. O Adam pode ser muitas coisas, mas não é um dedo-duro.

Na verdade, eu não sabia como lidar com a variável Adam. Até as pessoas mais fortes podem agir de modo diferente quando estão com medo. Se uma única pessoa presente naquele porão durante a luta estivesse disposta a testemunhar, nosso álibi podia não servir para nada.

Travis assentiu, depois me beijou. Seus lábios se demoraram ali, e eu os senti tremendo nos meus antes de ele finalmente se afastar apenas o suficiente para falar as palavras seguintes, roçando na minha boca.

— Eu te amo, porra — sussurrou ele.

A maçaneta da porta se mexeu, e Shepley e America irromperam porta adentro, os dois com sacolas marrons enormes e tagarelando sobre homus de coentro e pimenta jalapeño. Eles pararam logo atrás do sofá, nos encarando enquanto estávamos congelados num abraço.

— Que porra é essa, Shep? Bate na porta! — esbravejou Travis.

Shepley deu de ombros, movendo as sacolas também.

— Eu moro aqui!

— Morava. Você morava aqui. Eu estou casado. Você agora é vela. Velas batem antes de entrar — disse Travis.

America tirou as chaves da mão de Shepley e as levantou para Travis ver.

— Não se a vela tiver a chave — rebateu ela. — A propósito, Shep fez o Brazil emprestar a picape dele pra terminar a mudança da Abby. Obrigada, de nada.

Ela se virou para a cozinha reclamando e fazendo um sinal para Shepley segui-la. Ainda estava com raiva porque fugimos para nos casar, ignorando o fato de que escapar no meio da noite sem contar a ninguém foi o único jeito possível.

Eles abriram todos os armários e começaram a descarregar as sacolas, enchendo as prateleiras quase vazias com latas, caixas e embalagens.

— Eu ajudo — falei, começando a sair do colo do Travis.

Ele me puxou de volta, se aninhando no meu pescoço.

— Ah — reclamou America. — Agora você é uma mulher casada. Deixa que as velas guardam os duzentos dólares de alimentos que acabamos de comprar.

— Uau! Boa, Shep! — disse Travis, voltando seu olhar para a cozinha por tempo suficiente para Shepley dar uma piscada para ele.

— Eu compro, você cozinha. Isso não mudou, certo, Trav? — comentou Shepley.

— Certo — confirmou Travis, levantando o polegar. — Quem ia querer comer no refeitório três vezes por dia?

— Você vai ter que me ensinar, baby — falei com timidez.

— A cozinhar? — perguntou Travis.

Fiz que sim com a cabeça.

— Mas, se eu te ensinar, não vou poder cozinhar pra você com a mesma frequência.

— Exatamente — brinquei, dando um tapinha no joelho dele. — Eu quero ajudar.

Ele deu um sorrisinho, e a sua covinha afundou no rosto.

— Então a resposta é não.

Belisquei de brincadeira um pedaço de pele pouco abaixo do seu braço, rindo quando ele gritou.

America passou pelo sofá grande e foi para o de dois lugares, onde o controle remoto estava enfiado entre as almofadas. Pensei em alertá-la de que aquele detetive grandão tinha aquecido o estofado como uma galinha chocando o seu ninho, mas, antes que eu conseguisse falar, America puxou o controle remoto até soltá-lo. Ela o apontou para a televisão, observando a tela piscar e mostrar instantaneamente o noticiário local. Eles ainda estavam cobrindo o incêndio, com o repórter parado em frente ao edifício Keaton, e havia manchas pretas sobre as janelas enquanto palavras amarelas rolavam na parte inferior da tela.

Levei a mão à garganta e engoli em seco, me lembrando de ter sufocado com a fumaça e de como foi apavorante ver as chamas se aproximando. Eu estava confusa, perdida e com medo, sentindo que a morte podia chegar a qualquer momento — até ouvir a voz do Travis entre os gritos e choros no salão principal.

America se sentou lentamente no sofá de dois lugares, deixando as mãos e o controle remoto pousarem entre as pernas.

— A Emily Heathington morreu naquele porão. Ela fazia hidroginástica comigo — disse America, rindo sem humor. — Ela odiava água. Dizia que a ideia de mergulhar e não ter fôlego para voltar à superfície a deixava claustrofóbica. Se inscreveu nas aulas pra tentar encarar o medo. O fato de ela morrer desse jeito... é quase uma piada de mau gosto.

— Mare — alertei, percebendo a expressão do Travis.

— Fico muito feliz que vocês tenham escapado — desabafou America, secando o rosto. — Não sei o que a gente faria se tivesse acontecido alguma coisa com um de vocês. — Ela se levantou, jogando o controle remoto para Travis. — É. Até se fosse com você, seu babaca.

Travis pegou o estreito retângulo preto com uma das mãos e se virou de novo para a cozinha.

— Será que a gente devia ir na Sig Tau?

— Acabei de sair de lá — respondeu Shepley. — Está bem silencioso. Muita gente sentada encarando o chão.

— Eles estavam falando em fazer uma vaquinha — comentou America.

Travis fez que sim com a cabeça.

— Pois é. A gente devia fazer isso mesmo.

— Travis — disse Shepley. — Como é que você vai pagar o aluguel, agora? Todo o dinheiro que o Adam ganhou com a luta foi confiscado, então não vamos receber nosso pagamento. Essa grana podia sustentar a gente o verão inteiro, e agora não vamos receber mais nada.

— Eu arrumo uma porra de emprego — respondeu Travis, se recostando.

America torceu o nariz.

— Fazendo o quê? Até hoje, você só ganhou dinheiro dando socos.

Olhei para ela franzindo a testa, mas ela só deu de ombros.

— A gente vai dar um jeito — falei. — Vi um anúncio de monitoria de cálculo no quadro de avisos ao lado da porta da sala de aula, antes do intervalo. Vou dar uma olhada nisso.

— Vai que é tua — resmungou Shepley. — Eu sou péssimo em matemática.

Travis fez uma careta.

— Papai e mamãe pagam as suas contas. Não sei por que você está choramingando.

— Seria bom não ter que pedir pra eles — reclamou Shepley.

— Não vamos encontrar nada que pague tão bem, eu te garanto. — Duas rugas se formaram entre as sobrancelhas do Travis. Ele expirou, balançando a cabeça.

— Como você mesmo disse — comecei, massageando as costas dele —, temos duas fontes de renda. Não tem problema você ganhar menos que antes. Mesmo que seja só a metade.

— Vou sentir falta daquele dinheiro — disse Travis, olhando para o nada. — Eu tinha muitos planos pra nós.

— Tipo um carro? — perguntei.

Ele reprimiu um sorriso.

— Não se preocupe.

Dei um soquinho de brincadeira nele.

— O que você quer dizer?

— Quero dizer que eu já cuidei disso.

— Você comprou um carro pra gente? — perguntei, me sentando. Eu nunca tinha tido um carro.

O único meio de transporte do Travis era sua Harley Night Rod. Embora ele ficasse incrivelmente sexy andando nela, não era prático, era um pouco frio demais no inverno e impossível na chuva.

Nós pedíamos carona ao Shepley ou pegávamos o carro dele emprestado, mas, agora que estávamos casados, isso ia mudar. Tudo ia mudar. Não éramos mais universitários que podiam depender dos outros para ganhar uma carona; éramos um casal e havia certa expectativa — principalmente sobre nós — de sermos responsáveis e autossuficientes.

O casamento era muito mais que uma cerimônia e algumas promessas. Eu nem pensava no fato de que Travis tinha um colega de quarto quando era só sua namorada, mas o casamento mudava isso também. Assim como agora era diferente não ter um carro ou um emprego ou... A realidade de tudo isso começou a pesar sobre mim, e eu afundei de novo no sofá.

Travis franziu a testa, preocupado com a minha reação.

— O que foi, baby?

Shepley deu uma risadinha.

— Agora você vai à falência mesmo.

— Eu ainda tenho algum dinheiro sobrando. Eu economizei, sabe? E, pensando pelo lado positivo, com um carro, nós definitivamente não vamos precisar de você aqui o tempo todo — resmungou Travis.

Shepley fez uma careta, parecendo que de repente tinha sentido o cheiro de alguma coisa nojenta.

— Olha, isso é uma puta grosseria.

Travis me tirou do seu colo e se jogou por cima do sofá, derrubando o primo no chão de azulejos da cozinha.

Shepley grunhiu quando seu joelho bateu na porta do armário inferior e gritou quando Travis agarrou sua virilha.

— Para de lutar sujo, seu saco de merda! — gritou Shepley.

America saltou para trás, quase acertando as pernas rápidas do Travis. Fui até ela, dando uma chave no seu braço.

— Você tem certeza de que sabe onde se meteu? — perguntou ela. — Você entrou nessa, sabe? Agora é com você.

— Você é a próxima — falei, puxando o seu braço.

— Ah, nem vem. Só porque você se casou logo no primeiro ano, não significa que nós somos todos malucos. — Ela me olhou, confusa. — É que isso é meio... esquisito. Explica pra mim: você tem uma experiência de quase morte e aí decide fugir pra Vegas pra se casar?

— A gente não quer falar desse assunto, tá lembrada? — comentei.

Ela deu de ombros.

— Eu só... Eu preciso saber.

Dei alguns passos para longe dela e depois me virei, cruzando os braços.

— Não precisa saber, não, Mare. Deixa isso pra lá.

Os garotos pararam de lutar, e Shepley se levantou, respirando com dificuldade.

— Mare — alertou ele. — Você prometeu.

— Eu só... Eu ainda não entendi por que você fez isso. Todos nós sabemos que você ama o Travis, mas um casamento nem estava nos seus planos, Abby. Aí o incêndio acontece, e vocês simplesmente decidem fugir pra se casar... — A compreensão brilhou nos seus olhos. — Você está escondendo algo, né? Abby...? — começou America, desconfiada.

— Você tá sendo ridícula, só para — pedi.

— Mas estou certa, né? — perguntou ela. — Você fez isso pra ter um álibi. Quer dizer, isso faria sentido, eu não te culpo, mas...

— Não tem *mas* nenhum! — Apontei para Travis, que parecia estar prestes a vomitar. — Eu amo o Travis. Amei desde o instante em que o vi. Eu quase o perdi, Mare! — soltei, com a voz falhando. — Eu o vi do outro lado daquele porão e ele não conseguia chegar perto de mim. Ele não conseguia chegar perto de mim! Ele estava gritando pro Trent me levar pra um lugar seguro, e aquela podia ter sido a última vez que eu o veria. No que poderiam ter sido seus últimos momentos neste mundo, ele só estava pensando em mim e, apesar disso, se ele não tivesse se arriscado a morrer de um jeito horrível pra me encontrar e quebrar a janela pra gente escapar, eu não estaria aqui. Ele salvou a minha vida! Então, tenho certeza de que você está se perguntando se o incêndio me fez perceber que nunca vou amar ninguém como eu o amo, que ele me ama mais do que a própria vida e que eu não quero passar nem mais um segundo sem ele. Porque a resposta é sim!

Lágrimas marejaram os olhos de America.

— Abby...

— Não chora — falei, me obrigando a ficar calma. Eu não ficava brava com a America com frequência, mas ver a expressão no rosto do Travis me deixou desesperada para protegê-lo. — Para de chorar, Mare. Está tudo bem. Nós nunca mais vamos tocar nesse assunto. Nós não estávamos lá, lembra?

— Nós sabemos — disse Shepley. Ele abraçou a namorada de lado, ainda tentando recuperar o fôlego. Seu rosto estava corado por ter brigado sem sucesso com o primo, que era muito maior que ele. — Nós sabemos, certo, Mare?

O lábio inferior da America tremeu.

— Desculpa.

Eu me virei para abraçá-la, e Shepley se juntou a nós. Estendi a mão para Travis, e ele abraçou todos nós.

4

Prata

ABBY

Pratos, panelas e talheres batiam uns nos outros fazendo um barulho abafado pela água que escorria da torneira. O vapor subia da pia enquanto America e eu enxaguávamos os restos do macarrão com frango cajun, especialidade do Travis, dos pratos e os colocávamos na lava-louças.

Shepley estava limpando o fogão e as bancadas. Ninguém conversou muito durante o jantar, em parte porque Travis é um cozinheiro incrível, mas principalmente porque não sabíamos como falar sobre a verdade sem incriminar todos que estavam na sala.

Shepley terminou e deu um tapinha nas costas de America.

— Quer que eu assuma aí?

— Não, estamos bem — respondeu America. Depois que Shepley se juntou a Travis na sala de estar, ela fez uma pausa, deixando a água escorrer sobre o prato que estava nas suas mãos.

— Mare?

Ela fungou.

— Eu sou muito idiota, Abby. Eu não sei o que estava pensando — sussurrou ela. — Será que é melhor eu pedir desculpas pra ele?

— Não — respondi, mantendo a voz baixa. — Eu sei que você está preocupada comigo. Eu sei disso. Mas o Travis... Você não pode falar essas coisas na frente dele. Ele ainda está preocupado que isso não seja pra valer ou que eu vá mudar de ideia. Estou tão surpresa quanto você, Mare, mas também estou muito feliz. Eu juro.

— Isso é tudo o que eu precisava saber. Não vou perguntar de novo. Sobre nada disso.

— É por isso que você é a *melhor* amiga do mundo.

— Isso é verdade. Sou mesmo. Você tem muita sorte.

Dei um sorrisinho.

America apertou alguns botões, e a lava-louças começou a zumbir e gemer. Ela secou as mãos e ficou parada atrás de mim, então puxou os meus ombros em direção ao peito. Seu queixo se aninhou delicadamente no meu pescoço, e ela me deu um beijo no rosto.

— Logo, logo a investigação vai acabar. Vai ficar tudo bem.

— Eu sei — falei, ainda olhando para a pia.

Coloquei um pinguinho de detergente azul na palma da minha mão, esfregando a pele já esfoliada. Por mais sérios que eu tivesse achado os nossos problemas no passado, dessa vez estávamos encrencados de verdade — nós dois —, porque, se o Travis fosse preso, seríamos presos juntos.

Eu tinha acabado de mentir para os detetives, obstruí a justiça, ajudei e cooperei, sem falar que fui uma cúmplice voluntária antes, durante e depois do ocorrido. Mas eu estava disposta a aceitar as consequências, quaisquer que fossem, se isso significasse que Travis tinha pelo menos uma chance de escapar da cadeia. Olhei por sobre o ombro para o meu marido.

Ele estava de pé com seus braços volumosos e tatuados cruzados no peito, conversando com o primo. Ele virou o boné de beisebol vermelho para trás, mudando o peso de uma perna para a outra, como se não conseguisse ficar parado.

Shepley tinha um efeito calmante sobre Travis, e ia convencê-lo a sair do buraco em que estava metido.

Sorri e olhei para a água correndo sobre as minhas mãos, enxaguando a espuma do detergente, desejando que estivessem verdadeiramente limpas.

— Oi, Shep, tudo pronto — disse America.

Ela foi até Travis, deu nele um abraço forte e ficou ali por mais tempo do que seria natural para ela.

Travis olhou para mim, e eu sorri. Ele enroscou o braço no pescoço dela de um jeito brincalhão e beijou seu cabelo.

— Estamos de bem?

Ela o soltou e olhou para ele.

— Estamos?

Travis ficou sério.

— Somos uma família, Mare. Não importa o que aconteça, no fim das contas, nós sempre vamos estar de bem.

Ela o abraçou mais uma vez, depois Shepley fez o mesmo e os dois acenaram para mim antes de irem em direção ao Charger, estacionado lá fora.

Travis entrou na cozinha, apoiando as costas na bancada e cruzando os braços.

— Ela ficou mal, né?

— Ficou. Às vezes, a boca da Mare é mais rápida que o cérebro. Ela não percebeu o que estava falando quando disse aquilo.

— Que bom que ela disse.

— Sério?

— Você não chegou a falar de verdade sobre... o incêndio. Eu não saberia que você sentiu tudo aquilo se ela não tivesse dito o que disse.

Suspirei.

— Eu só pensei que, se guardasse tudo pra mim, não seria tão... apavorante. — Eu me virei para a pia. — Mas você tem razão. Preciso me comunicar melhor. Não posso ficar dizendo que estamos juntos nessa se você nem sabe como eu me senti durante o incêndio.

Ele foi para trás de mim e envolveu com os braços a minha cintura.

— Quer dizer, eu meio que sabia. Mas não sabia essa parte. Fico feliz que você saiba e tenha provas de que eu te amo mais do que a minha própria vida. Eu sempre vou te proteger.

— É uma via de mão dupla, baby. Você também precisa deixar que eu te proteja de vez em quando.

O sol estava começando a se pôr, lançando um brilho quente através da janela que ficava acima da pia. Minha vista era do estacionamento, dos apartamentos mais adiante e dos telhados dos prédios do campus aparecendo sobre as árvores, a alguns quilômetros de distância.

O céu ainda estava enevoado por causa da fumaça que tinha saído do Keaton Hall dias antes. O incêndio tinha sido uma das experiências mais apavorantes da minha vida, mas eu tinha sobrevivido. O medo, que para mim era apenas uma lembrança, tinha consumido os últimos momentos da existência de muitos dos nossos colegas de turma.

— Você ainda escuta? — perguntei. — Os gritos?

— Toda noite.

Fechei os olhos e apertei os braços dele com mais força ao meu redor.

— Vai ficar mais fácil, né?

— Não sei, Flor. Espero que sim.

Sequei as minhas mãos e me virei, indo em direção ao corredor. Ajeitei as roupas sujas, colocando mais na máquina, levando o cesto para o quarto e colocando-o sobre a cama. *É bom eu me ocupar.*

Travis entrou, fazendo o cesto quicar quando caiu de cara na cama. Ele inspirou fundo algumas vezes e depois se virou de costas, cruzando os braços atrás da cabeça. Ele encarou o teto enquanto eu contornava a nossa cama para pendurar meu vestido de casamento no varão da cortina.

Os galhos nus da árvore lá fora estremeceram com o vento. Da janela do quarto do Travis, eu tinha visto quase todas as estações alterarem aquela árvore, e agora aquela era a nossa janela.

— Me lembra de levar isso pra lavanderia, pra preservar — falei, alisando a saia.

— Preservar? Que diabos isso significa? — perguntou ele com um sorrisinho travesso.

— Impedir que ele fique amarelado. Mantê-lo limpo.

— Pra quê?

— Pra sempre — respondi, voltando para a cama. — Como nós.

Travis manteve o olhar no meu por um instante, me observando voltar para ele com um sorriso compreensivo.

Voltei à tarefa entediante mas bem-vinda de dobrar as nossas roupas de Vegas e as toalhas que tínhamos usado depois que nos lavamos para tirar a fumaça e a fuligem do incêndio. Eu queria que houvesse um jeito de fazer tudo desaparecer fácil assim.

Travis suspirou.

— Não é da prisão que eu tenho medo, Flor. Acontece que, mais ou menos desde a primeira vez que te vi, eu senti que... sei lá. Parece uma coisa perfeitamente normal na minha cabeça, mas eu sei que, se falar em voz alta...

— Fala logo.

— É que eu nunca achei que fosse conseguir ficar com você, mas agora que a gente tá junto... O que eu faço se nunca mais puder te ver? Ou tocar no seu cabelo? Ver os seus olhos na luz do sol? Sentir seu cabelo molhado no meu braço quando eu durmo à noite? A ideia de não ver você todos os dias me apavora.

Alinhei as meias dele e as dobrei juntas. Ficaram parecidas com Travis e eu: um monte grande e entrelaçado.

— Você está vendo essas meias? Elas são um par. Mesmo quando uma se perde, a outra tem que esperar ela voltar, porque elas sempre vão ser um parzinho. Mesmo quando estivermos separados, ainda seremos *nós*. A distância é meramente geográfica. Ela não muda nada. E, de qualquer maneira, isso também não importa, porque você não vai a lugar nenhum.

— Você não pode dar um jeito nisso, Abby — disse ele. — Eu não vou mentir. Se eu errei, mereço...

— Para — soltei, jogando as meias dobradas na cara dele.

Ele pegou as meias pouco antes de elas atingirem o alvo.

— Sou sua esposa. Seu dever é estar aqui comigo, me proteger, me amar. Você prometeu. Nós sempre enfrentamos uma batalha de cada vez. Agora não é diferente.

Ele fez que sim com a cabeça, olhando de novo para o teto. Depois de alguns minutos inquieto, ele se levantou num salto, pondo os pés no chão.

— Não posso ficar aqui. Isso está me deixando maluco. Vamos.

— Pra onde?

— Pinkerton's.

— A concessionária de carros? A gente não devia economizar dinheiro?

Travis deu um sorriso presunçoso.

— Eu já paguei. É só escolher a cor.

Arqueei uma sobrancelha.

— Não brinca comigo, Maddox.

Ele vestiu uma camiseta de mangas compridas e uma calça jeans limpa, depois se inclinou para calçar e amarrar as botas.

— Vamos nessa.

Eu não me afastei do cesto de roupas, mas Travis se aproximou, me dando um empurrãozinho com o quadril antes de pegar uma das minhas blusas e pendurar no cabide. Em menos de um minuto, tínhamos terminado de guardar as roupas. Encarei o armário com os braços cruzados, fingindo não estar impressionada com as minhas alternativas.

— Veste só um suéter e uma calça jeans, baby. Você é linda. Não precisa se esforçar.

Meu rosto ficou vermelho, e eu olhei para baixo.

— Eles fecham cedo, né?

— O quê? Você não quer um carro? *Vamos!* Mexe esse traseiro, sra. Maddox!

Dei uma risadinha, pegando a primeira calça jeans e o primeiro suéter que vi, me vestindo rapidamente e encontrando Travis na sala de estar.

Ele estava com as chaves do Shepley na mão, e seu rosto se iluminou quando me viu. Ele abriu a porta, gesticulando para eu ir na frente.

— Você só faz isso pra poder ficar olhando a minha bunda, né? — perguntei.

— Pode ter certeza, porra — confessou Travis, fechando a porta ao sair.

Descemos os degraus de mãos dadas, e eu respirei fundo.

— Estou sentindo cheiro de chuva.

— Ainda bem que eu pedi um Uber, então — disse ele, andando até um Volkswagen Jetta vermelho que estava nos esperando no estacionamento.

Travis abriu a porta traseira e me esperou entrar antes de correr para o outro lado para se sentar atrás do motorista. Depois de se instalar, ele pôs a mão na minha coxa e balançou a cabeça.

— O que foi? — perguntei. — Esqueceu alguma coisa?

— A cada cinco minutos, mais ou menos, eu me lembro e não consigo acreditar. — Ele se aproximou, pegando o meu rosto nas mãos antes de me dar um beijo na boca. Ele se afastou assim que o motorista deu a partida, fazendo uma careta quando começou a tocar uma música country no rádio. — Pode trocar de estação?

— Claro! — respondeu o homem, mexendo nos botões. — A temperatura está boa?

— Pra mim, sim — confirmou Travis —, mas minha esposa está com um pouco de frio.

— É pra já — disse o motorista.

— Espera, essa aí — pediu Travis quando começou a tocar Dexys Midnight Runners nos alto-falantes. Ele inclinou a cabeça, e eu ri quando ele falou sem som as palavras: *C'mon Eileen.*

Travis parecia relaxado e feliz. A mão dele ficou apoiada no meu joelho, e ele continuou cantando e balançando a cabeça no ritmo da música. Ele sabia cada palavra. Era meio impressionante. De vez em quando, ele olhava para mim e dizia sem som as palavras com tanto entusiasmo que eu não conseguia evitar cantar junto.

Eu estava feliz por ele ter insistido para sairmos do apartamento. Eu não tinha percebido o quanto me sentia presa nem o quanto precisava rir.

O motorista estacionou o carro e Travis saltou.

Quando fechei a porta do passageiro, ele andou na minha frente, estendendo as duas mãos para trás até eu entrelaçar os meus dedos nos dele.

Ele envolveu os meus braços ao redor dele, e seus passos pararam no fim de uma curta fileira de Toyota Camrys.

Um senhor mais velho saiu, alisando a gravata e o cabelo grisalho, preparando seu discurso ao pigarrear e dar seu sorriso mais charmoso.

O do Travis era melhor.

Para minha surpresa, o vendedor cumprimentou Travis pelo nome. Travis me soltou para apertar a mão dele.

— Eu estava pensando quando é que vocês iam sair de casa. Esta é a Abby? — Ele apertou a minha mão. — Richard. É um prazer finalmente conhecê-la.

Inclinei o pescoço para Travis.

Travis deu de ombros.

— Eu falei pra você. Só escolhe uma cor.

Dei uma risadinha engasgada.

— Você está falando sério?

Ele estendeu as mãos e as deixou cair nas coxas.

— Eu já menti pra você alguma vez?

Estendi as mãos para o pescoço dele, sentindo seus músculos relaxarem ao meu toque. Fiquei na ponta dos pés e dei um beijinho nele, vendo, pela minha visão periférica, que Richard estava tentando não olhar pra nós.

— Nunca. — Olhei para a fileira de Camrys.

Richard apontou.

— Preto Atitude, Vermelho Barcelona, Prata Clássico, Azul Cristalino, Cinza Cósmico e Areia Metalizado. Não temos Pérola nem Cinza Magnético em estoque.

— Mas ele pode encomendar — acrescentou Travis.

— Claro — respondeu Richard.

Travis me conduziu pela fileira.

— Abre os carros e olhe por dentro. Todos eles têm interiores diferentes.

Fui até o carro prateado, abrindo a porta do motorista.

— O que é isso? Uma televisão?

Richard se aproximou.

— Isso é... hum... o sistema de navegação e o rádio. — Ele continuou tagarelando sobre as diversas características enquanto Travis me incentivava a me sentar.

O interior era cinza-claro, e os botões ao redor da grande tela e no volante me fizeram pensar num painel de controle da NASA. Eu não conseguia imaginar me familiarizar com todos aqueles comandos de jeito nenhum.

— Não estou acreditando que você fez isso por mim — falei, passando os dedos no volante. — Eu nunca tive o meu próprio carro.

Travis se agachou ao meu lado, apoiando a mão no ressalto dentro da porta aberta.

— Eu faria qualquer coisa por você, Flor. Vou te dar tudo que você já quis na vida.

Toquei na bochecha dele.

— Você já me deu.

Travis se apoiou no meu toque e, depois, deu um beijo na palma da minha mão, mostrando-se empolgado de repente.

— O que você acha?

— Pensei neste aqui.

— O prateado? — perguntou ele.

— O prateado — respondi. — Ele combina com a minha aliança.

Travis inclinou a cabeça para o lado, mantendo o olhar em mim.

— Você ouviu a minha esposa, Richard. Ela quer este.

— Certo — disse Richard. — Vou prepará-lo.

Eu me joguei em cima do Travis, fazendo-o se inclinar para trás.

Ele riu, depois me pousou no asfalto, beijando os meus lábios no momento exato em que um trovão ecoou ao longe e a chuva começou a cair.

— Você está feliz, Flor? — perguntou ele.

— A mais feliz de todas — sussurrei nos lábios sorridentes dele.

Travis já tinha negociado o preço e feito o pagamento antes de irmos até lá, então pelo menos não tive que ficar ouvindo os dois discutindo nem as entediantes ofertas de garantias estendidas, pra não falar das dezenas de papéis para assinar.

O carro estava no nome de nós dois. Era a primeira coisa, além do Totó, que Travis e eu tínhamos juntos, e, por algum motivo, isso me deixou estranhamente afetiva em relação a um objeto inanimado.

Travis segurou a minha mão enquanto dirigia o Camry até o apartamento, e pareceu surreal estacionar o nosso carro na vaga ao lado do Charger do Shepley.

— Acho que eles voltaram. Ela te mandou mensagem?

— Mare? Não. Eles devem ter esquecido alguma coisa. — Encarei o carro e depois Travis, sem conseguir conter o sorrisinho bobo no meu rosto.

— Faz sentido. Parou de chover, então a America não precisou se arriscar a molhar o cabelo.

Eu sorri.

— Ela não é tão ruim assim.

Ele riu, fez que sim com a cabeça e nós dois dissemos, ao mesmo tempo:

— *Ela é, sim.*

Nenhum de nós conseguiu se conter, e eu estava secando as lágrimas depois de chorar de rir quando a graça acabou.

Não percebi que estava encarando Travis até ele dizer alguma coisa.

— O que foi? — perguntou Travis, levando minha mão aos seus lábios.

— Não sei. É bobeira — expliquei, dispensando o assunto com um aceno.

— Me fala.

— Ter esse carro juntos meio que faz tudo parecer real, sabe?

Ele sorriu, massageando meus braços.

— Eu estava pensando a mesma coisa.

— É? — perguntei, me aproximando.

Meus olhos estavam fechados, esperando um beijo, mas, quando os lábios do Travis não tocaram nos meus, abri os olhos. Travis estava olhando furioso na direção do nosso apartamento, e eu me virei para ver com o que exatamente ele estava irritado.

— Você só pode estar de brincadeira comigo — disse Travis.

Fechei a porta do passageiro e cruzei os braços na altura da cintura.

Jesse, America e Shepley haviam descido os degraus. Jesse veio na minha direção, com America logo atrás.

— Eu tentei mandar ele embora — explicou America.

— Oi, Abby — cumprimentou Jesse, ignorando-a. Seus olhos estavam brilhando, e o fato de que Travis estava parado bem ao meu lado não o intimidava.

— O que você está fazendo aqui, Jesse? — perguntei.

Ele olhou para a minha mão esquerda, pegou nela e ergueu a evidência.

— Eu precisava ver com os meus próprios olhos.

Puxei minha mão para longe dele.

A raiva do Travis estava irradiando, e Shep pôs a mão no seu peito quando ele deu um passinho à frente.

Parei na frente do meu marido.

— É, estou casada. Você veio até aqui só pra ver a minha aliança? Você não podia ter simplesmente me ligado?

Ele deu de ombros.

— Não tenho o seu número. Nem o Mick.

— Você tem ela no Instagram — disse America, indiferente.

— O Mick também sabe? — perguntei.

— Que você está casada? — comentou Jesse com uma risadinha. — Ele sabe. E a sua mãe também.

Engoli em seco.

— Sabem como?

Ele deu um sorriso presunçoso.

— Acontece alguma coisa em Vegas que Benny Carlisi não fica sabendo?

Olhei ao redor. Essa quantidade de pessoas paradas numa rodinha ia chamar atenção, e essa era a última coisa que queríamos.

— Por que você veio até aqui, Jesse? Conta a verdade.

— Ele também sabe do incêndio. Ele me mandou falar pessoalmente pra você que ficaria feliz de ajudar.

— Ajudar em quê? — perguntou America.

Estreitei os olhos.

— Você agora é menino de recado do Benny? Você tá maluco, Jesse?

Jesse me deu seu sorriso cativante característico. O sorriso que me deixou apaixonada por ele anos atrás, no que parecia ser outra vida.

Quando éramos crianças, ele queria ser pastor da igreja Batista. Acabou virando supervisor de cassino em Vegas, e agora estava claramente mergulhado até o pescoço na máfia. Benny não mandava qualquer um levar um recado dele.

Gotas de chuva começaram a cair de novo, a primeira tocando no meu lábio e as restantes ensopando meu cabelo e minha blusa. America olhou ao redor, em pânico, depois correu até os degraus, fazendo um barulho desagradável com as sandálias plataforma enquanto ia até a varanda para sair da chuva.

Shepley ficou para trás, presumivelmente para garantir que Travis não matasse Jesse.

— Com todo o respeito, vamos ter que recusar a oferta — falei.

— A oferta não é pra você — disse Jesse, olhando para Travis. — É só mais uma coisa que ele poderia fazer por você, Maddox. Ele pode deixar você rico, pode dar fim nos seus problemas...

— Quem você tá pensando que é? — perguntei, indignada.

— Você não está mais lutando — continuou Jesse, ignorando meu golpe. — Você é um homem casado. Tem contas pra pagar. O Benny pode dar um jeito nisso tudo, Maddox. Você só precisa fazer o que faz de melhor.

— Eu não faço mais isso — avisou Travis. Ele estava fervendo de raiva por dentro e deixou isso escapar no tom de voz.

— Bom — começou Jesse, estendendo seu cartão de visitas. — Me avisa se você mudar de ideia, mas é melhor você decidir logo. Nossos infiltrados no FBI dizem que você não tem muito tempo. — Ele olhou para mim e, pela primeira vez, sua confiança pareceu abalada, substituída por uma pitada de tristeza. — Nem você.

— Nem ela? — perguntou Travis. — Ela por quê?

Jesse voltou sua atenção para Travis, e toda a simpatia desapareceu dos seus olhos.

— Decida logo. O Benny não vai se envolver depois que as acusações forem feitas. — Jesse deu alguns passos para trás, depois olhou para America. — E fiquem ligados. Eles colocaram escutas no apartamento todo.

— Desde quando? — perguntei.

— Recebi a ligação no caminho pra cá. Vocês estavam na concessionária.

— Eles estiveram aqui agora? — continuei, apontando para o apartamento. — Aqui dentro, instalando equipamentos de vigilância na última uma hora e meia?

— É assim que eles são. Os homens de terno não perdem tempo.

— Podemos dar um jeito nisso — falei, olhando para Travis. — E nos planejamos pra ter uma renda. A gente não precisa da ajuda do Benny. — Eu me virei de novo para Jesse. — Não precisamos.

— Ele não está fazendo isso por pura bondade, Abby. Você tem algo que ele quer. Vocês dois têm. Mas ele está disposto a ajudar só pelo que o Travis tem a oferecer. Abby — disse ele, vindo na minha direção. Travis deu um passo, e seu peito tocou nas minhas costas.

— Se você encostar nela... — começou Travis.

Jesse levantou as mãos.

— Eu também me importo com ela, Travis, e há muito mais tempo que você. Estamos perdendo tempo. Vocês dois estão bem encrencados. Abby

— ele olhou de novo para mim —, independentemente de como você se sente em relação ao Benny ou ao seu pai, eu, no seu lugar, aceitaria. Essa pode ser a sua única chance.

Ele se virou e foi embora, parando em um McLaren preto brilhoso.

— Caralho, esse carro custa trezentos mil dólares — disse Shepley, sem conseguir esconder sua empolgação. Quando Jesse deu a ré e saiu dirigindo, Shepley acordou do transe. — Espera aí. Você está encrencado com os agentes federais? Por causa do incêndio? Trav, você vai ser preso por causa disso?

Travis passou a mão no cabelo e no rosto molhados, depois olhou para mim.

— Não — falei. — A gente vai dar outro jeito.

Travis assentiu e voltou a atenção para o primo.

— Boca fechada, Shep. Nunca mais toca nesse assunto.

— Mas você vai ficar bem?

— Shep, me escuta. Eu também estou com medo, mas você tem que ficar fora disso. Você não sabe de nada. Nunca mais me pergunte nada. Você não pode se envolver.

— Você é da família, Trav. Eu não posso ficar fora disso!

— Droga, Shep! Você não tem como me ajudar! — gritou ele, se acalmando antes de voltar a falar. — Faz pela America o que eu não fiz pela Abby. Garanta a segurança dela.

Peguei a mão dele e a apertei, odiando que ele se sentisse assim.

Depois de uma longa pausa, Shepley assentiu, e a preocupação sombreou o seu rosto.

5

O que sobrou

TRAVIS

A mão da Abby parecia pequena, mas relaxada na minha enquanto seguíamos pela calçada molhada, passando pela fita amarela que cercava o Keaton Hall.

Mantive meu polegar na aliança dela; as dúvidas na minha cabeça eram implacáveis. Era uma besteira, mas tocar na aliança dela era o jeito mais discreto de acalmar os meus medos.

O prédio e o chão enlameado que cercava os quatro cantos de tijolos e pedras agora eram uma cena do crime. O FBI estava envolvido, investigando a morte de cento e trinta e dois universitários, a maioria deles menor de vinte e um anos.

Eu vinha pensando havia alguns dias quando ou se eu deveria contar ao meu pai, como ele receberia a notícia de que seu filho mais novo estava envolvido no evento mais trágico da história da Estadual de Eastern e o que ele diria.

Imaginei a decepção nos olhos dele, a preocupação e o estresse que ainda o assolariam depois que os agentes federais me levassem para a prisão.

Meu pai tinha prometido à minha mãe, no seu leito de morte, que sairia do departamento de polícia e nunca deixaria nenhum de nós se tornar qualquer tipo de policial. Os anos que passou trabalhando até tarde e as vezes em que ele escapou por um triz tinham sido difíceis para ela, para o casamento, e ela não queria aquilo para os seus filhos.

Quando contei que cursaria direito penal, achei que meu pai teria um surto, mas ele apenas me lembrou delicadamente da promessa feita, na esperança de que eu encontrasse algum emprego nessa área que o ajudasse a cumpri-la. Fechei os olhos.

Eu não ia conseguir reverter a expressão do rosto dele quando descobrisse que fiz a única coisa tão vergonhosa quanto contrariar o único desejo dela no leito de morte.

Os tijolos acima de cada janela do prédio onde Adam tinha organizado a minha última luta estavam manchados de preto por causa da fumaça. Os gritos aterrorizados de poucas noites atrás ainda ecoavam nos meus ouvidos, e eu me lembrei do pavor que senti quando estava procurando desesperadamente por Abby no labirinto escuro de corredores do porão. O pânico avassalador que me tomou quando eu percebi que Trenton não estava do lado de fora com os outros sobreviventes ainda estava fresco.

O medo estridente e audível e o desespero para escapar eram exatamente a minha visão do inferno. Os pelos da minha nuca se arrepiaram só de pensar.

Mesmo assim, nada disso chegava aos pés do que tantos pais estavam sentindo desde que a história do incêndio tinha aparecido nos noticiários. Embora Abby aproveitasse todas as oportunidades que tinha para me dizer que não era culpa minha o que havia acontecido, eu ainda assim me sentia responsável.

Parei diante de um memorial improvisado para as vítimas: uma pilha de bilhetes, fitas, flores, fotos e bichinhos de pelúcia.

Abby puxou a minha mão, me levando adiante sem dizer uma palavra. Ela sabia que eu estava me martirizando por causa daquilo, mas não sabia que eu lutava contra a vontade de me entregar. A única coisa que me impedia era a ideia de passar um dia que fosse longe da minha esposa.

— Trav? — chamou Abby.

— Sim, baby?

— Não podemos mais falar sobre nada disso no apartamento.

— Eu sei.

— Não é só o apartamento. São os nossos celulares. O carro. Só podemos falar de qualquer coisa relacionada ao incêndio longe do apartamento, ao ar livre, e nunca por telefone. Definitivamente, jamais por mensagem.

— Isso é palhaçada de Hollywood, Flor.

— Onde você acha que Hollywood buscou inspiração? Só... confia em mim, tá?

— Tá bom, mas...

— Oi, crianças — cumprimentou Finch atrás de nós. Ele pôs o braço ao redor de mim e da Abby. — Como é que vocês estão?

Abby se virou para abraçá-lo. Ele a abraçou apertado, piscando para mim com um meio sorriso.

Fiquei pensando se ele conhecia alguém que estava em algum dos memoriais e se sabia que eu tive participação nisso. Se ele já sabia, não estava com raiva.

— É tão bom te ver — disse Abby, secando os olhos. — Estou feliz porque você não estava lá.

— Eu? Num porão empoeirado com todos aqueles neandertais de fraternidade? Na verdade, é exatamente onde eu estaria, mas não. Era o jantar de aniversário de cinquenta e nove anos do meu pai.

— Ah, é mesmo, como foi? — perguntou Abby, mudando a expressão em segundos para um sorriso surpreso.

Finch a ajudou com o rímel manchado sob os olhos.

— Quer saber de uma coisa, amorzinho? Eu tenho que ir pra aula e você também, então um dia desses a gente marca um café e eu te conto do aniversário chato do meu pai e do meu novo gostosão, alto e bronzeado, e você me conta — seus olhos me analisaram das botas até o último fio de cabelo — como é ser casada com um cachorro louco. — Finch me mandou um olhar falsamente sedutor.

Balancei a cabeça e conduzi Abby pela mão.

— Espera. Você tá com um cara novo? Quem? — gritou para ele.

— Depois eu conto, querida. Depois.

— É sempre bom te ver, Finch — falei, acenando com a mão livre.

Levei Abby até o prédio onde ela teria a primeira aula e, depois de beijá-la de um jeito que avisaria a qualquer um que nos visse que aquela era a minha esposa, fiquei observando-a subir os degraus e desaparecer atrás das portas duplas de vidro.

Shepley me deu um tapa no ombro.

— Elas crescem tão rápido.

Eu me afastei do aperto dele.

— Vai se foder, seu saco de merda.

Shepley deu uma risadinha.

— Uma das irmãs da Sig Cap já perguntou pra America se o boato era verdadeiro.

Franzi a testa.

— Que boato?

Shepley me encarou como se eu fosse um imbecil.

— Que você não está mais na pista.

— Estou fora da pista desde que conheci a Abby — resmunguei.

Shepley me contou a fofoca que estava rolando como se viesse de universitárias desesperadas em busca de confirmação, mas alguma coisa me dizia que a maioria das pessoas não conseguia acreditar que Abby tivesse assumido o risco tão enorme de se casar comigo.

É claro que eu tinha minha plateia feminina no campus, mas não era idiota o suficiente para achar que alguma delas me visse como um bom partido. Eu nunca admitiria isso, mas era vergonhoso todo mundo saber que eu não merecia a minha esposa e, embora eu não pudesse negar a verdade, também não conseguia evitar de me sentir magoado com isso.

Acendi um cigarro, ajeitei a mochila e comecei a andar sob um céu cinza, sentindo o ar frio da manhã se infiltrar na minha camiseta de mangas compridas.

Shepley se esforçava para acompanhar o meu passo, às vezes dando uma corridinha. Não falamos nada até chegarmos ao prédio de artes liberais, onde nós dois tínhamos aula.

Subi dois degraus de cada vez, finalmente fazendo Shepley reclamar.

— Puta merda, Trav. Onde é o incêndio?

Eu me virei para encarar o meu primo, trincando os dentes.

— Qual o seu problema? — perguntei sussurrando.

Shepley ficou pálido.

— Desculpa, cara. Escolhi mal as palavras. É que não estamos atrasados. A aula só começa daqui a quinze minutos. Por que você está com tanta pressa?

— Estou com muita coisa na cabeça — respondi, abrindo a porta com violência.

O corredor estava repleto de alunos indo e vindo, cruzando uns pelos outros até se separarem o suficiente para passar por um obstáculo no centro do caminho: uma vitrine de vidro em cima de um pódio. Ali dentro ficava o busto de Gerald P. Stymie, ex-presidente da Estadual de Eastern e ex-membro da Sig Tau.

O dr. Stymie criou a Sig Tau com o meu pai e meu tio Jack, e eu tinha muitas lembranças das visitas corriqueiras deles à nossa casa durante os meus anos de formação. Ele frequentava as nossas festas de fim de ano e foi ao enterro da minha mãe.

Ele tinha morrido quatro anos depois de se aposentar, ou seja, seis anos antes de eu me tornar calouro na faculdade. Eu me perguntava se ele ficaria mais decepcionado por eu ter ajudado a orquestrar a maior tragédia da Eastern ou por eu não estar assumindo o meu envolvimento nela.

A energia era muito diferente da semana anterior às férias de primavera, quando todo mundo sorria e andava saltitando. Agora os corredores estavam silenciosos, e o ar, pesado e sombrio. As garotas secavam as lágrimas, os caras as abraçavam, todos reconhecendo a própria mortalidade — alguns pela primeira vez.

— Tem muita coisa na sua cabeça? — perguntou Shepley, entrando no prédio ao meu lado. — Tipo o quê? Ah. Você está falando daquela coisa que eu não sei? Ou acabou de perceber que casamento é para sempre?

Agarrei o colarinho do Shepley com os dois punhos, jogando-o contra a parede mais próxima.

Ele perdeu o fôlego e me encarou, de olhos arregalados, com as mãos para cima.

— Ei! — disse ele, me olhando furioso. — Estou do seu lado!

Eu o soltei devagar, consciente dos olhares curiosos dos transeuntes. Ajeitei a camisa de Shepley e dei um tapinha no ombro dele para pedir desculpas, depois respirei fundo.

— Isso não tem a menor graça, Shepley. Nada disso é engraçado. E eu estou por um fio. Então, vê se me dá um tempo, porra.

Shepley deu uma olhada rápida ao redor, depois se aproximou, falando baixo.

— Você está certo. Desculpa. Só estou tentando melhorar o seu humor. Mas você precisa ser discreto, Travis. Agora não é hora de chamar atenção para si mesmo.

Olhei para trás para os outros alunos. Garotos, jovens e idiotas como eu, mas sem uma esposa, sem boletos e sem detetives batendo à porta. Suas maiores preocupações eram as notas e explicar a fatura do cartão de crédito para os pais.

Abby e eu tínhamos essas preocupações bobas até poucos dias atrás. O casamento tinha me ajudado a fingir que o incêndio não havia acontecido, mas agora eu encarava as consequências. A preocupação em perder a Abby para o Parker parecia ter ficado em outra vida. Agora, eu podia perdê-la de verdade... para sempre.

— Você tem razão — falei. Alisei a camisa dele, depois dei um tapinha na bochecha do meu primo, forçando um sorriso. — Você tem toda a razão, meu amigo. Desculpa.

— Vai pra aula, seu babaca — disse Shepley, ajeitando a mochila antes de virar no corredor para subir as escadas.

Andei até o fim do corredor e entrei na sala de aula, acenando com a cabeça para o meu professor de ciências humanas antes de me sentar. Alguns alunos da aula anterior ainda estavam parados perto da mesa dele, fazendo perguntas sobre as provas de meio do semestre.

Olhei para o meu relógio e peguei o celular, sorrindo quando a tela acendeu. O sorriso maravilhoso da Abby agraciava a tela, rindo de alguma coisa em uma época mais simples. Mas o meu estômago revirou quando vi que ela tinha mandado uma mensagem.

Oi ♥

Sorri, digitando uma resposta.

Porra. Como posso já estar com saudade?

Três pontinhos apareceram — a manifestação da expectativa. Eu também tô.

Dei uma risadinha. Abby era um enigma. Eu sabia que ela me amava. Caramba, ela tinha se casado comigo. Mas as suas respostas curtas e a sua recusa em revelar muito as emoções para além de expressar frustração e raiva me deixavam a maior parte do tempo em dúvida. Eu amava isso nela. Amava como ela era teimosa e até mesquinha. Amava como ela fazia com que eu me sentisse louco, inseguro, com medo. Claro que isso não era saudável, mas eu não me importava com porra nenhuma. Ninguém tinha ousado me fazer sentir essas coisas — pelo menos, não de propósito.

Acabei de escrever Abby Maddox no meu caderno. Com corações. Como eu sou boba, né?

Um sorriso enorme se espalhou pelo meu rosto.

Finalmente.

Foi estranho?

Não. Tenho que ir. ❤

O professor Halsey se levantou da cadeira e foi para a frente da mesa, apoiando a bunda na borda de madeira. Ele era desengonçado, todo braços, pernas e nariz, o cabelo preto ensebado repartido de lado para disfarçar a calvície no alto da cabeça. Ele abriu os dedos e juntou as pontas, tocando os indicadores nos lábios.

— Eu tenho certeza de que todos vocês sabem que a faculdade sofreu uma perda terrível no último fim de semana.

Um silêncio desconfortável ocupou a sala, e os alunos se mexeram na cadeira. Eu afundei na minha mesa.

Halsey continuou:

— Fomos instruídos a informar vocês sobre os serviços gratuitos de acolhimento, oferecidos no campus para todos os alunos da Estadual de Eastern. Com base nos números, tenho certeza de que temos pelo menos uma pessoa nesta sala de aula que conhecia alguém que se machucou, sobreviveu ou faleceu no porão do Keaton. Pode estar sendo um momento assustador ou opressivo para qualquer pessoa, quer você fosse próximo de uma das vítimas ou não. Então, por favor... não ignore nenhum sentimento que esteja com dificuldade de processar. Estamos aqui para ajudar. — Ele fez uma pausa longa o suficiente para deixar as palavras serem absorvidas, depois continuou com a aula.

Uma ou duas garotas fungaram algumas vezes, mas, tirando isso, continuamos como sempre, fazendo anotações e perguntas.

No instante em que ele dispensou a turma, fui correndo até a porta, saindo rapidamente, e depois continuei correndo até o local onde Abby estaria saindo da aula. Ela havia acabado de passar pelas portas e parou quando me viu. Eu esbarrei nela, e Abby pôs o braço na minha cintura, me guiando escada abaixo e contornando a lateral do prédio.

— O que aconteceu? — perguntou ela, mantendo a voz baixa e calma.

Meu peito ofegava enquanto eu tentava respirar. Balancei a cabeça, sem conseguir responder.

— Travis, olha pra mim — disse ela, segurando o meu maxilar e levantando a minha cabeça até os nossos olhares se encontrarem. — Fala comigo.

— Estão todos mortos. Tem muita gente andando por aí sem os amigos, colegas de quarto... membros da família. — Apontei para o meu peito. — Fui eu que fiz isso.

— Não foi, não. — Ela olhou para trás, depois de novo para mim. — Não é culpa sua. Todos nós fizemos escolhas naquela noite. Foi um acidente. Um acidente horrendo e nauseante. Mas... — Ela segurou meu maxilar para eu encará-la. — Olha pra mim. Você precisa se recompor, Maddox. Se as pessoas te virem assim e contarem pra polícia...

— Talvez elas devessem fazer isso. Talvez eu devesse me entregar — falei. Nenhuma respiração que eu dava era profunda o suficiente. Quanto mais ar eu inspirava, menos parecia satisfatório.

— Que merda você está falando? — perguntou ela. Pela primeira vez, Abby estava se esforçando para manter a cara de paisagem. — É melhor você me escutar. — Ela segurou a barra inferior da minha camisa. — Eu não vou deixar que eles levem você, e você não vai me deixar por vontade própria, entendeu bem?

— Você acha eu quero fazer isso? — cuspi, perturbado.

— Eles morreram, sim, e isso é horrível, sim, mas você não pode me deixar. Daqui em diante, você vai escolher a sua esposa e o seu casamento acima de todo o resto. Você vai nos escolher acima da sua culpa, acima da sua maldita moral, e vai nos escolher acima da coisa certa a fazer! Se isso faz de mim uma egoísta ou uma má pessoa, não estou nem aí. Foda-se! Mas eles não vão entender que você não queria que nada daquilo acontecesse. Eles não vão se importar que você não tenha escolhido o prédio nem acendido as lanternas. Eles vão prender você, Travis. Eles vão prender, vão algemar e vão levar você pra longe de mim e... — Seu lábio inferior começou a tremer.

Eu a puxei para o meu peito, abraçando-a enquanto ela tremia nos meus braços.

— Baby — falei, surpreso. Eu nunca a tinha visto tão abalada.

Ela se afastou de mim, segurando a minha camiseta, puxando-a enquanto falava.

— Não faz nenhuma besteira, Travis. Nem ouse fazer isso, porra. — Frustrada, ela fechou a mão livre num punho e bateu no meu peito.

Não doeu, mas foi forte o suficiente para reforçar o que ela estava dizendo.

Seus olhos brilharam com as lágrimas.

— Você é a *única* família que eu tenho. Está me ouvindo? Se eu te perder, eu perco *tudo*.

— Você sempre vai ter o meu pai e os meus irmãos, além do Shep e da America. Mark e Pam. Finch. Você não está sozinha, Flor.

— *Você*, Travis — ela apontou para o meu peito. — Eu preciso de *você*. Você é a pessoa mais importante da minha vida. — Ela balançou a cabeça e deu de ombros enquanto falava. — Eu não quero fazer isso sem você. Nunca mais fala essas coisas, está me ouvindo? Você não pode se entregar. Você não pode fazer isso comigo.

— Tudo bem — falei, piscando. Eu a puxei de novo, oscilando um pouco, tentando acalmá-la da melhor maneira possível. Beijei a têmpora dela, me amaldiçoando.

Eu sabia que não podia deixá-la, mesmo que fosse para fazer a coisa certa. Eu só queria que ela me dissesse para não fazer aquilo. Descarregar nela uma coisa que eu sabia que não ia acontecer tinha sido uma babaquice.

— Você está certa. Eu não estava... Eu não quero ser preso. Acho que eu só precisava escutar você falando isso.

— Tudo bem. Posso falar quantas vezes for preciso. Posso repetir isso dez vezes por dia. Eu assumo a culpa, faço você pensar na culpa, imploro, o que for necessário, mas você não pode me deixar.

Suspirei, massageando a minha nuca.

— Meu Deus, eu não acredito que acabei de fazer isso com você, me desculpa, eu entrei em pânico.

Ela ergueu o queixo, deixando uma lágrima escapar pelo rosto.

— Eu entendo. É muita coisa. Eu não culpo você por ter momentos de fraqueza. Só preciso que me prometa que nunca vai parar de lutar pra ficar comigo. Que nunca vai parar de lutar por nós.

Engoli as minhas emoções, trincando os dentes. Ela me amava tanto quanto eu a amava. Eu não sabia que isso era possível.

— Tá certo, Flor. Tá certo... Eu prometo.

Ela apoiou a testa no meu peito, inspirou fundo e depois fez que sim com a cabeça. Depois de se recompor, seus olhos foram para o chão enquanto ela fazia a escolha de confiar que eu não destruiria a sua vida. Ela secou os olhos, virou para trás e foi na direção da aula seguinte.

O cheiro de fumaça ainda rondava no ar quando ela saiu do meu campo de visão, deixando em seu rastro as cinzas da minha consciência.

6

Verdade

TRAVIS

A sola das minhas botas chapinhava nos degraus molhados que levavam ao meu apartamento. A chuva caía e parava o dia todo entre uma aula e outra. Eu estava contente.

O terreno ao redor do Keaton Hall ainda estava ensopado do dilúvio que as mangueiras de incêndio tinham lançado sobre o prédio. A chuva fez o resto do campus se misturar à grama e às calçadas carbonizadas e saturadas do Keaton.

As chaves tilintaram na minha mão quando eu as peguei para destrancar a porta. Assim que toquei na maçaneta, ouvi um arranhadinho do outro lado. Sorri e abri a porta, me abaixando imediatamente para cumprimentar o Totó.

Seu pelo escuro enrolado roçou no meu rosto quando ele me cobriu de lambidas. Ele já tinha crescido um pouco, mas se agitava, latia e quicava, como tinha feito no seu primeiro dia no apartamento. Ele não se acalmava, então eu finalmente o peguei no colo e o abracei enquanto ele ensopava o meu rosto com baba canina. Levantei o queixo para não acabar com uma língua de cachorro na boca.

Eu o levei para fora e desci os degraus, colocando-o no gramado e cruzando os braços enquanto esperava ele fazer suas necessidades.

Brazil usou a chave reserva para pegar o Totó depois que saímos para o aeroporto e, embora ele tivesse concordado em ajudar sem fazer nenhuma pergunta, Abby ficou muito irritada quando trouxemos o Totó de volta.

No instante em que chegamos em casa, ela deu um banho no cachorro para tirar o fedor de cigarro e meias sujas. Depois de secá-lo e compensar o tempo de carinho perdido, ele se encolheu enrolado na caminha no canto do nosso quarto e dormiu pelo resto da noite. Ela havia me lembrado naquela manhã de que eu tinha prometido conversar com Brazil sobre o assunto.

Digitei a mensagem no meu celular.

Cara. Obrigado por pegar o meu cachorro, mas, se você não queria cuidar dele, era só falar.

Não levou muito tempo para Brazil responder.

Do que vc tá falando?

Ele estava fedendo muito. Você fumou perto dele? Nem eu fumo perto dele. E ele ficou em coma por 24 horas depois que trouxemos ele pra casa.

Desculpa, cara. Eu dei uma festa. Teve uma briga no quintal. Eu tive que apartar. Quando voltei pra dentro, o Jenks tinha deixado ele sair do meu quarto e estava tentando dar cerveja pra ele. Mandei o Jenks embora, mas o Totó não foi machucado nem nada, eu juro.

Me lembra de nunca mais te pedir nenhum favor.

Não vai acontecer de novo, Travis. Desculpa.

Chamei Totó para dentro, e as unhas dele ressoaram no linóleo da cozinha enquanto eu abria uma lata da sua comida preferida. Franzi o rosto com o cheiro repugnante, me perguntando como, em nome de Deus, uma criatura conseguia comer uma coisa tão nojenta. Percebi a ironia de falar algo assim do Totó, que gostava de lamber o próprio cu.

Servi a comida na tigela de cerâmica laranja que a Abby tinha comprado pela internet com o nome do Totó, colocando água em outra tigela antes de voltar minha atenção para o celular. Passei pelos contatos até aparecer o nome Brandon Kyle. Meu polegar pairou sobre o ícone de ligar.

Um dos meus irmãos de fraternidade tinha me dado o contato do Brandon. Ele era dono da Iron E, uma das três academias que havia fora do campus em Eakins. Duas dessas academias eram do Brandon, e a Iron E era seu orgulho e sua alegria: uma academia mais nova na parte leste da cidade, que era significativamente mais popular do que as outras por causa do alto número de universitárias.

Todas as vezes que eu levantei peso lá, Brandon se aproximou de mim com algum tipo de oferta para a gente sair. Ingressos para shows, viagens para assistir a diversos times esportivos profissionais. Ele tinha até me convidado para ir a Dubai. Ele até que era legal, de um jeito superficial e irritante, mas, apesar de sua esposa estar grávida, era cheio de amantes — eu não tinha estômago para chamar alguém assim de amigo.

Apertei o botão e levei o celular ao ouvido. Tocou algumas vezes, mas depois ouvi um clique seguido pelos berros, estrondos e gritos intermitentes que seriam esperados se Brandon ainda estivesse na academia — e ele sempre estava.

— Brandon Kyle — atendeu ele. Babaca pomposo.

Eu não aguentava o tipo de pessoa que usava o próprio nome em vez de um cumprimento.

— Oi. Aqui é o Travis Maddox. Ouvi dizer que você estava procurando um treinador para meio período.

— Maddox! Até que enfim você me ligou. Eu só te dei meu número meia dúzia de vezes. Acabei de sair do show do Nickelback com o Ty e o Chuck. Eles me falaram que você estava considerando o cargo. Não se trata do que você sabe, mas quem você conhece, não estou certo? Cara... a gente ia adorar ter você na equipe. Especialmente o Chuck. Ele vem te observando e diz que você manja pra caralho do que faz. Eu concordo com ele. E, santo Deus, você ia atrair a mulherada. Vem fazer a sua ficha e eu te mostro o local. Vamos discutir os detalhes e depois podemos decidir se é o que nós dois queremos.

— Hum... — Eu não estava esperando a resposta dele. — Quando é que você quer que eu vá? Hoje as minhas aulas acabam cedo, mas tenho que pegar a minha esposa e...

— Esposa? — Brandon riu. — Desde quando?

— Desde a semana passada.

— Ah! — disse ele, com a voz abafada. Devia estar cobrindo a boca com o punho, do jeito que eu já tinha visto ele fazer quando debochava das pessoas. — Que droga. Você embuchou a garota?

— Como é que é? — perguntei, sentindo o sangue ferver. Me virei para trás, percebendo que estava andando de um lado para o outro com a mão livre em um punho fechado.

— Nada não... Nada não. Só estou zoando, cara! É aquela tal de Abigail, que eu vi com você no The Red?

— Abby Maddox.

— Sério mesmo? — Ele fez uma pausa. — Eu te vi com ela, mas, caramba, você tá sempre cercado de bocetas. Você estava agarrado com ela na pista de dança uma noite lá. Ela é gostosa pra caralho. Ainda bem que não cheguei nela como eu pensei em fazer. Eu não sabia que o lance de vocês dois era sério. Mas é isso! Cola aqui! A gente se vê.

Alonguei o pescoço antes de responder, tentando me acalmar em vez de ameaçar a vida dele antes de pedir um emprego.

— Então. — Eu soltei a respiração. — Pode ser qualquer hora?

— A semana está bem tranquila. Todos os gordos desistiram das suas resoluções de ano-novo. Minha agenda está livre até quinta-feira. Os fins de semana são ocupados demais por causa das palhaçadas administrativas. Você sabe como são as coisas por aqui.

Agradeci por entre os dentes trincados e desliguei. Eu não conseguiria de jeito nenhum trabalhar para aquele babaca engomadinho. Eu ia acabar atacando o cara no primeiro dia.

Totó terminou de almoçar, e eu vesti nele a roupinha xadrez verde que a Abby tinha comprado. Ele bateu com a patinha na porta, querendo sair de novo. Com algum esforço, prendi a coleira enquanto ele tentava lamber a minha mão, depois o levei para fora.

Ele andou até a ponta mais distante do condomínio e depois começou a andar de volta para casa. As patinhas dele trotavam de três a quatro vezes a cada passo meu, e ele estava ofegante quando chegamos aos degraus da entrada do apartamento.

Assim que me virei para entrar, um Porsche reluzente apareceu, estacionando em paralelo atrás da minha Harley. A janela foi aberta, revelando o sorriso arrogante do Parker.

— Maddox! Ouvi dizer que você anda encrencado com as autoridades locais. E com as não locais também.

— Chupa o meu saco, Hayes.

A expressão de Parker ficou séria.

— É verdade... o lance entre a Abby e você?

— Ela já não tinha dado um pé na sua bunda por minha causa? Duas vezes?

Parker franziu a testa.

— É verdade ou não?

— Claro que é verdade. Você não ficou mesmo achando que tinha alguma chance com ela, né?

Ele esperou um segundo antes de falar, o maxilar ficando marcado pela tensão. Parker era um mauricinho babaca, mimado e arrogante que não estava acostumado a não conseguir o que queria. E agora estava tentando dominar um ataque de raiva.

— Você não merece a Abby, Maddox. Você precisa saber disso.

— Ela acha que eu mereço, e a opinião dela é a única que me importa. Então você pode ir à merda e se danar, Parker, porque ninguém se importa com o que você pensa. Você foi uma distração. Um intervalo. Ela nunca ia ficar com você até o fim. Dá pena pra caralho que você tenha se esforçado.

— Eu não me esforcei tanto. Se eu tivesse, vocês não estariam casados.

Inclinei o queixo para baixo, com o olhar furioso.

— Sai desse carro de mulherzinha e vem dizer isso na minha cara.

Parker engoliu em seco, depois fechou a janela até a metade.

— Meu carro é de mulherzinha? E o que dizer desse seu cachorro de mulherzinha?! Belo suéter!

— Até a merda desse cachorro é melhor do que você.

— Ela vai te deixar, Travis. A Abby vai perceber onde se meteu, a novidade vai se esgotar, e ela vai te deixar, e eu quero ver esse sorriso arrogante sumir da sua cara quando ela fizer isso.

Dei um passo à frente, meus músculos ficaram tensos e preparados como ficavam pouco antes de uma luta no Círculo. Eu sabia que, se desse o primeiro soco, nada mais ia me parar, mas, naquele momento, matar o Parker era a única coisa que me faria sentir melhor.

— Sai da porra desse carro. Agora.

Parker se escondeu atrás do vidro escuro da janela e, em seguida, foi embora.

Fiquei parado ali com os punhos fechados, meu corpo inteiro tremendo de raiva. Totó encostou o focinho na minha calça jeans, e eu olhei para baixo. A adrenalina foi absorvida de novo pelo meu organismo quando meu olhar encontrou os olhos dele, cheios de expectativa.

Ele estava com frio antes de começarmos a caminhada; agora ele estava tremendo como eu. Totó fungou e chutou uns tufos de grama para trás, como se fosse o dono do pedaço.

Dei um sorriso.

— É. Você teria destruído aqueles tornozelos magrelos. Cachorro de mulherzinha é o caralho.

Eu o peguei e o levei para dentro. No instante em que coloquei Totó no chão, ele saiu trotando até o meu quarto, provavelmente se aninhando na caminha para o cochilo da tarde.

Peguei a carteira, o celular e as chaves e fui até a porta e desci, deslizando para atrás do volante do Camry. Embora eu tivesse inalado o mais fundo possível para absorver o cheiro de carro novo, a ansiedade me tomou. Os nós dos meus dedos ficaram brancos com a pressão que eu fiz no volante.

A última aula da Abby só terminaria dali a uma hora, e eu estava me coçando para eliminar a tensão das conversas com Brandon e Parker. Alguma coisa branca captou a minha atenção, e eu olhei para baixo, entre os assentos. Estendi a mão e peguei o envelope que continha a carta da minha mãe para a minha futura esposa; para a Abby. Eu a coloquei delicadamente no banco do passageiro, engatei a marcha a ré e saí dirigindo em direção à casa do meu pai.

As ruas no caminho até a casa onde cresci eram cheias de buracos e enfileiradas por casas dilapidadas, com veículos quebrados nos quintais. A casa do meu pai tinha a pintura lascada e tábuas e persianas avariadas na varanda, mas era ali que eu tinha dado meu primeiro soco e recebido o primeiro golpe bem na boca.

Aquela grama descuidada era onde o Thomas costumava me segurar para que os meus irmãos não me dessem uma surra porque eu não desistia. E onde o Trenton tentava derrubar qualquer coisa que estivesse entre ele e eu — até mesmo o Thomas.

Sorri quando entrei na garagem e o cascalho foi esmagado sob os pneus. Meu pai abriu a porta de tela e apoiou as mãos na cintura redonda, me observando com um sorriso simpático enquanto eu me aproximava da varanda.

— Ora, ora — disse ele. — Achei que eu não fosse te ver por aqui tão cedo.

— Moro a cinco quilômetros daqui — falei, subindo os degraus até a varanda de tábuas de madeira desgastadas pelo tempo.

Meu pai me deu um tapinha no ombro, e eu o puxei para um abraço.

— Sua mãe e eu não saímos de casa por três semanas depois do casamento.

— Pai — repreendi. Meu rosto se contorceu de repulsa, e eu passei por ele para entrar na sala de estar e ir até o sofá.

Meu pai deu uma risadinha e fechou a porta atrás de nós.

— Que tempinho filho da puta — resmungou ele. Então deu uma espiada pelo quadradinho de vidro perto do topo da porta da frente, depois balançou a cabeça, bamboleando até a poltrona reclinável.

Ele se sentou na ponta, se inclinando para a frente com os cotovelos apoiados nos joelhos.

— O que você tem aí? — Ele apontou para o envelope na minha mão.

Eu o ergui alguns centímetros, surpreso com o nervosismo que estava sentindo.

Meu pai não falava muito da minha mãe. Não porque ele tentasse não falar, mas eu conseguia ver o vazio nos seus olhos — do mesmo jeito que eu me sentiria se um dia perdesse a Abby.

— É uma carta.

— Aquela, hum, que a sua mãe deixou pra você?

Fiz que sim com a cabeça.

— Eu dei pra Abby antes do casamento.

— Eu esperava mesmo que você tivesse se lembrado de fazer isso.

— Eu me lembrei.

— Que bom — disse ele, pigarreando. — Que bom.

— Quer ler?

Ele balançou a cabeça.

— Não era pra mim.

Tirei o papel fino do envelope enquanto os meus olhos passavam pela caligrafia delicada da minha mãe.

— Eu sei. É meio como ouvi-la falar de novo. É exatamente como eu me lembro dela.

Ele pareceu surpreso.

— Você se lembra dela?

Assenti.

— É uma lembrança meio enevoada, mas, sim. Lembro de algumas coisinhas.

Meu pai pensou no assunto por um instante, depois concordou com a cabeça, acenando com a mão na direção dele.

— Tudo bem, então. Traz aqui.

Dei um salto para me levantar, entreguei o papel para ele e voltei para o sofá.

Meu pai piscou algumas vezes, tentando se concentrar, e, em seguida, ao ver as palavras dela no papel, seu lábio inferior começou a tremer. Ele apoiou o queixo na mão para tentar disfarçar a emoção, piscando várias vezes, e seus olhos começaram a se encher de lágrimas. Um sorriso tocou a sua boca, ele balançou a cabeça e deu uma risadinha.

Ele baixou a carta com uma das mãos e secou os olhos com a outra. Depois de um minuto, ele pigarreou e olhou para mim.

— Faz tanto tempo. Foi bom ouvir a voz dela de novo. Mesmo que estivesse apenas na minha cabeça. Obrigado, meu filho.

Fiz que sim com a cabeça.

— Eu também sinto saudade dela. O tempo todo.

Ele riu de novo, secando outra lágrima que escapou.

— Sinto saudade dela a cada instante do dia. Há malditos dezessete anos. E a maneira como você olha pra Abby — ele suspirou — é igualzinha ao jeito que eu olhava pra sua mãe. Meu Deus, como eu amava aquela mulher. Eu nunca tinha sentido nada assim... e nunca mais senti.

Minhas sobrancelhas se juntaram.

— Você acha que eu vou perdê-la, pai?

— A Abby?

Concordei com a cabeça.

Meu pai tocou os lábios e depois olhou para o chão.

Não consegui me mexer nem respirar enquanto esperava a resposta.

Ele finalmente se inclinou para a frente de novo e me olhou bem nos olhos.

— Travis, eu odeio dar essa notícia pra você, meu filho... mas a sua esposa? Ela é mais forte do que você. Você a deixaria antes que ela o deixe.

As palavras dele me roubaram o fôlego e, quando eu não consegui manter uma expressão tranquila nem os meus olhos secos, cobri o rosto, deixando o alívio me tomar em ondas.

Meu pai nunca errava, e eu confiava a minha vida a ele.

Olhei para ele. Como eu amava a minha esposa, preferi poupá-lo da verdade. E, por causa do amor que ele tinha sentido pela minha mãe, eu sabia que ele entenderia.

7

Primeira respiração

ABBY

Os anúncios lotavam o quadro de cortiça ao lado da saída do Reiger Hall, todos com títulos tipo Vende-se, Procura-se e Pedido de Ajuda. Na parte inferior, números cortados em tiras. Um anúncio perto do topo tinha o cabeçalho oficial da faculdade e uma lista de matérias.

Estreitei os olhos, li os detalhes e arranquei uma tira, guardando o número de telefone no meu bolso. A faculdade estava procurando tutores, e cálculo era uma das matérias.

Estávamos na metade do segundo semestre, e os livros e materiais que eu levava na mochila pesavam nas minhas costas, cortando os meus ombros. Não me dei conta de que estaria casada e procurando emprego quando escolhi as disciplinas que ia fazer antes das férias de inverno. Dei uns pulinhos enquanto iniciava o caminho em direção à saída, tentando ajeitar as alças para aliviar os vergões formados perto do meu pescoço.

O ar do início da primavera atingiu o meu rosto no instante em que eu pisei nos degraus de concreto do lado de fora. Casacos em todos os estilos e cores salpicavam as calçadas, uma colcha de retalhos que separava os alunos dos arredores cinzentos. Olhei para o céu, sentindo a névoa cobrir o meu rosto no mesmo instante. Tinha chovido o dia inteiro, às vezes fraco, às vezes forte. A névoa matinal estava começando a sumir.

— Ei! — gritou America, correndo na minha direção. Ela acenou, e seu sorriso radiante era como uma única luz do sol. Ela parou na minha frente, segurando as alças largas da mochila no peito, respirando com dificuldade. — As garotas da fraternidade estão enlouquecendo. Estou adorando.

— Do que você está falando?

— De você e do Travis. Todo mundo está comentando. Eu até falei pra Alexis que ela era uma xana recalcada. Bem na cara dela. Foi incrível.

Senti minhas bochechas corarem.

— Ótimo.

Continuei pela calçada, e America me seguiu, radiante de orgulho.

— Menos da metade delas acreditou.

Parei de repente.

— Acreditou no quê? Que a gente se casou? Ou que ele casou comigo?

Ela deu de ombros.

— As duas coisas. — Quando ela percebeu que eu tinha ficado ofendida, recuou. — Não, não é isso. Olha só pra você. Claro que ele se casou com você. Quer dizer, é o Travis. Ninguém acreditava que ele um dia fosse se casar. Com ninguém.

Olhei para a minha camisa de flanela xadrez com colete verde-oliva que não tinham nada de mais, calça jeans skinny e as botas marrons de cano alto. Meu cabelo estava úmido e preso num coque alto e bagunçado. Eu não me lembrava se tinha passado maquiagem antes de sair do apartamento. Olhei ao redor, percebendo os olhares curiosos e demorados das pessoas.

Alguém assobiou e eu me virei, vendo o mar de alunos se afastar para revelar Travis vindo na minha direção.

Ele estava andando empertigado pelo meio do caminho, com as mãos nos bolsos da calça jeans, usando um gorro cinza, camiseta preta e branca dos Ramones por baixo de uma camisa de botão de flanela vermelha e preta. As botas de couro preto davam ao look aquele toque adicional de *Não fode comigo que eu acabo com você.*

Mesmo com a aliança de casamento no dedo, as universitárias paravam para encarar. O maxilar perfeito, a covinha, o passo impecável — Travis era lindo. Um excesso de sensualidade e charme irradiava dele sem o menor esforço.

Eu não me surpreenderia se ele começasse a andar em câmera lenta com "My Type", da Saweetie, tocando ao fundo.

— Olha só pra ele — falei. — É por isso que as pessoas não acreditam.

— Vocês vão ter filhos lindos, eu garanto — disse America. — E olha só. Que fofura. Vocês casadinhos com camisas de flanela combinando.

Franzi a testa.

— São de cores diferentes.

Um lado da boca do Travis se curvou para cima, a sobrancelha direita se ergueu um tiquinho, e eu engoli em seco, sentindo um frio na barriga. Ele parou a alguns passos de distância, me encarando com a mesma expressão de quando o celebrante em Vegas disse *marido e mulher.* Travis nem precisava dizer que me amava, eu percebia na maneira como ele me olhava e nos seus gestos, ouvia isso no jeito como ele falava, mesmo que o que ele estivesse dizendo não tivesse nada a ver comigo.

Ele soltou uma risada, captando a minha expressão.

— O que tá rolando nessa cabecinha?

Balancei a cabeça e joguei os braços ao redor do seu pescoço.

— Estou bem — falei baixinho, encostando minha bochecha na dele. Sentir o pelo do rosto dele no meu era reconfortante, assim como o cheiro do seu perfume. — Eu só... — Eu o soltei e dei de ombros. — Eu te amo.

Ele me encarou por um instante, com um sorriso largo se espalhando pelo rosto.

— É tudo o que eu preciso. — Ele tirou a mochila dos meus ombros e pôs nos dele, pegou a minha mão e me conduziu até o estacionamento.

Se as pessoas não estavam encarando, estavam apenas fingindo não encarar até passarmos.

Eu sentia olhos curiosos grudados na minha nuca. E me perguntei se o Travis também estava ouvindo todos os sussurros sobre o incêndio, o casamento e o fato de ele e eu estarmos andando juntos depois da separação escandalosa, coisas que só em um campus minúsculo como o da Eastern virariam assunto.

— Você não vai falar comigo, Mare? — perguntou Travis, cutucando-a com o cotovelo.

— Talvez depois que eu parar de te odiar.

— Você não me odeia — disse ele com um sorrisinho.

Ela franziu a testa.

— Bom, quando você faz essas coisas, tipo carregar a mochila da Abby sem ela pedir, fica mais difícil mesmo. Você faz bem pra ela. Não posso negar.

— E isso não vai mudar.

— Acho bom mesmo — declarou ela, me dando um abraço de despedida.

Travis segurou a minha mão enquanto atravessava o gramado, com as botas chapinhando na lama molhada. Eu pulava as poças e os buracos, e fiquei feliz quando o meu marido finalmente me pegou nos braços e me carregou.

Entrelacei os dedos na nuca dele, sem conseguir parar de sorrir com a visão do Travis tão sorridente.

— Por que você está tão contente? — perguntei.

— Por causa de você.

— Não. Tem mais alguma coisa. O que você andou aprontando hoje? Recebeu boas notícias ou alguma coisa assim?

— Mais ou menos. O Parker passou lá no apartamento pra perguntar se o boato era verdadeiro.

— Parker? — resmunguei, franzindo o nariz.

Travis riu.

— Essa era a reação que eu esperava de você. Ele não ficou feliz quando confirmei.

— *Aff*, quem se importa?

Travis abriu ainda mais o sorriso.

— Ele disse que a novidade em breve perderia a graça e você ia me deixar. Mas sabe a expressão no seu rosto quando você me viu uns minutos atrás? Acabou com a teoria dele.

Ele me colocou de volta no chão ao lado do nosso carro e procurou as chaves no bolso.

— A America ouviu a mesma coisa hoje. Que ninguém acreditava que você se casaria comigo.

Ele pareceu perplexo.

— Não é que eu esteja chamando a America de mentirosa, mas tem zero chance de alguém pensar isso. Ninguém acha que eu mereço você, Flor. E eles não estão errados.

— As garotas da fraternidade pensam assim, aparentemente.

— As garotas da fraternidade votaram na Lexi pra presidente da seção delas, e ela não consegue passar nem em matemática básica.

Caí na gargalhada por um instante antes de franzir a testa.

— Como é que você sabe disso?

— Elas estavam comentando na aula. Toma aqui — disse ele, me dando as chaves.

— O que você quer que eu faça com isso?

— Sua vez de dirigir.

— Eu? Não — retruquei, balançando a cabeça.

Ele bufou.

— Beija-Flor, você vai precisar aprender em algum momento.

— Eu sei dirigir. Eu só não gosto.

— E se eu estiver no trabalho e você precisar ir a algum lugar? — Ele abriu a porta do motorista e gesticulou para eu entrar.

Fechei a porta.

— Aí eu posso dirigir. Mas você não está no trabalho, você está... Ei, você conseguiu um emprego?

— Ainda não. Liguei pra um cara. Mas acho que não vai dar certo.

A névoa se transformou em gotículas que iam aumentando a cada segundo.

— Por que não? — perguntei.

Travis abriu a porta de novo.

— Entra no carro, Flor. Vai cair uma tempestade a qualquer segundo. — Arqueei uma sobrancelha, e ele suspirou. — Tem uma vaga na Iron E.

— Você não malha lá? Você gosta daquele lugar.

— Baby, entra na porra do carro. Você vai ficar ensopada.

Comecei a andar em direção à frente do carro, mas ele segurou o meu braço e me parou.

— Eu não vou dirigir na chuva, Trav. Por favor. Amanhã eu dirijo.

Ele franziu a testa.

— Tudo bem.

Ele se sentou atrás do volante e se inclinou para o lado, puxando a alavanca e abrindo a minha porta enquanto eu contornava o carro numa corridinha, me jogando no banco do passageiro.

Lutei para ligar o aquecedor bem quente, depois Travis pegou as minhas mãos, esfregando e soprando ao mesmo tempo. Um fio ondulado e solto de cabelo caramelo escurecido ficou pendurado na frente dos meus olhos, pingando.

Travis não estava feliz, com duas rugas se formando entre as sobrancelhas.

— O que tem de errado com a Iron E? — perguntei.

— Eu gosto da academia. Só não gosto do dono.

— Aquele tal de Chuck, que a gente conheceu no Pizza Shack aquela vez?

— Não, o Chuck administra tudo. O dono é o Brandon Kyle, e ele é uma babacão.

— Como assim?

— A esposa dele está grávida... tipo, quase parindo. Ele está trepando com a recepcionista, duas treinadoras e algumas clientes.

— E daí?

— E daí? Ele é um lixo humano, Flor. Não quero trabalhar pra ele. Ele ostenta isso o tempo todo. E fica falando como se quisesse ser meu cafetão pra clientela feminina. Ele vai ganhar um soco na garganta assim que eu bater o ponto.

Franzi a testa. Não gostei da ideia de que o proprietário encorajasse outras mulheres a tentarem seduzir o meu marido, mas também confiava totalmente no Travis.

— Você tem outras alternativas? A gente tem que pagar o aluguel, baby.

Travis suspirou e olhou pela janela coberta de chuva.

— Não. E ele deu a entender que é só preencher a ficha e o emprego já é meu.

— E você está esperando o quê? — comentei com uma risada surpresa.

Travis se virou sério para mim.

— Eu acabei de falar, Flor. Ele não é o tipo de pessoa com quem eu gosto de interagir.

Dei de ombros.

— Você não vai estar perto dele o tempo todo. É só até encontrar coisa melhor, certo?

— Tem as garotas. Um montão de universitárias. E donas de casa entediadas. E...

— Eu confio em você. Você não confia em si mesmo?

— Não é isso, é só que eu não quero lidar com essas coisas. O Brandon até disse... É um mercado de carne. Ele não é meu cafetão. E as mulheres daquela academia estão acostumadas com o jeito como ele administra as coisas.

Dei uma risada alta.

— Isso não tem graça — resmungou Travis. — Eu preferia trocar socos a lidar com as coroas que frequentam aquela academia.

— Tem mais coisa aí. Alguma coisa que você não está me contando.

— Ele também fez um comentário a seu respeito por telefone hoje. Disse que viu você no The Red comigo e pensou em chegar junto. Disse que não sabia que era sério entre nós dois.

— Bom, a gente sabe como isso teria acabado.

— O mais doido é que... Caramba, a ideia de você estar com outra pessoa me dá vontade de quebrar tudo, mas o pior é pensar em como ele ia tratar você. Se você o encontrasse quando estávamos separados ou, pior ainda, se fosse com ele que você estivesse falando, em vez do Parker... — Ele suspirou. — Eu mataria esse cara se ele te machucasse.

Toquei no rosto dele.

— É por isso que você está tão furioso?

— Eu sei, é uma idiotice — disse ele, fechando a cara. — É assim que o meu cérebro funciona.

— Bom, eu nunca falei com ele e, mesmo que fosse ele no lugar do Parker, você e eu ainda estaríamos sentados bem aqui neste carro com nossa aliança no dedo. Aceita o emprego, baby. Você está preparado pra isso. É um dinheiro fácil. — Enfiei a mão no meu bolso e peguei o retângulo branco molhado. — Acho que eu também encontrei alguma coisa pra mim. Eles estão procurando monitores de cálculo.

Travis não ficou impressionado.

— Se eu lutasse pro Benny, nós...

— Não estaríamos juntos.

Travis baixou o olhar, derrotado.

— Eu queria coisa melhor pra você, Flor.

— Melhor do que o quê? Não ouse tirar isso de nós! O apartamento minúsculo e recortar cupons de desconto e viver de macarrão instantâneo até o dia do pagamento? Equilibrar as contas juntos e conversar sobre o orçamento semanal, provar um suéter na loja e devolver pro cabide porque segurar a sua mão e sentir as alianças se tocando é muito melhor do que carregar uma sacola cheia de roupas. Eu quero ficar eufórica com você no cinema de dois em dois meses só porque é uma coisa especial e não corriqueira. Quero construir o nosso castelo um tijolo de cada vez... só você e eu. Sem saídas fáceis.

O meio sorriso dele reapareceu, e ele levou minha mão até o rosto.

— É mesmo?

— Claro.

Ele absorveu as minhas palavras e balançou a cabeça, já se sentindo melhor.

— Falando em estar falido... hoje a cerveja é só uma moeda no The Red. Se nós dois vamos começar a trabalhar toda noite, melhor aproveitar.

Dei um sorrisinho.

— Estou dentro. — Mandei uma mensagem no grupo para Shepley e America e recebi a resposta deles imediatamente. Empolgada, dei de ombros. — O Shep e a Mare vão encontrar a gente lá às oito e meia.

Travis saiu de ré da vaga e foi até a rua, aumentando o volume do rádio e fazendo uma serenata para mim no caminho para casa.

Olhei pela janela e suspirei. Nós dois íamos ficar bem. Tudo ia ficar bem. Dava para sentir isso.

8

O novo normal

ABBY

Entrar pela porta da frente do nosso bar preferido parecia uma viagem em uma máquina do tempo.

O barulho dos meus sapatos batendo no piso grudento e segurar a mão do Travis com força enquanto ele abria caminho pela boate lotada me fez sentir que tínhamos voltado no passado, para antes da investigação, antes do casamento, antes do incêndio.

As universitárias mal estavam cobertas com seus macacões metalizados curtos e microssaias, enrolando mechas do cabelo no dedo enquanto conversavam com algum garoto bobo que ia pagar uma bebida para elas.

Claro, o The Red era um mercado de carne. Todos ali estavam voluntariamente na vitrine para capturar o olhar de alguém — qualquer pessoa — ou, no caso dos casais, para anunciar ou reestabelecer que estavam juntos.

Às vezes aparecia um cliente que só estava ali porque adorava dançar, beber ou jogar sinuca, mas os seres humanos precisavam de outros seres humanos, e o The Red era simplesmente lotado, escuro e barulhento o suficiente para ver e ser visto sem julgamento.

Os alto-falantes vibravam com a música, batendo como o sangue bombeado por um coração. Com a mão livre, apertei meu peito para tentar aliviar os batimentos fortes na minha caixa torácica.

Bocas se moviam, mas apenas se escutava a música, todo mundo falando a mesma língua, cantando a mesma canção. Conexão. Aceitação. Um modo de deixar o estresse da faculdade para trás.

Quando nos aproximamos do bar, Travis acenou para Raegan, que enxotou dois caras dos bancos bem à sua frente. Ela sorriu quando nos sentamos, limpando a bancada de madeira.

— Eu estava me perguntando se vocês dois iam voltar aqui.

— Por que não voltaríamos? — falei, vendo-a abrir duas cervejas nacionais e colocá-las na nossa frente.

Raegan cruzou os braços.

— Sei lá. Vocês agora estão casados. Achei que isso ia mudar vocês de algum jeito, num passe de mágica.

— Nós ainda gostamos de sair pra beber e encontrar os amigos — disse Travis, batendo o gargalo da garrafa dele na minha. Ele beijou o canto da minha boca antes de tomar um gole rápido e analisar o ambiente. — Onde estão o Trent e a Cami?

Raegan respondeu enquanto se afastava para atender outros clientes.

— Ela está trabalhando em tempo integral na Skin Deep, agora.

— Com Trent? Isso vai ser interessante — falei com um sorriso presunçoso.

— Ah, tudo com aqueles dois é interessante.

— Puta merda, e como — comentou Travis, se divertindo.

Observei Raegan e Jorie trabalhando, pegando dois ou três pedidos de cada vez. Fazendo os drinques com precisão e velocidade, recebendo os pagamentos, digitando furiosamente na caixa registradora e depois começando tudo de novo.

A parte da Raegan estava lotada, com três fileiras de gente no balcão. Se não conhecêssemos as bartenders por causa da Camille e o Travis não fosse, bom, o Travis, teríamos esperado a noite toda por um lugar para sentar. As mesas também estavam cheias, assim como as mesas de sinuca e a pista de dança.

Eu não via aquele lugar tão cheio havia algum tempo e fiquei me perguntando se era porque o incêndio tinha feito todo mundo querer ainda mais ficar perto dos amigos, curtir a vida e dar risada.

Duas mãos frias seguraram os meus ombros, e eu me virei para abraçar America. Brincos gigantescos estavam pendurados nas suas orelhas, o cabelo preso num coque bagunçado. O top deixava um ombro exposto. Ela tinha aquela postura *glamourosa sem esforço*.

— Ei, piranha — disse uma voz atrás de mim.

Eu me virei.

— Finch! Você veio!

Ele deu de ombros, e o colarinho da camisa social branca roçou nas suas orelhas.

— Quase não vim, mas eu me recuso a ficar sentado esperando até você me mandar mensagem diretamente do Reino dos Casados. Aparentemente, a conexão lá é péssima.

Tapei os olhos.

— Eu queria mandar uma mensagem pra você, mas... Tá bom, sou uma péssima amiga. — Eu o segurei pelos braços. — Vamos almoçar juntos esta semana e eu te conto tudo.

— Nem precisa, a America já me contou.

America deu um sorrisinho.

Franzi o nariz.

— Vamos almoçar mesmo assim?

— Claro que vamos. E você vai pagar. — Ele olhou para trás, vasculhando a multidão.

Jorie apareceu com um sorriso.

— Vocês querem uma mesa? Posso pedir pra Raegan esvaziar uma pra vocês. — Ela deu uma piscada. — Ela adora ser filha da puta.

— Não, está bom assim — disse Shepley, dando um aperto de mão e um abraço de lado no primo. Ele beijou a minha têmpora. — Você está bem?

Fiz que sim com a cabeça.

America e Finch não demoraram para me arrastar para a pista de dança.

Fiz contato visual com o meu marido algumas vezes, vendo-o me observar, percebendo as quatro mulheres que ignoraram de propósito a aliança de casamento e flertaram com ele sem a menor vergonha na cara.

Infelizmente, isso era uma coisa que não tinha mudado.

Mas Travis não foi paciente como sempre e as dispensou com algumas poucas palavras eficazes que eu bem queria ter ouvido.

As garotas da fraternidade saíram bufando.

Quando voltei para o meu banco, Travis passou o dedo no meu braço, curtindo o grude do suor na minha pele. Ele se inclinou para beijar o meu ombro, estalando a língua a cada beijinho.

Eu me levantei e me encostei nele.

— A gente não vai ficar aqui por muito tempo se você continuar fazendo isso.

Travis me olhou com um sorriso irônico.

— Promete?

Beijei a parte alta da sua bochecha, e ele deslizou a mão ao meu redor, segurando a minha bunda.

— Você está observando as pessoas de novo — falei.

— Eu me divirto vendo os jogos que as pessoas fazem, a avaliação, o flerte, o vai e vem e a manipulação inofensiva... Tudo aquilo que fizemos pelo ano todo até o nosso casamento.

Sorri e o beijei de novo.

— Puta que pariu, vocês dois não querem arrumar um quarto? — provocou Finch.

Travis deu um tapinha na minha bunda e se levantou.

— Vou dar uma mijada. Precisa de alguma coisa?

Arqueei uma sobrancelha.

— Do banheiro masculino? Não.

Travis deu uma risadinha e pôs a garrafa de cerveja vazia sobre o balcão.

— Você pode pedir outra pra mim?

— Posso, claro — respondi, encostando os lábios nos dele quando ele se inclinava para um beijinho rápido.

Shepley entregou sua cerveja para America.

Ela balançou a cabeça.

— Eu não sei por que todo mundo faz um drama danado quando as garotas vão ao banheiro em grupo. Os caras fazem a mesma coisa.

Shepley deu de ombros.

— Eu só vou garantir que ele não entre numa briga enquanto estiver lá.

— Ele não precisa de babá — criticou America.

Shepley fez uma careta, como se dissesse que America devia ser mais esperta.

— Ele meio que precisa, sim. O cara que ele seguiu até lá estava agindo como se fosse dar um tapa na bunda da Abby na pista de dança. Vocês não viram, mas, infelizmente, o Travis viu.

— O que você está esperando, Shep? Vai logo! — falei, empurrando-o de brincadeira em direção ao banheiro masculino.

Shepley seguiu Travis, desaparecendo na multidão.

Finch cruzou os braços, observando o ponto por onde Shepley passou se espremendo.

— O cara que o Travis seguiu não deve ser da Estadual de Eastern. Poucos homens ali teriam coragem o bastante pra flertar com você quando todo mundo sabia que Travis Maddox estava apaixonado por você. Quem seria burro o suficiente pra fazer isso agora que você é esposa dele?

— Ele não vai fazer nada. Ele disse que tinha parado com essas coisas.

Finch estreitou os olhos.

— Ah, meu amor. Ele também vai tentar pra caramba manter a palavra. Não tenho dúvida. Só não esquece que ele é humano quando a merda acontecer, tá?

Concordei com a cabeça, olhando na direção do banheiro.

America se virou para mim.

— Quando ele disse que ia parar de lutar, ele estava falando do Círculo, Abby. E eles vão ficar bem! Então — começou ela, mexendo no coque. — Não se sente diferente em relação a este lugar, agora?

— Por que todo mundo fica me perguntando isso? Eu me casei, não fiz uma lobotomia.

America riu alto e depois tomou um gole do drinque, piscando quando percebeu dois garotos da universidade se aproximando.

— Puta merda.

— O que foi? — perguntei.

— Não tem nem cinco segundos que eles saíram e já vamos ter que nos defender de alguém nessa porra — reclamou ela.

— Eles não estão vindo pra cá.

America me encarou, sem se impressionar nem se convencer, depois se virou com a mesma expressão para ver os garotos se aproximarem.

— Vocês são duas tolas. Sou eu que eles querem. Oi, garotos — disse Finch para o primeiro que se aproximou.

— Oi — cumprimentou ele. Seu cabelo era grosso e penteado para trás, parecido com o do Parker. Ele era mais alto do que eu e magrelo, mas forte, como se tivesse o físico de um jogador de golfe.

Se ele tivesse me visto com o Travis, eu não poderia imaginar como ele teria pensado que fazia o meu tipo.

O mais baixo abriu a boca para falar.

— Vocês parecem...

— Não parecemos, não. Não estamos com sede, não queremos dançar e definitivamente não estamos sozinhas — soltou America, interrompendo o cara. — Eu tenho namorado e ela é casada. — Ela apontou para mim.

O jogador de golfe deu um sorriso presunçoso, olhando para o amigo muito mais alto e depois de novo para nós. Que beleza. Era um daqueles caras que enxergam as mulheres comprometidas como um desafio.

— Oi, casada, meu nome é Ricky.

Finch rosnou para ele.

— Hilário. Você também é de 1984? Quem chama um filho de Ricky hoje em dia?

— Finch! — sibilei.

Ricky não se intimidou.

— Esse é o Justin. Prazer em conhecê-la.

Justin era mais alto, o cabelo era de um tom mais claro de castanho, mas não era muito diferente de Ricky. Ele estava tentando não parecer nervoso. Alguma coisa naqueles dois era... esquisita.

— Nós não dissemos o nosso nome, então tecnicamente não nos conhecemos — falei.

— Desculpa — disse Justin. — A gente ofendeu vocês de alguma maneira?

Olhei para baixo, envergonhada.

— Desculpa. Não ofenderam, não. A gente só está tentando ajudar vocês. Nossos namorados... meu marido e o namorado dela estão aqui e vão voltar a qualquer minuto.

— E daí? — perguntou Ricky. A arrogância dele era artificial, forçada. Bandeiras vermelhas se agitavam para todo lado, e não eram do tipo do Travis.

Suspirei.

— Meu marido não gosta que homens desconhecidos falem comigo.

— Ah, ele é ciumento? — quis saber Justin. — Isso vai parar em algum momento.

— Na verdade, não vai — respondi. — Obrigada por darem um oi, mas é melhor vocês irem embora.

— Por mim, tudo bem — disse Ricky com um sorriso presunçoso.

Revirei os olhos. America estava certa. No instante em que Travis voltasse, haveria um confronto, e a nossa noite de diversão ia acabar. Nenhum desses caras parecia ser inteligente o bastante para se afastar se Travis avisasse para eles irem embora.

Ricky pôs uma das mãos no bolso, olhando ao redor enquanto bebericava sua água com gás.

De repente me dei conta de que ele não estava realmente tentando flertar nem conversar com a gente.

Ele parecia estar esperando Travis e Shepley.

Eu o observei atentamente, ficando mais desconfiada a cada segundo.

— Você é policial? — questionei.

Os dois homens se viraram para me encarar, surpresos.

— Como é que é? — retrucou Ricky.

— Você é policial? Porque, se for, por lei você tem que me falar — expliquei.

America inclinou o pescoço para mim, com o rosto confuso.

Justin deu uma risadinha.

— Não. Não sou policial.

— E você? — perguntei, baixando o queixo e olhando furiosa para Ricky.

Ele me olhou de cima a baixo, dos meus olhos até os meus joelhos, e voltou a me encarar. Não estava nem um pouco interessado em mim. Ele estava me avaliando, tentando decidir como uma garota de dezenove anos tinha conseguido identificá-lo. Estava ali por causa do Travis.

Ele não respondeu, então eu dei um passo em sua direção.

— Sai daqui, porra. Se quiser falar com o Travis, vai ter que prendê-lo.

Ricky se empertigou, mas deu um passo para trás.

— Podemos cuidar disso. Ele não tem nem vinte anos ainda e está bebendo num bar. Aposto que todos vocês têm identidade falsa.

Estreitei os olhos e me aproximei.

— Você está esperando o que, então?

— O que está acontecendo? — perguntou America, assustada.

Justin olhou ao redor, um pouco nervoso. Ele não era policial, e, se fosse, era provavelmente um novato, talvez até um informante, jovem o suficiente para ser designado para tentar nos enganar.

Um braço forte agarrou o meu pescoço, e Travis beijou a minha têmpora.

— Oi, baby. — Como eu tinha previsto, ele olhou furioso para os dois homens que estavam em pé na nossa frente. — Quem são esses?

— Quem? — perguntou America, se fazendo de boba.

Travis não achou graça. Ele apontou para Justin e Ricky — se é que se chamavam assim mesmo.

— Esses palhaços.

Ricky deu uma risada, voltando ao personagem, mas claramente exagerando.

— Palhaços? A gente não quer nada com as suas piranhas. Fica tranquilo.

— Ah, que espertos, puta merda — disse Shepley, já tirando o casaco.

Antes que eu conseguisse gritar "para", Travis já tinha me soltado e partido para cima de Ricky, jogando-o no chão.

Como sempre, o restante do bar se juntou. Todos os idiotas bêbados que andavam por lá atrás de uma briga tinham acabado de encontrar o que queriam.

Finch me afastou da crescente montanha de punhos voando, com um sorriso largo no rosto.

Enquanto eu tentava encontrar o meu marido, não consegui deixar de pensar sobre qual seria o propósito de fazê-lo brigar. Ricky já tinha admitido que eles podiam prendê-lo por beber sendo menor de idade.

Enquanto a briga se espalhava, America e eu ficamos grudadas no bar. Raegan estendeu a mão para nós, tentando nos ajudar a sair dali antes que fôssemos esmagadas.

— Shep! — gritou America quando eu a empurrei por cima do balcão enquanto Raegan puxava. — Shepley!

Depois que America tinha pulado e estava parada em segurança ao lado de Raegan, eu também pulei.

Travis não estava em lugar nenhum, e, quanto mais tempo ele passava longe do meu campo de visão, mais eu me preocupava. Eu não sabia o que aqueles homens queriam. Eles podiam ser policiais ou do FBI, ou, pior ainda, terem sido mandados por Vegas. Benny ainda estava irritado por Travis tê-lo rejeitado, e ninguém conseguia escapar se rejeitasse um chefão da máfia.

Eu gritei de novo pelo meu marido.

Os seguranças abriram caminho pela multidão, empurrando os inúmeros seres humanos que estavam agindo como animais — incluindo Travis.

— Travis Maddox! — berrei.

Travis se levantou, limpando o sangue do lábio com as costas da mão, sorrindo para os homens ainda caídos no chão. Tinha no rosto uma expressão arrogante, os olhos radiantes. Ele estava com saudade de lutar.

Shepley puxou a camisa dele, e Travis andou para trás, depois se virou para o bar e estendeu a mão para mim. Ele me ajudou a pular, depois me pôs no chão.

— Você está bem? — perguntou Travis.

Fechei a cara para ele, mas ele não estava arrependido.

O amor do Travis por dar socos sempre estaria latente logo abaixo da superfície, esperando para ser liberado em alguém. As pessoas ficavam me perguntando se eu agora tinha uma opinião diferente sobre as coisas, e foi ali que eu percebi a única coisa que eu esperava que mudasse.

A multidão empurrou, e Travis virou de costas para mim, formando uma barreira protetora, como se os homens que estavam se contorcendo no chão ainda fossem uma ameaça. Os seguranças os levaram para fora, sinalizando para Travis e Shepley que eles também tinham que ir embora.

Raegan se aproximou para falar com Travis.

— Se continuar fazendo merda, Trav, a Jorie vai banir você daqui pra sempre.

— Ela fala isso direto — disse Travis com um sorriso, limpando a boca de novo.

— Você está... Você está sangrando? — perguntei, virando o rosto dele para mim.

Travis só era atingido se permitisse. Aquilo era meio que o lance dele. Eu não estava acostumada a vê-lo sangrar, e isso piorou ainda mais a minha paranoia.

— Pois é — disse Shepley. — Acho que eu dei uma cotovelada nele sem querer.

Ergui uma sobrancelha.

— Por essa você não esperava, hein!

Travis fez uma careta.

— Eu esperava, mas estava numa ótima posição e no meio de um soco naquele verme que chamou você e a Mare de piranhas... então nem me preocupei em desviar.

— Vamos lá, pessoal. Não obriguem os seguranças a escoltarem vocês para fora — avisou Raegan, dando um tapinha no ombro do Travis.

— Vou ficar — disse Finch, fingindo ajeitar o cabelo atrás da orelha. — Eu não fiz porra nenhuma e a minha noite acabou de começar.

— Tem certeza? — eu quis confirmar, já sabendo a resposta.

Finch me deu um beijo no rosto e acenou, indo para a pista de dança.

Dei um suspiro quando começamos a seguir em direção à saída. Eu não podia culpar Travis, mas ao mesmo tempo estava decepcionada. Era a nossa última saída antes de pegar firme nas aulas, e não tínhamos ficado nem uma hora na rua.

Caminhamos com Shepley e America, já que os veículos estavam estacionados lado a lado.

— Você descobriu? — perguntou America.

Balancei a cabeça.

— Não, mas vou descobrir.

— Do que vocês estão falando? — indagou Shepley, ajeitando a camisa.

— Aqueles caras eram estranhos — disse America.

— Eles foram falar com a gente — expliquei. — Mas, depois que avisamos que vocês iam voltar, eles não foram embora. Eles não falaram com a gente, não tentaram pagar bebidas pra nós, nada. Quase como se eles estivessem esperando por vocês.

Travis e Shepley se entreolharam.

— Vocês já tinham visto a cara deles? — perguntei.

Travis fez uma careta.

— Não. E espero não ver nunca mais.

— O que ele disse, sobre sermos piranhas — falou America. — Ele sabia que isso ia tirar o Travis do sério. A coisa toda foi orquestrada. Tem algo ali.

— Vocês duas precisam parar de ver esses programas de crime na Netflix. Vocês estão ficando paranoicas pra caralho — disse Travis, olhando para mim.

Franzi a testa.

— Os caras tinham metade do seu tamanho. Você não precisava ter dado um soco tão forte.

Shepley deu de ombros.

— Eu só esfolei o cara. Se eu tivesse socado pra valer, podia ter matado.

— Eu também — declarou Travis, em um tom monótono.

Puxei a mão do Travis.

— Eu estou falando pra vocês, tem alguma coisa com aqueles caras. A Mare está certa. A gente precisa descobrir o que é.

Travis olhou para Shepley, que deu de ombros.

— Um deles tinha um chaveiro de Parkland College com outro da Estadual de Eastern na mesma argola. Eles são só uns babacas de Champaign, Illinois, que nunca viram um Maddox.

Arqueei as sobrancelhas para Shepley. Eu achava que fosse a observadora.

Travis tirou o casaco e o colocou sobre os meus ombros.

Eu não tinha notado, até aquele momento, que estava tremendo.

— Sabe o que a gente precisa fazer? — perguntou ele, beijando o meu rosto. — A gente precisa seguir em frente. Eu não vou passar o resto da vida olhando por cima do ombro, Flor. Também não quero que você faça isso. Vou aceitar aquele emprego na semana que vem, e você vai começar a monitoria. Eles vão encerrar a investigação e tudo vai acabar.

Fiz que sim com a cabeça, acenando para America quando Travis abriu a porta do passageiro. Eu entrei, irritada por ainda estar tremendo. Eu não estava com frio, eu estava nervosa.

Justin e Ricky tinham ido provocar uma briga com Travis.

Eu precisava descobrir o motivo.

Travis ficou parado ao lado da minha porta e acendeu um cigarro, pondo a palma da outra mão na minha janela.

Coloquei a minha palma do lado de dentro da janela, e ele piscou para mim, soprando uma baforada de fumaça.

Ele soltou outras baforadas e depois apagou a brasa no cascalho com a bota. Travis enfiou a guimba no bolso e, bem quando ele estava dando a volta pela traseira do carro, Justin e Ricky apareceram em um ponto visível.

Eles estavam parados nas sombras distantes do estacionamento, encarando o Camry. Ricky e eu nos entreolhamos, e ele falou alguma coisa para Justin, mas não desviou o olhar.

Baixei o queixo e levantei a mão, mostrando nitidamente o dedo do meio.

Travis abriu a porta e eu guardei para mim o meu *foda-se,* sorrindo enquanto ele ligava o motor e colocava a mão no meu joelho e saía com o carro para a rua.

Justin e Ricky voltaram para as sombras, para fora do campo de visão do Travis, mas eu sabia que eles estavam ali, observando.

— Está tudo bem, baby? — perguntou Travis. — Desculpa. Eu sei que você estava animada com a noite.

— Não estou chateada — falei, deixando a suspeita e a preocupação saírem do meu rosto quando me virei para encarar o meu marido. — Estou bem. De verdade.

— Você ainda acha que aqueles caras com bracinhos finos são do FBI ou coisa assim? — provocou ele.

Em alguns dias, seria o aniversário do Travis, e eu sabia que ele começava a hesitar sobre se entregar. Havia muitos motivos para eu mentir então.

Olhei pela janela para o espelho retrovisor, percebendo que um par de faróis estava nos seguindo a mais ou menos um quilômetro de distância.

— Não. Acho que eles não são ninguém. Alarme falso.

Travis deu um tapinha no meu joelho e dirigiu em direção ao apartamento, sorrindo como se as coisas não tivessem mudado — e eu sorri com ele.

9

Arrasado

TRAVIS

— Baby! Eu queria fazer um lanchinho. Vai sair uma comidinha daqui a cinco minutos! — gritou Abby da cozinha.

— Legal, eu não sei por que, mas estou com fome praticamente desde que acabamos de jantar — falei, encarando o espelho do banheiro.

Entrei na cozinha e beijei a sua bochecha.

Ela me olhou com uma expressão preocupada.

— Você está bem? Foi o primeiro dia de volta às aulas, a primeira vez que vimos Keaton depois do incêndio. Talvez a gente devesse ter dispensado o The Red hoje e ido cedo pra cama.

— Eu não tenho dormido muito bem. Parece que estou em um beco sem saída. Sinto que mal consigo manter os olhos abertos.

Ela juntou as sobrancelhas.

— Você parece exausto. Toma um banho e vai pra cama. A gente come lá.

— Na cama?

— É, eu levo as bandejas e a gente faz um piquenique rápido e cai no sono.

— Você é um anjo — declarei, dando um beijinho nela antes de ir para o chuveiro.

A água escorria sobre mim, mas, em vez de me despertar como de hábito, só fazia eu me sentir mais cansado. Sem perder tempo, eu me esfreguei e saí, enrolando uma toalha na cintura, e fui para a cama com os pés ainda úmidos.

Abby me entregou uma cueca e, depois de vesti-la, subi na cama. Ela colocou uma bandeja no meu colo, e eu me recostei.

— Juro por Deus, gatinha. Eu não te mereço.

Ela se sentou ao meu lado, pegando um garfo e enfiando comida na minha boca.

— Se você não merecesse, eu não estaria te dando comida na boca na cama. Você merece demais.

Mastiguei e recostei a cabeça de novo.

Havia tantas coisas que eu amava na Abby, e eu nem tinha visto esse lado dela ainda. Ela sempre foi um pouco arredia, um pouco distante, e agora estava tranquila, confortável, e — embora eu nunca diria isso em voz alta — parecia estar curtindo bancar a esposa dedicada.

— Não espere que vá ser assim toda noite — disse ela, dando uma piscadinha e se levantando.

— Aí está ela — falei com um sorriso. Espetei alguns vegetais com o garfo e enfiei uma porção enorme na boca.

Abby se virou para o corredor, e eu resmunguei para ela antes de engolir.

— O que foi? — perguntou ela.

— Aonde você vai?

Ela apontou para o corredor.

— Louça.

— Pode parar com essa porra. Você que cozinhou.

— Hoje eu vou fazer as duas coisas. Não sujou muita louça. Um dia desses eu posso estar doente e você vai ter que assumir uma parte maior do trabalho. É assim que funciona.

— Não deve ser tão fácil assim. Tem gente se divorciando todos os dias. Será que o casamento é tão fácil desse jeito?

— Não é fácil. Essa é a parte fácil.

Apontei o garfo para ela.

— Bom, então eu vou aproveitar muito.

Terminei a comida e tentei ficar acordado até a Abby voltar para a cama, mas devo ter apagado antes mesmo de ela vir para pegar o meu prato, porque, quando acordei, a bandeja tinha sumido e o quarto estava escuro. Abby estava aninhada atrás de mim, com o braço em cima do meu peito.

— Merda — sussurrei, olhando ao redor.

— O que foi? — perguntou ela, se mexendo.

— Que horas são? — Eu me sentei, olhando para os números acesos no relógio.

— Você estava cansado, baby — disse Abby, me abraçando quando eu me deitei de novo.

Meu celular apitou.

— Porra — xinguei. — Quem manda mensagem uma hora dessas?

Ele apitou novamente.

— Eu não vou me mexer — falei. Eu me sentia um pouco melhor do que mais cedo, mas estava aconchegado, confortável e aninhado na minha esposa. Eu não ia a lugar nenhum.

Ping!

— Isso me lembra das noites de luta — disse Abby, com a voz abafada nas minhas costas.

Em seguida, o celular dela apitou.

— Devem ser o Shep e a Mare — concluiu ela, se sentando. Abby pegou o celular e abriu as mensagens. — Ai, meu Deus. Trav?

— O que foi?

— É o seu pai.

— O que foi? — repeti, dessa vez me sentando e pegando o meu celular. — Por que ele está acordado a uma hora dessas? Ele está bem?

— Estou ligando pra ele — avisou ela, levando o celular ao ouvido.

Acendi o abajur e esperei.

— Jim? O que aconteceu? *O quê?* Quando? — perguntou Abby.

— Ele está bem? — insisti. Eu ouvia a voz do meu pai. Ele estava preocupado.

Ela fez que sim com a cabeça para mim, depois continuou a escutar.

— A gente vai chegar aí rapidinho, Jim. Estamos indo. — Ela desligou e se virou para mim.

— É o meu pai?

Ela balançou a cabeça.

— O Trent sofreu um acidente — disparou ela. — Com a Cami.

— *Agora à noite?*

Ela assentiu, com os olhos se enchendo de lágrimas.

— Um motorista bêbado bateu no carro deles depois do trabalho. O seu pai está no hospital, esperando os médicos darem notícias. O Thomas está num avião, vindo pra cá.

— Então deve ter sido grave — falei, me sentindo enjoado no mesmo instante. Eu me levantei, indo direto para o armário e pegando o primeiro casaco que encontrei.

Abby também se levantou para se vestir.

— Ele está estável — disse ela enquanto nos apressávamos até o carro. — A Cami está muito mal. Acho que eles estavam discutindo, e a Cami estava dirigindo e não estava prestando atenção. Ele a carregou até a casa mais próxima. Isso foi tudo que ele conseguiu dizer antes de desmaiar na ambulância. Ele não acordou, depois disso.

Batemos as portas e nos entreolhamos. Abby deve ter visto o pânico no meu rosto, porque ela pôs a mão no meu joelho.

— Eles vão ficar bem.

Dei ré e saí apressado do estacionamento, virando o volante e fazendo a curva mais rápido do que deveria, instintivamente estendendo a mão para me assegurar de que o cinto de segurança da Abby estava bem preso.

— Baby, toma cuidado. Você bebeu. Não dirige muito rápido na chuva.

Minhas mãos tremeram quando eu girei o volante e tirei o pé do acelerador.

— Porra, Trent.

As portas do pronto-socorro do hospital se abriram com uma lufada de ar, e eu apertei a mão da Abby, puxando-a porta adentro.

Mães exaustas com bebês doentes no colo estavam sentadas ao lado de idosos frágeis, e um grupo de skatistas se reunia ao redor de um amigo que segurava o pulso na altura do peito. Gemidos, lamentos, choro de bebês, celulares tocando, crianças brincando nos tablets e iPhones com o volume elevado demais se juntavam aos anúncios no sistema de alto-falantes. Isso me deu vontade de fugir, mas eu precisava achar a minha família.

Do outro lado das fronteiras da sala de espera, atrás de portas duplas protegidas, cada uma com janelinhas retangulares, vinha um tumulto abafado — um homem xingava e gritava.

— Trent — falei baixinho.

Eu me aproximei na mesa da recepcionista, mas ela nem levantou o olhar.

— Oi — cumprimentei, olhando para o crachá dela —, Gladys. Estou procurando Trenton Maddox.

— Você é da família? — perguntou Gladys com uma voz anasalada, sem se impressionar com a minha evidente urgência.

Havia correntes de contas penduradas dos dois lados dos óculos ovais dela. Seus lábios finos se franziam e se contraíam entre uma resposta e outra. Ela provavelmente havia trabalhado dez anos além do que sua empatia poderia sobreviver e não deu a menor bola para o fato de o meu irmão estar machucado ou de o meu pai estar atrás daquelas portas, fora do meu alcance, preocupado.

— Ele é meu irmão — respondi. — Sofreu um acidente.

— Ah, o motorista bêbado — concluiu Gladys.

Eu reuni todas as minhas forças para manter a voz calma.

— Não. Ele foi atingido por um motorista bêbado.

— Sei bem — disse Gladys com um suspiro. — Ele está se recusando a ir para a sala de exames.

— Posso vê-lo? Eu consigo convencê-lo a ir a qualquer lugar onde ele precise estar.

Ela encarou o computador, sem se abalar.

— Vou avisar que você está aqui. Sente-se.

Fechei as mãos em punhos, mas, antes de perder a cabeça, me virei para trás e fui com a Abby até uma fileira de cadeiras que ainda não estava ocupada pelos doentes ou machucados. Eu me sentei, sem perceber que balançava meu joelho furiosamente até eu ver uma criança encarando a minha perna. Apoiei o meu cotovelo no braço do assento e pressionei meu nariz entre os olhos.

Abby estava massageando as minhas costas, mas a espera era uma agonia.

Trenton já tinha sofrido um acidente com uma pessoa querida. Embora tivesse sobrevivido, achei que perder Kenzie acabaria com ele. Se meu irmão sobrevivesse agora e a Cami não... Eu não sabia como ele ia ficar.

— Ele vai ficar bem, baby. Estou com uma sensação boa — disse Abby. — Trav — falou, dando um tapinha no meu joelho. — Seu pai...

— Travis? — Meu pai estava parado na passagem, e as portas duplas estavam abertas.

Eu me levantei num pulo e atravessei a sala apressado, puxando-o para um abraço.

— Como ele está? Como está a Cami?

— O Trenton está acordado. Ele chegou a desmaiar, mas vai ficar bem. Ele vai mancar por um tempo. Quebrou o braço em dois lugares. O tornozelo está inchado, mas as radiografias não mostraram nada. Acho que ele torceu quando estava correndo.

— Como é que você está? — perguntou Abby, abraçando o meu pai.

— Ah, você sabe. Já passou da minha hora de dormir, mas meu garoto está machucado. Vim pra cá o mais rápido que consegui.

— Ele tem sorte de ter você — disse Abby, abraçando-o de novo.

— O Trent está lá dentro. Falei pra ele esperar enquanto eu vinha aqui te buscar. A recepcionista não é muito solícita. — Meu pai pendurou o braço no meu, e eu senti que se apoiava em mim.

Por fora, ele estava se controlando, mas as mãos dele estavam úmidas, e os olhos vermelhos mostravam cansaço.

— Pai, tem certeza que você está bem?

— Eu? Estou bem... estou bem. — Ele olhou para a recepcionista. Ela apertou uma campainha para nos liberar, e uma enfermeira já estava nos esperando. — Este é o meu filho e esta é a esposa dele.

— Parece que o senhor tem alguns garotos, sr. Maddox.

— É verdade. Tem mais um a caminho. Pegou um avião lá na Califórnia. Meu filho mais velho.

— Você tem uma família ótima — disse ela.

— Tenho mesmo. Vou levar os dois lá dentro.

— Boa ideia. Me avisa se precisar de alguma coisa — respondeu ela.

Meu pai nos levou até a sala de exames onde estava Camille, mas parou pouco antes de entrar, mantendo a voz baixa.

— A Camille está fazendo uma tomografia. O Trenton está com ela. Quando ele voltar... Seu irmão está muito preocupado, meu filho. Seja gentil com ele. Eu sei que vocês costumam brincar de dar socos, mas ele só precisa de um pouco de apoio. Eu nunca o vi assim.

— Sim, sim, claro, pai. O que aconteceu? — perguntei. — A Abby me contou uma parte, mas ela não sabia de muita coisa.

Meu pai apoiou a mão na barriga, baixando o olhar para o chão.

— A Camille saiu chateada do trabalho. O Trenton entrou no banco do passageiro. Estava chovendo, e eles estavam discutindo. Nem viram o canalha que atravessou o sinal de PARE. O jipe dela capotou quatro vezes e meia. Quando o Trenton conseguiu sair do carro, ele a puxou, mas não conseguiu acordá-la. Então ele a pegou no colo e a carregou por quase dois quilômetros até a casa mais próxima.

— Jesus — sussurrei. — Com o braço quebrado? Em dois lugares?

— *Pois é*, ele fez isso, sim — disse meu pai, sem conseguir esconder o orgulho.

Ele pôs a mão na porta.

— Quando voltarem, eles vão — meu pai engasgou, depois pigarreou — eles vão ajeitar os ossos dele e engessar o braço. Eles alertaram que a fratura já começou a se recuperar e, se o Trenton esperasse, seria mais difícil engessar, mas ele não quer sair de perto da Camille.

Eu o abracei de lado.

— Ele é durão, pai. Vai ficar bem. O que os médicos disseram sobre a Cami?

Meu pai franziu as sobrancelhas.

— Ela ainda está inconsciente. Tem um corte feio na cabeça, que está um pouco inchada. A janela se estilhaçou e os dois se cortaram muito.

Olhei para o corredor, tentando organizar meus pensamentos. Eu precisava dizer alguma coisa, qualquer coisa para fazê-lo se sentir melhor. Ele não podia perder mais ninguém.

Fiz que sim com a cabeça.

— O Trent é foda demais pra morrer, porra, e a Cami é ainda mais durona que ele.

Meu pai sorriu e secou os olhos com as costas da mão.

— Bom, isso é uma boa vantagem, né? — Ele empurrou a porta.

Abby acompanhou meu pai até a única cadeira do quarto, e eu fui até o corredor para procurar outra. A enfermeira que nos cumprimentou já estava trazendo mais uma.

— Obrigado — agradeci, fazendo um sinal com a cabeça.

Além das duas cadeiras e de nós três, era um quarto vazio. Não havia leito nem bombas intravenosas, só a bagunça que a equipe de emergência tinha deixado para trás.

Olhei para a mancha de sangue no chão e as dezenas de panos azuis ensanguentados.

— Jesus — falei, colocando a nova cadeira ao lado do meu pai.

— Senta aí — disse ele, se ajeitando na cadeira. — Eles devem voltar daqui a pouco.

— Que cara é essa? — perguntei a Abby, notando uma expressão amargurada no seu rosto.

— Nada — retrucou ela.

Fiquei parado atrás dela, massageando seu pescoço, apertando os músculos tensos em pequenos círculos.

Ela soltou a respiração e relaxou.

— Baby — chamei. — Me conta.

Ela olhou para o meu pai, que parecia já saber o que ela estava prestes a dizer.

— O Trenton não deixava uma garota dirigir desde a Mackenzie. A primeira vez que ele... O que ela fez foi egoísta. E o Thomas vir pra cá... — ela se interrompeu. — Deixa pra lá.

— É — comentei, olhando para o meu pai. — O Tommy está vindo?

Meu pai simplesmente fez que sim com a cabeça.

— E os gêmeos?

— Eles estavam de plantão no trabalho, não conseguiram substitutos a tempo. Chegam na próxima semana.

— Porque ele vai ficar bem — falei, pensando em voz alta. Juntei as sobrancelhas enquanto continuava a massagear o pescoço da Abby. — Mas o Tommy não quis esperar? Isso não é a cara dele.

Meu pai não disse mais nada, mas a expressão dele não conseguia esconder que ele sabia de mais alguma coisa.

Um homem careca usando jaleco azul-bebê entrou puxando uma maca. Uma mulher empurrava a outra extremidade da maca com uma das mãos enquanto tentava alinhar a cadeira de rodas do Trenton com a outra.

Os olhos do meu irmão se iluminaram por meio segundo quando ele viu que Abby e eu estávamos ali, mas logo o brilho diminuiu.

Eu analisei a mulher: o cabelo loiro estava puxado para trás, formando um rabo de cavalo baixo e prático. O crachá dizia *Stacy Z.* e, embaixo, *Radiologista.*

— Obrigado pela ajuda — disse o homem.

— Sem problemas, Julian. Quer que eu ajude com a telemetria? — perguntou ela.

Ele balançou a cabeça.

— Me avisa se precisar de mais alguma coisa — orientou ela com um sorriso radiante.

Julian olhou feio para Trenton.

— Só se ele insistir em ir junto de novo.

Stacy soltou uma risada enquanto cruzava a porta, com os olhos azuis reluzindo quando se virou para acenar.

— Eu acho fofo.

Os músculos do maxilar do Trenton enrijeceram, mas ele mantinha os olhos voltados para a frente, com um franzido permanente na testa. O braço direito estava apoiado no colo, com um lençol branco de hospital sendo usado como uma tala improvisada. Uma compressa de gelo grande aparecia por baixo do algodão grosso.

Peguei os punhos da cadeira de rodas, tirando-o do caminho enquanto Julian posicionava o leito da Camille, travando as rodas.

Abby se ajoelhou diante do Trenton.

— Oi — disse ela, dando uma olhada nele todo.

Um pouco de sangue vermelho-vivo tinha se infiltrado na parte branca do olho direito dele, e o rosto, o pescoço e os braços estavam salpicados de lacerações em diferentes graus provocadas pelo vidro quebrado que se espalhou dentro do jipe.

Eu me sentei na cadeira da Abby, apoiando os cotovelos nas coxas. Trenton desviou o olhar, os olhos começando a brilhar de lágrimas.

Julian colocou o último botão dos fios de telemetria da Camille em um adesivo no peito dela, fazendo um sinal com a cabeça para nós enquanto saía em silêncio do quarto.

— Trent — comecei.

— Agora não — disse ele, com a voz engasgada.

— Eu sei o que você está pensando — falei, deixando a empatia se infiltrar no meu tom de voz.

— Não sabe, não.

Parei, refletindo sobre quais palavras me ajudariam se eu estivesse no lugar dele — se fosse a Abby deitada naquela cama em vez da Camille. Pensei em quando a procurei durante o incêndio e na dor e no medo que senti só de pensar em perdê-la.

Não havia nada. Nada faria com que eu me sentisse melhor naquela situação além de saber que a Abby estava bem.

Analisei o rosto da Camille. Ela estava estranhamente serena para alguém tão ensanguentada, surrada e pálida.

— Você está certo. Eu não sei mesmo. Isso é uma merda, meu irmão, e eu sinto muito.

Os olhos do Trenton se voltaram para os meus. Seu lábio inferior tremeu.

— Eu tentei impedi-la.

Segurei a nuca dele com delicadeza, encostando a minha testa na dele.

— Nós sabemos. Ela sabe.

— Ela... — Ele fungou e pigarreou algumas vezes antes de conseguir continuar. — Aquele cara de antes. Ele está na cidade. Veio encontrar com ela, e o Bishop viu os dois.

— Bishop? — perguntei.

— Ele trabalha com a gente na Skin Deep. Enfim, o Bishop disse que o babaca tentou beijá-la. Eu falei pra Cami que eu estava de saco cheio. Eu não estava falando de *nós*, eu estava falando de estar de saco cheio de esperar que ele decidisse deixá-la em paz. Ele sabe de mim.

Abby suspirou e cobriu os olhos.

— Ela achou que eu estava de saco cheio dela, e ficou chateada. Muito chateada. Aí, ela saiu no carro dela. Eu entrei e estava tentando fazê-la parar. Eu implorei. Ela estava chateada e era tudo culpa minha. Mas ela estava se preparando pra parar quando a gente sofreu a batida. E agora... — Ele olhou para ela, com o lábio inferior tremendo. Ele levantou o braço bom para apontar na direção dela. — Ela está deitada naquela cama, perdida em algum lugar da cabeça dela, e eu não consigo alcançá-la.

Meu pai encarou o chão.

Eu sentia que era o único naquele quarto que não estava por dentro da história toda.

— Pai... — chamei. — O que é que você não está me contando?

Ele hesitou, salvo pouco antes de falar pela enfermeira que entrou no quarto.

Covinhas duplas profundas emolduravam seu sorriso amplo. Ela estava mastigando um chiclete da mesma cor do jaleco.

— Oi, pessoal — sussurrou ela. — Eu sou a Katie. Me avisaram que tem mais alguém da família a caminho. Vão trazer mais cadeiras daqui a pouco. Enquanto isso, vou engessar o braço do Trenton. Ouvi dizer que ele não quer ir pra sala do gesso, então o Rosh vai vir aqui com o equipamento.

Trenton estava inabalável.

— Hum, não é o médico que deve engessar o braço dele? — perguntei.

Katie posicionou as radiografias na tela e acendeu a luz.

O rosto da Abby se contraiu ao ver as imagens, e eu me encolhi por dentro.

Katie se virou para nós, com o cabelo loiro-escuro balançando.

— Eu sou médica residente... e vocês só têm a mim. Depois do ataque recente do Trenton, todos os médicos me ofereceram em sacrifício.

— Covardes — disse Trenton, bufando.

Um homem usando jaleco preto entrou pela porta, empurrando um equipamento, uma bandeja cheia de materiais e uma tigela de água.

— Oi, Rosh — cumprimentou Katie, soando empolgada até quando sussurrava.

Rosh mostrou um rolo de fita de gesso verde-limão.

— Eu trouxe a melhor cor que temos.

— Obrigada — disse Katie. Ela baixou o queixo. — Só estou esperando o leito adicional e o anestesista.

Trenton balançou a cabeça.

— Não. Eu tenho que estar consciente quando ela acordar.

Katie hesitou, depois olhou para cada pessoa do quarto.

— Ela está com a família aqui. E você vai estar aqui, só não vai estar *aqui*.

Trenton empinou os ombros, ajeitando a postura.

— Eu aguento.

A empatia sobrecarregou a expressão de Katie.

— Se você gritar...

— Não vou dar nem um pio — disse Trenton, encontrando o olhar da médica.— Eu juro.

Katie o observou por um instante, depois assentiu.

— Acredito em você. Muito bem, Rosh, vamos lá.

Ela lavou as mãos, secou e calçou um par de luvas azuis enquanto Rosh colocava uma cadeira na frente do Trenton, verificando se a cadeira de rodas estava travada.

Trenton se preparou enquanto Katie tirava a tala de lençol e a compressa de gelo. Ela apalpou o braço dele e depois fez um sinal com a cabeça para Rosh.

Abby prendeu a respiração, e meu pai se levantou e se afastou um pouco.

— Aqui, pai. Senta — falei.

Ele balançou a cabeça, me dispensando com um aceno.

Katie olhou para o Trenton por baixo da sobrancelha.

— Pronto? Vamos começar com o seu pulso primeiro.

Ele assentiu, e Katie apertou e puxou, manipulando o pulso e a mão dele.

O rosto do Trenton ficou vermelho, e o maxilar estava cerrado.

Segurei a sua mão esquerda, e ele enterrou as unhas na minha pele.

— Não prende a respiração — orientou Katie baixinho. — Não quero que você desmaie na minha frente sem estar deitado num leito. Tá quase acabando.

Trenton inspirou pelo nariz.

— Isso mesmo. Se concentra na sua respiração. Você está indo muito bem. — Ela pressionou e moveu a mão dele.

Eu discordava dela. Estava pedindo a Deus para ele desmaiar. Mas o Trenton aguentou firme, determinado a estar acordado e alerta pela Camille.

Concentrada, Katie foi para a segunda fratura.

Bem quando eu achei que o Trenton não ia aguentar mais um segundo, o braço dele se endireitou, e Katie fez um sinal para Rosh.

— É isso aí, o pior já passou — disse. Ela colocou o material enquanto segurava o braço dele no lugar, Rosh molhou alguma coisa e começou a embrulhar o braço do meu irmão.

— Que beleza — elogiou Rosh, sorrindo enquanto enrolava a fita de gesso verde-limão ao redor do braço.

— Assim que esse desastre secar, eu vou ser o primeiro a assinar — falei. — Até já sei o que vou escrever.

— Não é um desastre — consolou Katie. — É um belo gesso.

Meu pai estava parado quieto no canto, me permitindo andar de um lado para o outro.

— A família da Camille foi contatada. Por que eles não apareceram? — perguntei.

— A família dela é... complicada — explicou Trenton.

— Nada é tão complicado que justifique não dar as caras num momento desses — falei.

— Imperdoável — murmurou Jim. — Bom, nós somos a família dela agora. Vamos garantir que ela tenha tudo o que precisar.

Trent estava sentado na cadeira de rodas, ao lado da cama dela, imóvel como uma estátua, e, de vez em quando, sussurrava em seu ouvido alguma coisa que eu não conseguia decifrar.

O estômago da Abby roncou, e meu irmão me olhou pedindo desculpa.

— Alguém aí quer um fast-food da madrugada?

Todos nós levantamos a mão, até o Trenton.

— Tudo bem, eu vou buscar comida pra gente. — Ela me deu um beijo.

— Toma cuidado, baby.

— Quais são as chances de duas pessoas da nossa família sofrerem um acidente na mesma noite? — perguntou ela.

Meu pai franziu a testa.

— Infelizmente, querida, quando se trata de nós, a sorte nunca está do nosso lado. Use o cinto de segurança. Fique alerta. Você não está cansada demais, né?

Abby balançou a cabeça.

— Estou bem. Me mandem uma mensagem dizendo o que vocês querem do In-and-Out. — Ela apontou para o meu pai. — Só vou ler quando chegar lá.

Esperar Abby voltar pareceu uma eternidade. Eu andava de um lado para o outro sem parar, verificando o celular mesmo sabendo que ela não devia mandar mensagem enquanto dirigia.

— Ela está bem, irmão — disse Trenton.

— Eu sei. Eu sei que ela está bem.

De algum jeito, o quarto estava mais silencioso sem ela ali, embora Abby mal tivesse dado um pio antes. Eu tentava não olhar para a Camille, porque, toda vez que olhava, uma onda de pânico percorria o meu corpo.

Meu celular apitou, eu li e suspirei.

— Ela chegou lá. Está esperando a comida.

Meu pai sorriu, cansado, mas aliviado.

— Ela vai voltar rapidinho, filho.

Vinte minutos depois, ela estava de volta, dividindo a comida. Comemos em silêncio, limpamos tudo em silêncio, e o tempo parecia ser contado pelos intervalos entre uma visita e outra de enfermeira ou médico.

Passada mais de uma hora e alguns exames depois, a equipe nos informou que ia transferir a Camille para o andar de cima.

— Por que ela não está acordando? — perguntou Trenton.

A médica respirou e balançou a cabeça.

— O cérebro é complicado. O inchaço está diminuindo, e as funções cerebrais dela estão ótimas, então isso é uma boa notícia. Ela está se curando. O cérebro dela provavelmente está mantendo tudo desligado enquanto ela se cura, o que também é uma boa notícia. O quarto dela é o 414. É uma suíte de canto. Muito boa, e tem mais espaço pro seu irmão e o seu pai andarem de um lado para o outro. — Ela piscou e assentiu antes de sair do quarto.

Dei um tapinha de leve no ombro bom do Trenton para encorajá-lo e, em seguida, enfermeiras chegaram para pegar os dispositivos de monitoramento e os suportes de soro da Camille.

Eles trabalharam rápido, destravando a maca na preparação para a viagem até o andar de cima antes que a gente percebesse que estava tudo pronto.

Seguimos os enfermeiros, acenando para Katie e Rosh quando passamos na estação da equipe de emergência. Quando chegamos ao elevador, todo mundo se deu conta ao mesmo tempo de um problema. A maca da Camille e a cadeira de rodas do Trenton não cabiam no mesmo elevador.

— Vemos vocês lá em cima — disse a enfermeira, com o cabelo loiro-avermelhado roçando nos ombros.

Trenton usou a mão boa para se erguer.

Eu corri para travar as rodinhas, e os olhos da enfermeira se arregalaram.

— Por favor, não faça isso — orientou ela.

Trenton entrou mancando no elevador, se apoiando no corrimão da maca. Ele fez um sinal com a cabeça para mim.

— A gente se encontra lá em cima.

As portas do elevador se fecharam, e eu esperei três segundos antes de apertar o botão de novo.

Abby bufou.

— Você ainda está com raiva? — perguntei.

— Estou. Sinto muito, mas estou. Não consigo parar de pensar que a Cami não merece todo o esforço que o Trenton está fazendo por causa dela. E aí o Thomas...

— Tommy? O que tem ele? — interrompi.

— A essa hora ele já devia ter chegado. Vou parar por aqui — resmungou ela.

A portas do outro elevador se abriram, revelando um espaço vazio. Abby auxiliou o meu pai, e eu empurrei a cadeira de rodas do Trenton atrás deles.

— Eu não queria ficar falando mal da Camille enquanto ela está praticamente em coma... Meu Deus, eu sou uma pessoa horrível. É só que... Deixa pra lá.

— O Tommy está vindo pra cá, Flor. Vai demorar um pouco. Ele deve estar morrendo de preocupação.

— Com certeza — Abby deixou escapar em um sussurro, mas eu ouvi. Comecei a defendê-lo de novo, mas o meu pai me interrompeu.

— Eu entendo — disse meu pai. — As emoções estão à flor da pele hoje. Às vezes a gente se sente melhor culpando alguém. É o único jeito que encontramos para dar algum sentido a tudo isso.

Quando a porta do elevador se abriu, saímos e vimos Thomas parado no setor de enfermagem do quarto andar.

— Ei! — falei.

Ele se virou e veio na minha direção com os braços abertos.

— Você já teve alguma notícia?

— O Trent está acordado.

— E a Camille? — perguntou Thomas.

Enfiei as mãos nos bolsos e dei de ombros.

— Não está.

Percebi que os ombros do Thomas caíram.

— O braço do Trenton está quebrado em dois lugares — continuei. — Ele a carregou no colo por quase dois quilômetros até a casa mais próxima.

Thomas balançou a cabeça, e a ruga profunda entre as sobrancelhas ficou mais suave.

— Foi isso que as enfermeiras disseram. Porra. Ele só está aqui há uma noite e já se tornou uma lenda.

— Foi *tão* bom você ter vindo e chegado aqui tão rápido. — Abby deu de ombros com um sorriso inocente no rosto, mas eu a conhecia bem. Alguma coisa estava acontecendo.

Thomas abraçou meu pai e depois assentiu, com a cabeça cheia de pensamentos. Ele olhou para todos nós.

— Podemos vê-los?

— Sim — disse meu pai. — Eles a colocaram no fim do corredor... 414.

Thomas estava com pressa para chegar até o quarto, e Abby me lançou um olhar pouco antes de ele abrir a porta.

Quando viu a Camille, ele congelou e cobriu a boca. A mão esquerda deixou os lábios e passou na parte de cima do cabelo loiro-escuro curto.

— Você... você está bem, meu irmãozinho? — sussurrou ele, sem tirar os olhos da Camille.

— Vou sobreviver — respondeu Trenton. Ele parecia exausto.

Abby fechou a porta quando as enfermeiras saíram, e nós ficamos olhando Thomas se aproximar da cama da Camille.

Ele tocou bem de leve nos dedos dela. Trenton também observou, e a confusão escureceu seu rosto.

— Que porra é essa que você está fazendo, Tommy? — perguntou Trenton, subitamente alerta.

— Eu devia ter vindo mais cedo — disse ele, com o rosto contraído. — Sinto muito, Trent.

Trenton franziu o nariz.

— Do que você está falando?

— Eu... não peguei um avião. Eu estava sentado no meu carro esperando apenas o tempo suficiente pra vocês acreditarem que eu estava vindo de avião.

— O quê? — perguntei.

Thomas afrouxou a gravata.

— Que porra está acontecendo? — soltei.

Thomas pressionou os lábios.

— Eu não... Eu não sei, porra. Eu fiquei sentado lá fora... me sentindo um idiota, preocupado até a alma, me afogando em culpa. Foi uma agonia do caralho, e eu estou muito cansado de... Eu sinto muito — repetiu Thomas, dessa vez para Camille.

— Tommy — falei, dando um passo. — Você está bem, cara?

Thomas se virou para nós, hesitando quando olhou para o meu pai.

— Eu estava na cidade. Eu vim por causa do incêndio, mas depois acabei ficando...

— Por causa do incêndio — completou Abby, sem se convencer.

Ela ergueu o queixo. Analisou o Thomas do mesmo jeito que analisava as cartas na sua mão. Sua expressão se suavizou, como se ela estivesse aliviada por revelar uma verdade libertadora. Ela suspirou.

— Conta logo pra eles.

— Tommy — disse meu pai rapidamente. — Talvez seja melhor esperar até tudo se ajeitar.

— Contar o quê? — perguntou Trenton.

Thomas parecia um pouco desesperado e muito culpado.

— Não consigo. — Ele apontou para Abby. — Vai em frente.

Abby hesitou.

Eu me virei para ela.

— Contar o quê?

Ela engoliu em seco, parecendo estar sufocada com o problema na sala.

— Thomas James — sussurrou ela.

Franzi a testa, irritado por não estar entendendo. Mas o Trenton entendeu.

Ficou pálido.

— Não.

— Trent — implorou Thomas.

— Não! — exclamou Trenton, mais alto do que estávamos falando havia horas. A respiração dele ficou pesada, então precisou se esforçar a cada lufada de ar. Ele olhou para o nosso irmão mais velho, magoado e decepcionado. — Tommy! — implorou ele. — Me fala que eu estou errado!

Abby se aproximou para sussurrar no meu ouvido.

— O cara da Califórnia com quem a Cami estava saindo... T.J.

Senti o sangue se esvair do meu rosto.

— *Ai, caralho.*

Thomas ficou parado no meio do quarto como um pato, envergonhado e mais sozinho do que eu jamais o tinha visto.

Fui até ele, depois parei, olhando para o Trenton. Eu não sabia o que fazer. Nunca tínhamos vivido isso.

— Tudo bem — falou Trenton por fim. — Está tudo bem, Tommy. Eu entendo.

Thomas ficou impressionado com o perdão do Trenton e mal conseguiu pronunciar as palavras seguintes.

— Mas você a amou primeiro.

— E ela foi o seu primeiro amor — disse Trenton. Ele deu uma risadinha, um jeito constrangedor de descarregar o desconforto. — Ela tentou me alertar. Eu não dei ouvidos.

— Porque eu a fiz mentir pra você. Não invente desculpas por mim, Trent.

Trenton levantou o braço bom e o deixou cair de novo no apoio da cadeira de rodas.

— O que você quer que eu diga, Tommy? Quer que eu te odeie? Grite com você? Te dê um soco? Você é meu irmão. Eu te amo apesar de tudo. E a Cami... A Cami também te ama.

Thomas balançou a cabeça devagar.

— Não tanto quanto ela te ama.

Um sorrisinho agradecido tocou os lábios do Trenton, e ele olhou para Camille.

— Eu sei.

— Estamos, hum... — começou Abby, me esperando. Fiz que sim com a cabeça, e ela continuou. — Está tarde — concluiu ela, pendurando o braço no meu. — A gente vai pra casa. De manhã a gente volta. Vocês precisam que a gente faça alguma coisa antes de ir?

Trenton balançou a cabeça.

— Você precisa de carona, pai? — perguntei. Ele também balançou a cabeça.

Abracei meu pai e Thomas, depois envolvi Trenton cuidadosamente com meu braço, acenei e conduzi minha esposa pela mão até o elevador.

Não falamos nada até chegarmos ao carro. Abri a porta para ela, contornei até o meu lado e me sentei atrás do volante. Assim que meus dedos se curvaram no volante, soltei uma lufada de ar.

— Você já sabia? — indaguei. — Como é que você sabia?

Ela abriu a boca para falar, mas não conseguiu.

— *Como*, Beija-Flor? Como é que você sabia?

— Eu não sabia. Não até descobrir que ele estava vindo de avião. Tentei dizer a mim mesma que talvez estivesse errada, já que os gêmeos não podiam vir, mas... aí eu pensei no possível motivo pra briga deles e lembrei do T.J. E aí... Thomas. A ficha caiu. — Ela estendeu a mão para mim e entrelaçou os dedos nos meus. — Você está bem?

— Não sei. Isso foi intenso — comentei. Dei ré no carro e o tirei da vaga, depois fui em direção ao apartamento.

O relógio no painel marcava 3h47 da madrugada. Nossos faróis eram os únicos acessos iluminando as estradas secundárias de Eakins.

Paramos em frente ao apartamento, nós dois suspiramos, depois nos arrastamos para dentro de casa. Cumprimentamos o Totó, depois tiramos a roupa e nos enfiamos na cama.

Abby deitou a cabeça no meu peito, se aninhando no meu pescoço.

— Foi um dia longo — falei.

— Foi mesmo.

— Me faz um favor, Beija-Flor.

— Agora?

— Só pra... deixar registrado.

— Tá bom...?

— Não se apaixone pelo Tommy. Não vou aceitar tão bem quanto o Trent.

— Combinado — respondeu ela, sonolenta, e logo em seguida sua respiração se acalmou.

10

Compromisso

ABBY

Levei apenas três dias para encontrar os dois homens que se aproximaram de mim e da America no The Red — e que logo depois levaram uma surra do Travis e do Shepley.

Vi os dois de relance enquanto andavam em direção a uma porta no fim do corredor da minha aula de literatura inglesa. Parei para ter certeza de que eram eles, depois os segui com cautela, garantindo que eles não me vissem.

Assim que cheguei ao fim do corredor, dei uma espiada pelo canto e vi Justin se sentar em frente a um computador.

Ricky estava parado ali perto, com uma pilha de papéis na mão. Ele parecia ditar algo para o Justin.

A sala onde eles estavam era agitada. Alguns alunos pulavam de mesa em mesa, outros estavam digitando atrás da tela do computador.

Recuei para ver se havia alguma sinalização na porta, só para garantir de que não se tratava de uma biblioteca pequena e escondida que eu não conhecia.

Quando me inclinei para tentar ouvir o que Ricky estava dizendo, uma garota que eu reconheci da minha aula de estatística passou esbarrando em mim.

— Com licença — disse ela, apressada.

— Espera! — pedi.

Ela se virou, e sua expressão era uma combinação de irritação e confusão.

— O que foi? Estou atrasada.

— Desculpa — falei. — Eu mudei de turma e estou perdida. Aqui é a aula de filosofia grega antiga?

— Mudou de turma? A esta altura do semestre? — Felizmente, ela não esperou que eu respondesse à pergunta. — Não — revelou enfim, irritada. — Aqui é o *The Eastern Star*. — Quando viu que eu não tinha entendido, a garota suspirou. — O jornal da faculdade.

Minhas sobrancelhas dispararam para cima, e eu soltei um *Ah* sem som enquanto ela se virava para correr até a sua mesa. Eu os observei por alguns minutos mais, depois recuei pelo corredor até a saída.

Ricky e Justin estavam no The Red para obter informações, foi por isso que ficaram esperando o Travis voltar. Ainda bem que um deles foi burro o suficiente para me insultar antes que pudessem interrogá-lo. Talvez eles estivessem escrevendo um artigo sobre o Círculo. Ou, pior ainda, sobre o envolvimento do Travis no incêndio.

Cerrei os dentes, tentando descobrir como eu iria impedir os dois de publicarem a matéria. Até uma mera especulação poderia fazer os alunos falarem, ainda que eles tenham se recusado a princípio.

Universitários talvez hesitem em falar com a polícia, mas um aluno curioso pode abalar a memória de um sobrevivente.

Parei no meio do corredor, dei alguns passos para trás até a minha bunda tocar na parede, depois deslizei até o chão. Apoiei os cotovelos nos joelhos enquanto encostava a testa nos braços. *Será que um dia isso vai acabar? Será que um dia o Travis vai estar seguro?*

Dois pares de sapatos começaram a vir na minha direção, parando a poucos centímetros dos meus Chuck Taylors.

— Abby? — disse finalmente uma voz familiar. — Você está bem?

Levantei o olhar até encontrar os olhos do Ricky.

Justin estava parado ao lado dele. Seu rosto ainda estava roxo por causa do gancho de esquerda do Travis.

— Depende — respondi.

Justin e Ricky se entreolharam.

— Do quê? — perguntou Justin, nervoso.

— Pra onde vocês estão indo? — continuei.

— Para... para, hum — hesitou Ricky. — Por quê?

Estreitei os olhos, mas, antes que eu pudesse falar, Justin ficou tenso.

— Você está nos seguindo? Por que você está seguindo a gente?

Ricky bufou de um jeito arrogante.

— Nós pegamos você no flagra. Achou que podia ficar sentada no meio do corredor que a gente ia passar e ninguém ia te ver? Somos jornalistas. Percebemos *tudo*.

Não revelei a minha confusão, só fiquei observando os dois ficarem mais paranoicos a cada nova especulação.

— Quer dizer, então, que o Travis sabe que a gente escreve pro *Star*? — indagou Ricky. — Ele soube que andamos fazendo perguntas? — Engoliu em seco. — O que ele... O que ele vai fazer?

Eu me levantei, me permitindo dar um leve sorriso.

— Esperem pra ver — alertei, me virando lentamente antes de me afastar. Empurrei as portas de vidro e desci os degraus, sentindo pânico por dentro. Claro que eu blefei.

Eles estavam escrevendo um artigo sobre o Travis. Estavam saindo para fazer mais perguntas a outras pessoas. Se eles continuassem procurando, alguém poderia ceder.

Toquei no bolso da minha jaqueta, procurando as chaves do carro. Minha mente estava disparada, pensando em como resolver isso. Como parar Ricky e Justin sem implicar o Travis e sem nada parecido com chantagens, ameaças ou subornos. Afinal, qual é a coisa mais importante para um universitário? A única coisa que eu não tinha: dinheiro.

— Ei! — disse uma voz profunda bem quando eu bati de cara no peito de alguém.

— Ai, meu Deus, desculpa. Eu... — Meu estômago afundou no mesmo instante.

— Oi, Abs. Eu estava mesmo querendo esbarrar em você. Talvez não tão literalmente.

— Parker — falei, com uma voz acusadora. Dei um passo para trás para contorná-lo, mas ele pegou delicadamente no meu braço.

— Poxa. Não fala assim comigo. — Ele soltou meu braço e deu um sorriso radiante, como se os últimos três meses não tivessem acontecido. — Será que a gente não pode só... conversar?

— Não.

— Abby. O que você quer que eu faça? Implore? Eu faço qualquer coisa pra acertar tudo. Que tal um almoço? — Fiz uma careta. — Ou um cafezinho. Podemos conversar tomando um café?

— Café? — perguntei.

Ele fez que sim com a cabeça.

Olhei por sobre o ombro para o prédio que eu tinha deixado para trás. Senti náusea só de pensar.

— Você faria qualquer coisa mesmo? — indaguei, voltando meu olhar para o Parker.

— É só pedir.

Engoli a minha bile. Eu estava prestes a vender a alma para o diabo.

— Você está bem? — continuou ele, com uma preocupação genuína no rosto.

Olhei para o meu relógio.

— Você acabou de sair da aula?

— Sim.

— O que você vai fazer agora?

Parker me deu seu sorriso mais encantador.

Era lamentável, perto do sorriso do meu marido. Meu marido. Minha garganta parecia fechada.

— Quer dizer que você está livre pra tomar um café agora? Em algum lugar fora do campus?

Fiz que sim com a cabeça.

— É, provavelmente seja melhor assim.

O sorriso triunfante no rosto dele me deu vontade de socá-lo, mas Parker era a única pessoa que eu conhecia com dinheiro suficiente para atrair Justin e Ricky.

— Meu carro está pra cá.

Olhei ao redor, na esperança de que ninguém percebesse. Eu o segui alguns passos atrás, e Parker parecia estar se divertindo com a minha tentativa de fazer aquilo em segredo.

Quando chegamos ao Porsche, ele abriu a porta para mim, como sempre. Hesitei, quase pedindo para ele não se comportar assim, já que não era um encontro romântico, mas é mais fácil atrair moscas com mel, e Parker Hayes era definitivamente um verme.

Parker nos levou a uma cafeteria gourmet bem longe do campus, cheia de hipsters e mães recém-saídas da aula de ioga.

Nós nos sentamos, e eu dei uma olhada no cardápio absurdo, tentando ignorar o olhar fixo do Parker.

— Eu só quero uma porra de cappuccino — murmurei.

— Certo. Mas... uau... você está passando tempo demais com o Travis. Você não falava assim.

Fechei o cardápio e olhei furiosa para ele.

— Eu falava, sim, só que você nunca conheceu esse meu lado. E, sim, eu passo boa parte do meu tempo com o meu marido.

O rosto dele se encolheu de repulsa.

— Não entendo. Pra ser sincero, fico confuso com o motivo que levou você a se casar com alguém como ele.

Cruzei os braços e apoiei os cotovelos na mesa.

— Você disse que queria conversar. É sobre o Travis que você quer conversar?

— Não é o que você quer?

— Prefiro falar sobre a fuga pra me casar.

Ele suspirou, aliviado.

— Foi o que eu pensei. Já ouvi de amigos em comum que você está muito diferente. Me ocorreu que você pode estar arrependida. Meus pais têm ótimos advogados num escritório de advocacia ainda melhor. Eu poderia ajudar você a conseguir uma anulação rápida.

Engasguei com minha saliva, levando o punho fechado à boca enquanto tentava respirar de novo.

— Você... Como é que é?

— Você deve estar se sentindo encurralada, e eu odeio que isso esteja acontecendo com você. Uma anulação dá uma impressão bem melhor do que um divórcio. Vai ser como se nunca tivesse acontecido.

— Uma impressão melhor pra quem?

Ele hesitou.

— Pra você, claro.

Encarei a mesa, atônita com tanta audácia.

— Parker, eu concordei em conversar com você hoje por causa da fuga para me casar, sim, mas não nesse sentido.

— Não?

— Nós estávamos em Vegas na noite do incêndio.

— Discutível.

Franzi a testa.

— Parker, nós estávamos. Eu juro pra você que a gente estava lá. Agora o jornal do campus está planejando uma revelação. Você disse que faria qualquer coisa.

— É com isso que você está preocupada? Por quê? Já que você não estava lá...

— Oi — disse o garçom com um sorriso. Os óculos de armação grossa retangular, a barba por fazer e o cavanhaque escuro e crespo deviam ser parte do uniforme. Vários dos seus colegas de trabalho tinham tudo isso.

— Só um cappuccino — falei.

— Só um cappuccino? — perguntou o garçom, confuso.

— Sim — respondi.

— Quero um matcha latte com leite de soja e um toque de avelã — pediu Parker.

O pedido dele foi significativamente mais aceitável para o garçom.

— Ótima escolha.

Eu me aproximei.

— Todo mundo sabe que o Travis luta. Ninguém realmente acredita que ele não estava lá.

— Ouvi dizer que ele *estava* lá. Ele está sempre lá, ele é o principal lutador do Adam.

— Não naquela noite. Tinha uma coisa mais importante acontecendo.

— Prender você num casamento.

Olhei furiosa para ele.

— A ideia foi minha.

Parker ficou boquiaberto.

— Não acredito nisso nem por um segundo, Abby. Preciso dizer que, se você parasse de mentir, eu estaria mais inclinado a te ajudar com seja lá o que for que você esteja precisando, já que não é de um advogado.

— O Justin e o Ricky do *The Eastern Star* são um problema.

— Aqueles idiotas? Por que diabos você estaria preocupada com eles? — Ele demonstrou repulsa pela milésima vez desde que começamos a nossa conversa. — Eles não têm ideia do que estão fazendo nem num jogo de cartas. Ganhei quase oitocentos dólares deles na semana passada.

— Você o quê?

— Eles trabalham escrevendo artigos e ensaios em meio período no jornal do campus porque os dois são obcecados por apostas. Eles devem ter estado nas lutas daquela noite e visto com os próprios olhos se o Travis estava lá ou não. Ah... é verdade. O Adam baniu os dois por não pagarem entrada.

— Que jogo de cartas? — perguntei.

— Noite do pôquer na casa Sig Tau. Todas as quintas. Eu estava até planejando te convidar um dia. Normalmente, não tem nenhuma mulher presente, mas de vez em quando a gente convida mulheres pra se divertir.

Ergui uma sobrancelha.

Parker deu uma risadinha e levantou as mãos, mostrando as palmas.

— Foi uma piada, claro.

— Claro. — Peguei meu celular e comecei a digitar. — Obrigada pelo café, Parker, mas isso demorou mais do que eu esperava. Vou ser monitora de um aluno daqui a quinze minutos. Me desculpa, mas eu tenho que ir.

Eu me levantei, e o Parker fez um sinal para eu esperar.

— Precisa que eu leve você?

— Acabei de pedir uma carona.

— Espera! Só... espera um instante. O que você queria de mim?

— Nada, não. Não preciso de você pra nada. Se cuida, Parker.

A menos de dois quarteirões da cafeteria, o rosto do Travis apareceu no meu celular.

Toquei no telefone, tentando me convencer a falar com a voz normal, ao mesmo tempo em que me afogava em culpa.

— Oi, baby!

— Acabei de sair da aula. Quer me encontrar pra almoçar antes de ir pra casa da sra. Pennington?

— Quem?

— A vizinha do meu pai. Ela me ofereceu uma tonelada de dinheiro pra limpar a garagem dela.

— Ah. Isso... isso é ótimo, Trav. Eu queria poder, mas prometi tomar café com o Finch.

— Tudo bem. Eu só estou com saudade. Vejo você depois desse trabalho, tá? Ela disse que deve durar umas seis horas, mais ou menos.

— Tá bom. Também estou com saudade, baby.

Desliguei o celular, digitei uma mensagem para o Finch e esperei. Assim que o Finch respondeu, dei um tapinha no ombro do motorista do Uber.

— Preciso mudar o destino, pode ser?

— Claro, claro — disse ele, olhando para o mapa. — Você sabe fazer isso?

— Sei, sim — respondi, apertando os botões.

Em quinze minutos, estávamos no apartamento do Finch, e eu me sentei no degrau da frente até ele aparecer no seu Mercedes Classe G branco. Ele levantou os óculos enormes e balançou a cabeça para mim.

— Por que você está sempre bagunçada? Levanta daí, não somos caipiras.

— Não tenho tempo pra entrar, Finch, eu só precisava... me confessar.

— Aí, sim, você veio ao lugar certo. Abre o bico.

— Não posso dar o contexto pra você, mas... Eu acabei de me encontrar com o Parker pra tomar café e depois menti pro Travis sobre isso.

Ele franziu o nariz.

— Eca. Hashtag foda-se Parker.

— Eu sei, eu sei, mas tinha um bom motivo pra isso. Eu ia pedir dinheiro para o Parker pra me ajudar com uma coisa, mas depois tive uma ideia melhor. Eu fui embora, mas, se o Travis soubesse, ele ia ficar puto.

— Ia mesmo. Isso foi burrice. De quanto você precisa?

— Não preciso mais. Como eu disse, tive uma ideia melhor.

— Qual? — perguntou ele, olhando para as unhas como se estivesse entediado. Ele não estava. Estava curtindo cada palavra que eu dizia.

— Hum... então... suborno? Acho que está mais pra chantagem. Mas também pode ser uma negociação de dívida.

— Prostituição... — concluiu ele, assentindo.

— O quê? Não! Não é nada disso. Vou fazer com que eles fiquem me devendo dinheiro, muito dinheiro, e assim vão ficar quietos. Basicamente, é isso.

— Eles quem?

— Não posso dizer.

— Obrigado por me fazer perder tempo — disse Finch, subindo a escada.

— Finch! — chamei.

Ele parou, mas não se virou.

— Será que eu devo contar do Parker pro Travis?

Finch me olhou por sobre o ombro.

— Encontrar o seu ex-seja-lá-o-que-for e mentir pro seu marido a respeito é traição. Não me importa o que essas vagabundas digam, é, sim. — Ele se virou para mim. — E você não é adúltera.

Suspirei e assenti.

Finch entrou e eu pedi outro Uber, voltando para o campus para pegar o carro e ir para casa. Eu me mantive ocupada, guardando a louça, passando o aspirador de pó, começando a fazer o jantar, terminando um ensaio e conversando com uma cliente de tutoria sobre o dever de casa dela. Tirar a poeira, lavar as roupas e reorganizar o armário consumiu o resto de tempo que eu tinha antes que Travis finalmente voltasse para casa.

— Cadê a minha garota? — gritou ele da porta.

— Estou aqui — respondi, virando a esquina do corredor. — Como foi o seu dia?

Ele me inclinou e me beijou.

— Longo. — Ele me endireitou e depois suspirou. — Senti saudade de você o dia todo, pra caralho. Foi uma tortura! Mas também ganhei uma tonelada de dinheiro, então aguentei firme.

— Que orgulho!! O jantar está pronto. Você está com fome?

— Melhor esposa do mundo! Estou faminto!

Eu o conduzi até a cozinha, e Travis serviu o ensopado em duas tigelas.

— Meu Deus, que cheiro maravilhoso.

— Eu acrescentei cogumelos desta vez, espero que você goste.

— Está perfeito. Você é perfeita. — Ele beijou a minha testa e depois levou as tigelas para a mesinha perto da parede que separava a cozinha do corredor.

Quando reuni coragem para falar, Travis começou a conversar na minha frente.

— Caramba, isso é bom demais. Voltar pra casa e encontrar você, uma refeição quentinha, ficar aqui sentados, aproveitando juntos sem nenhuma conversa dramática. Devia ser sempre assim.

Fiz que sim com a cabeça, pegando uma garfada. De jeito nenhum eu ia soltar uma bomba na cabeça dele depois disso.

Terminamos de comer, e Travis se levantou por alguns segundos, pegando uma cerveja ao voltar para a mesa. Conversamos sobre as coisas esquisitas que ele encontrou na garagem da sra. Pennington, sobre a mensagem idiota que Brandon mandou para ele pedindo para ir lá preencher uma papelada, sobre outra coisa qualquer que estava irritando o Travis e falamos das nossas aulas.

— Droga, parece que eu estou enchendo os seus ouvidos hoje. Desculpa. Eu falei pra você, senti uma saudade enorme! É por isso que as pessoas vão pra lua de mel. Não é certo se casar e depois ter que voltar pra vida normal, encarando direto aulas e emprego. Tudo que eu quero é estar perto de você o dia todo. O que você fez depois da aula?

— Ah, você sabe, aquele ensaio, trabalho doméstico. Passei na casa do Finch. — Assim que eu falei, tive vontade de bater a cabeça na mesa.

— Como o Finch está? Ele está com um carinha novo, né?

— Ele está fabuloso como sempre, e sim — respondi, grata por Travis não perguntar mais nada.

— Bom, estou nojento. Vou entrar no chuveiro. Quer ver um filme depois que eu sair do banho?

— Quero.

Ele sorriu e piscou para mim.

— Meu Deus, como eu amo isso. Não sei o que todos aqueles caras que reclamam da vida de casado estão fazendo, porque isso aqui é incrível pra caralho. Ei, deixa que eu cuido da louça.

Sorri para ele enquanto o via enxaguar a tigela, colocar na lava-louças e depois ir para o banheiro.

A água gemeu enquanto passava pelos canos e os aros de metal corriam no suporte da cortina do chuveiro. Travis cantarolou uma música que eu não consegui identificar enquanto eu enxaguava a minha tigela e a colocava na pia.

Quando me ajeitei no meu lugar no sofá, meu corpo pareceu pesado. Eu era uma idiota. Travis ia ficar furioso quando descobrisse que eu tomei café com o Parker. Eu me perguntei como reagiria se Travis me contasse que tinha ido tomar um café com a Megan.

Eu podia inventar todas as desculpas do mundo, considerando que ele tinha transado com ela, enquanto eu nunca transei com o Parker. Ou dizer que as minhas intenções eram puras, mas eu não tinha certeza se essa justificativa ia deixar o meu marido satisfeito. E eu não podia culpá-lo.

Meus nervos estavam me consumindo, e esperar para contar a ele parecia impossível.

A porta do banheiro se abriu, e ele foi até o quarto, voltando para a sala de estar pouco depois, usando uma camiseta e um short limpos. Ele se aninhou no sofá e se deitou no meu colo, olhando para cima e sorrindo.

— Jesus Cristo, isso aqui é o paraíso.

— O que você quer ver? — perguntei.

— Tem um filme novo com o Ryan Reynolds na Netflix. Que tal?

— Acho... que precisamos conversar.

Ele se sentou, e eu suspirei.

— Meu Deus, você está tendo um dia tão bom, eu não queria estragá-lo.

11

Errando

TRAVIS

Hesitei.

— Estragar como?

Ela engoliu em seco, encarando a tela escura da televisão.

— Por favor, não me fala que você está apaixonada pelo Tommy.

Ela deu uma risadinha, mas seus olhos mostravam preocupação.

— Trav... Eu te amo. Eu te amo tanto que faço umas idiotices. Então, por favor, por favor, se lembra disso quando eu contar o que eu vou contar pra você.

Franzi a testa.

— Fala logo.

— Eu... — começou ela, suspirando. — Meu Deus, eu só vou falar. Eu só vou falar. Eu... Eu pedi um favor pro Parker hoje.

— Pro *Parker*? — perguntei, irritado, sentindo o meu temperamento explodir.

— É, mas... — tentou ela, fechando os olhos. — Foi por você. Estou preocupada com você.

— O que isso tem a ver com o Parker?

— Só... me escuta, por favor — pediu ela.

Trinquei os dentes e balancei a cabeça.

Ela continuou:

— Lembra os caras que estavam no The Red? Aqueles que levaram uma surra de você e do Shep? Eles não são policiais, Trav, eles são do jornal da faculdade. E estão fazendo perguntas sobre você. As pessoas que vão ao Círculo não falam com policiais. Mas tenho receio de que elas... e se esses aspirantes a repórter conseguirem fazer alguém admitir que você estava lá?

Esperei um minuto para me acalmar antes de falar, respirando pelo nariz, tentando fazer a minha mão parar de tremer.

— Você — comecei, sentindo aquela antiga e familiar raiva borbulhando à flor da pele. — Você fala *comigo* sobre as nossas merdas, Abby. — Meu rosto se contraiu. — Você não fala com o Parker Hayes, caralho. Ele é a *última* pessoa que você deve... — Suspirei, sentindo o olho tremer. Tinha sido um dia longo, e eu preferia ter levado uma cotovelada na cara a ter que ouvir da boca da minha esposa que ela andou conversando com o Parker.

Os olhos dela se encheram de lágrimas.

— Eu sei. Você está certo. Não sei que diabos eu estava pensando. Eu agi num impulso, num momento de desespero. Ele estava lá, e... ele concordou em me ajudar se eu tomasse café com ele.

Fechei os olhos.

— Abby. — Respirei fundo. — Me fala que você não fez isso.

Olhei para ela com uma expressão provavelmente mais severa do que pretendia lançar para a minha esposa. As lágrimas se acumularam nos cílios inferiores e escorreram pelo seu rosto. Todos os músculos do meu corpo ficaram rígidos enquanto eu esperava a resposta, tenso por causa da notícia e por ela estar chateada.

Ela balançou a cabeça.

— Sinto muito.

Soltei um suspiro.

— Puta merda, Flor.

— Eu não fui porque deu vontade. Eu não quero estar em nenhum lugar perto dele.

— Então por quê? — gritei. Ela se encolheu, e eu me levantei, puto porque não estava lidando bem com a situação. — Desculpa. Eu não queria gritar, mas, caramba, Flor. — Comecei a andar de um lado para o outro, com as mãos apoiadas nos quadris. — Você sabe como isso deve ter sido gratificante para aquele merda? Você ter concordado em passar um tempo com ele sozinha?

— Eu sei. Desculpa, Travis. Eu fui até uma cafeteria com ele, mas fui embora rápido. Saí antes do café chegar na mesa, no instante em que tive uma ideia melhor.

Parei e olhei para ela.

— Você encontrou com ele lá, certo? — Meu coração parecia que ia explodir e sair do meu peito. — Você não entrou no carro dele com ele.

O rosto dela ficou pálido.

— Ele dirigiu.

Desviei o olhar, tentando não surtar.

— Caralho, que maravilha. Parker Hayes num encontro amoroso na hora do almoço com a *minha esposa*!

— Eu voltei para o campus de Uber quando percebi que não precisava dele.

— Por que diabos você precisaria dele, Abby? Você não *precisa* dele!

Ela levantou as mãos, tentando me acalmar.

— Eu *sei*. Eu sei disso, agora. Eu estava pensando em pedir dinheiro emprestado pra um suborno, mas...

Eu me virei para ela, sentindo a raiva quase transbordar.

— Eu não quero a minha esposa devendo nada pro Parker Hayes! Está me ouvindo?

— Eu sei. Eu sei, e peço desculpas, mas eu estava desesperada, Travis! Eu não posso te perder! — gritou ela.

Nós dois estávamos respirando com dificuldade. O rosto dela estava ensopado de lágrimas. Eu nunca a tinha visto tão desesperada. Ela estava gritando que me amava e precisava de mim, e eu só conseguia pensar no meu maldito ego. Meus ombros afundaram.

— Mas você foi embora?

— Sinto muito mesmo — disse ela, secando as duas bochechas com os pulsos. — Eu me sinto péssima. Eu nunca envergonharia nem magoaria você de propósito. Eu achei que precisava fazer isso naquele momento, mas devia ter pensado melhor. Eu estava errada e fui burra, e queria muito poder voltar atrás.

Pisquei algumas vezes, percebendo que esta era a primeira vez que a Abby fazia merda. Era ela quem estava encrencada, para variar. Eu me sentei ao lado dela e franzi a testa, tentando ao máximo parecer firme.

— Acho bom que isso nunca mais aconteça, Flor. Estou falando sério.

Ela balançou a cabeça.

— Não vai acontecer.

— Não acredito que você fez isso — falei, com a voz rouca pela decepção. Seu lábio inferior tremeu, e ela caiu no choro de novo.

Eu não aguentava mais.

— Está tudo bem — apaziguei, me sentando ao lado dela. — Está tudo bem, Beija-Flor, eu não estou tão puto assim.

Seu corpo todo tremia enquanto ela soluçava.

— Eu sei que você está decepcionado. Eu também estou decepcionada comigo mesma.

Segurei seu rosto, obrigando-a a olhar para mim.

— Você sabe, não sabe?

Ela fungou, balançando a cabeça.

— Eu odeio decepcionar você.

— Não tem nada que você possa fazer que me faça perder a consideração que tenho por você. Você acha que eu não sei o que está em risco se os agentes federais descobrirem a verdade? A barra ainda não está limpa. Como é que eu posso te culpar por fazer o que for necessário pra que eu fique em segurança?

Ela se virou e beijou a palma da minha mão.

— Eu fui muito burra, Travis.

— Você é muitas coisas, Beija-Flor, mas não é nada burra. — Eu me inclinei para encostar os lábios nos dela, e ela me puxou para perto.

Eu senti lágrimas quentes se espalhando pelo meu rosto, sua língua acariciando a minha. Pela primeira vez, percebi que o Parker era um ponto de discórdia inútil. Ele não era mais ameaçador do que o ex dela, Jesse. Ela sentia por mim o mesmo que eu sentia por ela, e aquele tipo de amor maluco às vezes levava a comportamentos irracionais. Mas ela não o queria. Éramos eu e ela e mais ninguém. Um interruptor foi acionado em mim, e foi preciso aquele momento para finalmente eu perceber que todo o ciúme que eu sentia era inútil.

Eu ia ignorar o fato de o Parker ter tentado se aproveitar... por enquanto.

— Você bolou outro plano?

— Sim. É arriscado, mas o benefício é maior do que qualquer risco. O Parker deixou escapar que o Justin e o Ricky estão muito endividados. Eles frequentam as noites de pôquer da Sig Tau.

Minhas sobrancelhas se uniram.

— Esses jogos ficam insanos, ainda mais quando os caras ricos como o Parker estão na mesa.

— É, mas eu vou ganhar. Eles vão ficar devendo pra mim, Travis, e depois não vamos precisar pagar nada pra eles.

— O que você quer dizer com isso? Achei que você tinha dito que ia parar.

— Isso é importante. Se você topar, acho que é a melhor opção.

Pensei por um minuto, me perguntando se não aparecer no jornal da faculdade compensava o fato de a Abby contrariar a única coisa que ela havia prometido a si mesma nunca mais fazer.

— Não sei, Beija-Flor. Você disse...

— Eu sei o que eu disse! — gritou ela, cobrindo os olhos com uma das mãos. Suas palavras seguintes foram mais suaves. — Eu sei o que eu disse. — Ela pôs a mão no meu joelho. — Mas, se eu posso fazer isso pelo meu pai fracassado, posso fazer por você. Por favor, Travis. Não discute comigo. Eu me sinto impotente, e isso está me enlouquecendo. Só... me deixa fazer isso

Olhei para a televisão, depois para a minha esposa.

— Tem certeza?

Ela assentiu.

— Tá bom.

— Sério? — Ela fungou.

Sequei suas bochechas com os meus polegares.

— Só você e eu contra o mundo, certo, Flor?

Ela conseguiu dar um sorrisinho cansado.

— Pode apostar que sim.

Dei um beijo na sua boca, e suas bochechas ainda estavam molhadas de lágrimas. Ela se afastou, depois se aninhou no meu colo. Eu a abracei forte, e a cabeça dela se encaixou perfeitamente entre o meu pescoço e o meu ombro.

— Você me perdoa? — sussurrou ela.

— É isso que é o casamento, certo? Amor, paciência e infinitas segundas chances.

12

Bolo

ABBY

Olhei para o conteúdo dentro do expositor de vidro. Minha boca se encheu de água enquanto eu pensava em qual bolo o Travis ia preferir.

Depois de quase uma hora, eu finalmente tinha limitado as minhas opções a apenas três: bolo de massa branca com cobertura de chocolate, bolo napolitano, também com cobertura de chocolate, ou bolo de casamento.

Travis reclamou muito que o bolo do nosso casamento em Vegas era minúsculo, então eu sabia que ele também gostava de massa branca com cobertura branca.

— Jesus Cristo, Abby, escolhe um logo — pediu America, entediada. Ela puxou um fio de chiclete cor-de-rosa da boca e enrolou no dedo. — Eu odeio pensar em quanto tempo você deve ter levado pra escolher um bolo de casamento, já que tá demorando esse tanto pra escolher um bolo para uma simples festinha de aniversário pro Travis.

Não tirei os olhos do conteúdo do expositor, que incluía bolos em camadas, cupcakes, bolos redondos e retangulares, todos decorados da maneira mais diferente que se poderia imaginar.

— Um bolo de casamento é para os convidados. Esse é para o Travis. Tem que ser o bolo certo.

— Vocês não convidaram ninguém — disse ela, revirando os olhos. — Então, já que não tiveram convidados, deve ter sido uma escolha fácil. Você sabe... se você tivesse se dado o trabalho de convidar todas as pessoas que queriam estar lá, qualquer uma das pessoas que esperavam ser incluídas no dia mais importante da sua vida. Tipo a sua melhor amiga.

Franzi o nariz.

— Que saco, Mare! Por que você está tão mal-humorada?

Ela pôs o chiclete de volta na boca e cruzou os braços.

— Eles não vão aceitar.

— Quem não vai aceitar o quê?

— Os meus pais. Eles disseram que, se eu for morar com o Shep, eles não vão pagar a minha faculdade.

Fiquei chocada.

Os pais da America não eram exatamente ingênuos, mas eles sempre fizeram questão de apoiar tudo que fazia a filha verdadeiramente feliz.

Se a America queria continuar frequentando a faculdade, eu não conseguia imaginar qual era a diferença. America já dormia com o Shepley quase toda noite.

— Eu... sinto muito. Eu não sabia.

Ela deu de ombros.

— Como você podia saber?

— Na verdade, estou surpresa.

— Bom... o seu casamento deixou os dois apavorados. Eles acham que, se eu e o Shep formos morar juntos, vamos fugir e nos casar. Não estou dizendo que é culpa sua, mas é a verdade.

Eu a abracei.

— Sinto muito. De verdade, Mare.

— É só que... Eu vou voltar pra Wichita nas férias de verão. O Shep tá surtando um pouco. Eu também... e eu sei o que parece, tá? Eu não sou do tipo de me importar de passar três meses longe de um cara. Normalmente, seria um alívio. Mas eu não quero sentir saudade dele. Desde que a gente se separou... é diferente, sabe? Eu o amo muito, muito mesmo, Abby.

Eu a apertei e depois a afastei o suficiente para olhar nos seus olhos.

— Fica com a gente, Mare. Você já faz isso. — Dei um sorriso. — Vai ser divertido.

Ela balançou a cabeça.

— Eles não vão deixar.

— Por quê? — perguntei, frustrada.

— Eu falei pra você, eles estão assustados. Meu pai disse que não quer que o nosso namoro fique muito sério rápido demais. Eu entendo a preocupação deles, mas é um saco.

— Você sabe que pode fazer isso de qualquer jeito. Arruma um emprego, e a gente ajuda a fazer a sua mudança.

Os olhos da America brilharam de lágrimas.

— É fácil pra você falar. Você tem uma bolsa ou cinco. Eles pagam a minha mensalidade. Se eu quiser que isso continue acontecendo, tenho que seguir as regras deles.

— Justíssimo. Mas você pode vir nos visitar nos fins de semana, certo? Eles pelo menos vão deixar você me visitar.

— Sim. Ah, sim, é claro. — Ela me soltou e assoou o nariz, depois sorriu e balançou a cabeça. — Meu Deus. Isso é uma idiotice. Tem coisas muito piores acontecendo pelo mundo.

— Não com você, e não neste momento. É normal ficar chateada por precisar se afastar do Shep por três meses. Você está certa. É um saco mesmo.

Ela deu um sorrisinho.

— Obrigada.

— Pelo quê?

— Não fazer eu me sentir uma babaca.

Fiz uma careta.

— Não foi essa a intenção. Você ainda é uma babaca.

America me deu uma cotovelada de brincadeira enquanto uma mulher atrás do balcão parou na nossa frente com um sorriso.

Coloquei o dedo indicador no vidro, apontando para o bolo branco.

— Tem que ter escrito: *Feliz Aniversário de 20 Anos, Travis.*

— Na verdade — disse America —, dá pra ser *Feliz Porra de Aniversário de 20 Anos, Travis*?

A mulher sorriu.

— Parece que vai ser uma festa divertida.

Eu espelhei a expressão dela.

— Vai mesmo.

— Chope. Gelo. Copos. Música. Bolo... — falei, apontando para as diferentes estações. — Está faltando alguma coisa. Eu sinto que está faltando alguma coisa.

America cruzou os braços, muito longe do meu nível de estresse.

— Se você for comparar com os anos anteriores, eu diria que está faltando convidar pelo menos umas vinte vagabundas.

Lancei um olhar para ela.

— Engraçadinha.

America soltou uma risadinha e depois foi até o outro lado do salão, pegando um balão pequeno e levando aos lábios. As bochechas dela incharam e o rosto ficou vermelho.

Conferi o meu relógio.

— Falta menos de uma hora. — Olhei para o lado de fora. — Por que não chegou ninguém ainda?

— Treino de primavera — respondeu America.

Sibilei a palavra *porra* entre os dentes, depois congelei quando ouvi uma confusão do lado de fora.

— Eu falei que não! Para! Travis, para, porra! — disse Shepley enquanto caía de costas, passando pela porta direto para o chão.

Travis ficou parado na porta, respirando com dificuldade, com um sorriso largo e triunfante no rosto.

— Querida, cheguei!

Fiquei boquiaberta e, no que parecia um vídeo em câmera lenta, gritei a palavra *Não!*

— Por que ele está aqui? — perguntou America ao namorado, acusando-o com uma expressão no rosto.

Shepley se levantou e espanou a roupa, com o rosto vermelho e irritado.

— No instante em que eu tentei ir pra qualquer lugar que não fosse pra casa, ele soube, tá? Eu fiz o melhor que pude!

Travis deu um sorriso presunçoso, mas sua expressão desabou quando ele viu a minha.

— Você não podia simplesmente ter fingido? Você tinha que entrar aqui à força pra estragar *todos* os meus planos? — resmunguei. Eu não ia tentar fingir. Era injusto.

— Baby — chamou Travis, empurrando Shepley para o lado enquanto vinha na minha direção com os braços estendidos.

— Não — soltei, empurrando-o para longe. — Não toca em mim. Não! — falei, chateada. — Você sabe há quanto tempo estou planejando isso? Eu não saí por aí tentando estragar a festa surpresa que você fez pra mim!

— Não — disse Travis, me envolvendo com seus braços grossos e cobertos de tatuagens. — O Parker estragou tudo.

Franzi a testa, empurrando-o para longe.

— Mesmo assim eu fiquei surpresa! Você conseguiu fazer a surpresa. Me larga!

Travis se inclinou para beijar a minha bochecha.

— Eu queria vir pra casa e ver a minha esposa, que eu sabia que estava dando duro pra fazer uma festa especial pra mim.

— E aí você estragou tudo! — rosnei, ainda o empurrando. Eu nem me esforcei muito. Travis nem se mexeu.

America abraçou Shepley, depois beijou o rosto dele.

— Você não cansa de se encrencar por causa dele?

Shepley alisou o cabelo, com a testa franzida.

— Ele teria roubado o meu carro e me deixado no estacionamento se eu não tivesse me jogado no banco do passageiro.

— Ahh! — exclamou America, sem conseguir evitar uma risadinha.

Os braços de Shepley estavam cruzados, e ele tentou se afastar da namorada — também não se esforçou muito para isso.

Travis segurou meu maxilar e me obrigou a olhar para ele. Quando nossos olhares se encontraram, eu parei de lutar.

— Obrigado, baby — disse ele, beijando meus lábios, que já estavam fazendo um biquinho. Ele me soltou, e eu me senti um pouco desorientada pelo beijo e pela minha luta inútil.

Alguém bateu na porta e, um segundo depois, Jason Brazil a abriu e entrou, interrompendo seu caminho de repente, quando viu Travis parado no meio do apartamento semidecorado.

— Ah. Droga. Estamos atrasados?

— Sim — respondi, jogando um balão no Travis. — E ele está encrencado.

— Não estou, não — disse Travis, meio brincando, meio irritado.

— A... hum... — gaguejou Brazil — A... hum... a festa ainda está rolando?

— Sim. Não posso cancelar dez minutos antes de quarenta pessoas chegarem aqui — resmunguei.

— Quarenta? — perguntou Travis. — Só isso?

— Menos as vagabundas — explicou America, com o rosto sério.

Travis não achou graça.

Algumas garotas entraram atrás de Brazil, exibindo um bronzeamento artificial exagerado, camadas e mais camadas de maquiagem e implantes de silicone tamanho D-duplo apertados na camiseta com decote em V.

— Primeiro de abril! — soltou America. — As vagabundas chegaram.

— Hum... esta é a Alexis — disse Brazil, apontando para uma delas. — Tabitha, Meg e Bonnie.

— Claro que são — debochou America.

— Calma, baby — pediu Shepley.

As irmãs da fraternidade que pareciam gêmeas franziram o nariz para America, mas, depois disso, deram pouca atenção a ela. Todas seguiram Brazil enquanto ele procurava o bico de chope, depois riram quando ele o levantou bem alto.

— Encontrei! — gritou ele, acenando como uma criança pequena com um brinquedo no parquinho.

Brazil e suas amigas ajudaram a terminar a decoração enchendo balões e pendurando fitas.

Mais pessoas chegaram e se juntaram a eles. Quanto mais Travis ajudava, mais decepcionada eu ficava. Não com ele, mas comigo mesma. Eu tinha uma cara de paisagem famosa. Era capaz de ganhar dezenas de milhares de dólares de veteranos de Vegas, mas não conseguia fazer uma festinha de aniversário surpresa para o meu marido.

Quando o sol se pôs, os últimos convidados chegaram. Trenton entrou mancando com Camille segurando seu braço bom. Ela se movia devagar, ainda machucada por causa do acidente. Ela havia sofrido uma concussão e estava com uma sutura preta na testa. Fiquei surpresa com a presença dela.

Trenton a ajudou a tirar o casaco com delicadeza e devagar. Seu gesso verde-limão estava coberto com tinta preta, algumas assinaturas, mas principalmente desenhos.

— Quer ajuda? — perguntou Travis.

— Deixa comigo — respondeu Trenton, piscando para Camille. — Eu sempre cuido da minha garota.

— Mesmo com uma mão só, ele ainda faz as coisas melhor do que qualquer pessoa — disse ela, beijando a sua bochecha quando ele terminou. — Obrigada.

Trenton se virou para abraçar o irmão mais novo.

— Feliz aniversário, babacão!

— Oi — cumprimentou Camille, me abraçando. — A festa está linda.

— Não precisava vir. Você acabou de sair do hospital depois de um acidente grave. Eu sei que você não está se sentindo muito bem, ainda está se curando.

— É, nós dois ainda temos um longo caminho pela frente. Mas não perderíamos por nada. E é bom sair de casa.

— O Trenton comentou que você tem tido enxaqueca.

— Os remédios ajudam. Mas, pra ser sincera, acho que não vou conseguir ficar muito tempo. A gente só queria dar uma passadinha. Eu sei que provavelmente é... desconfortável pra todo mundo.

Dei o sorriso mais simpático que consegui para ela — que era seco, na melhor das hipóteses — e depois observei Travis abraçá-la com delicadeza.

— Você está ótima, Cami! Estou feliz que vocês vieram — disse ele. Ele se virou para Trenton. — E esse deve ser o gesso mais legal que eu já vi.

Trenton levantou o braço, virando-o de um lado para o outro para mostrar as artes.

— É, eu andei entediado.

— Foi você que fez isso? — perguntei, surpresa. — Está incrível.

Ele deu de ombros.

— Foi divertido. Como começar de novo. Mas essa porra coça pra caralho. Está me enlouquecendo.

Travis enganchou o braço no pescoço do irmão.

— Eu agradeço muito por vocês terem vindo. Te amo, irmão. — Ele beijou a cabeça do Trenton e depois pegou a minha mão. — Posso falar com você um minutinho?

— Está tudo bem? — perguntei enquanto ele me levava para o banheiro.

— Você pode fazer o favor de ser legal com a Cami? Por mim?

Minhas sobrancelhas deram um salto. Eu me senti instantaneamente na defensiva.

— Eu não falei porra nenhuma pra ela, Trav. Fui legal.

— Eu sei... que você está simplesmente... Estou falando isso do jeito mais simpático possível. Você não consegue fingir com a Cami, e isso é estranho, levando em conta o seu dom de demonstrar indiferença.

— Estou *tentando*. Como é que você faz isso? Como é que consegue agir como se ela não tivesse feito o que fez?

— Foi um acidente, Flor.

— Não estou falando do acidente, e você sabe muito bem.

Travis suspirou.

— O Trenton a ama. Ela também o ama. Ele é feliz com ela. Por favor. Já tivemos os nossos problemas e ela não é escrota com você.

— Eu não estou sendo escrota, e eu não trepei com um dos seus irmãos! — Depois de falar isso, eu me arrependi imediatamente.

A expressão do Travis era de repulsa. Ele não estava acostumado a me ver me comportando daquele jeito e, na verdade, nem eu.

Os Maddox eram uma família despedaçada, mas linda e muito unida. Havia milhares de famílias semelhantes no mundo, mas essa era especial. Eles se amavam intensamente, apesar das enormes feridas. A tristeza os alimentava, e a lealdade deles era incondicional.

Trenton tinha acabado de provar isso. O fato de Camille colocar em risco o que eles tinham construído ao longo de quase duas décadas de lágrimas e cinzas me deixava com uma raiva que eu não conseguia descrever.

Cobri o rosto.

— Não quero fazer isso no seu aniversário. Me faz esse favor?

— Eu não quis dizer que você está sendo escrota. Eu nunca te chamaria assim. Não foi isso que eu quis dizer, desculpa.

Toquei no rosto dele.

— Não peça desculpa. Eu sei que você está tentando manter a paz. — Cruzei os braços. — Mas não sei se consigo fazer o que você está me pedindo.

— Você acha que ela fez tudo de um jeito intencional? Eu entenderia o fato de você odiá-la se ela estivesse fodendo de propósito com a cabeça deles, mas acho que não foi o caso. Ela não é o tipo do Tommy. Eu sei que ele a amou...

— Parece que ele ainda ama.

Ele suspirou.

— Ela não é dele. A Cami é do Trenton. Eles são perfeitos um pro outro. O Tommy sabia que eles não iam dar certo, foi por isso que ele a liberou.

— Você não *sabe* se isso é verdade.

O maxilar dele ficou tenso, mas Travis esperou um instante para responder.

— Eu conheço o meu irmão. Só estou pedindo pra você dar uma segunda chance a ela. Deixa tudo isso de lado e começa do zero.

Balancei a cabeça, olhando para o chão.

— Eu não sei por que estou com tanta raiva. Se eu soubesse, talvez conseguisse deixar pra lá.

— Porque você quer nos proteger. E acredita em mim, Flor, eu te amo muito mesmo por isso. Mas o Trenton fez a escolha dele. Nossa única tarefa é apoiá-lo.

Fiz que sim com a cabeça.

— Eu sei. Tá bom, eu vou me esforçar.

Ele beijou a minha testa.

— É tudo o que eu peço.

Saímos do banheiro e eu assumi a minha cara de paisagem, indo direto até a Camille.

— Você quer uma água, uma cerveja ou qualquer coisa?

— Por enquanto, não, obrigada — disse ela, com um sorriso constrangido.

Tive a clara sensação de que ela sabia que estivemos falando dela.

— O que foi? — perguntou ela, com um tom que beirava o defensivo.

— Nada — respondi. Meu sorriso desapareceu. — O Travis veio pra casa antes da hora. Eu queria que fosse surpresa.

— Isso é a cara dele — brincou Camille com um sorriso presunçoso. Travis se juntou a nós, e ela entregou a ele uma garrafa de uísque com uma fita vermelha amarrada no gargalo. — Feliz aniversário, mesmo assim.

Travis beijou a bochecha dela.

— Obrigado!

— Ei! — disse Trenton, franzindo a testa e empurrando o ombro do Travis de brincadeira. — Tira os seus lábios da minha garota, caralho!

Travis levantou as mãos.

— Tá bom, tá bom. Só estava demonstrando a minha gratidão.

Peguei Travis pela mão e o levei até a cozinha, onde enfiei vinte velas na cobertura do bolo, então vasculhei a cozinha em busca de um isqueiro. Depois de abrir uma gaveta atrás da outra, acabei de mãos vazias.

— Isso é ridículo — reclamei. — Estou casada com um homem que está tentando parar de fumar um maço por dia e não temos nenhum isqueiro em casa?

Travis acendeu o seu isqueiro e levou a chama até a frente do meu rosto. Fiz uma pausa, depois o arranquei da mão dele e sorri.

— Obrigada, meu amor — falei baixinho.

Enquanto eu acendia os pavios, America apagou as luzes.

Travis ficou parado no balcão de café da manhã perto do bolo, sorrindo com as palavras escritas com glacê no topo. Ele deslizou o braço na minha cintura, se aninhando no meu pescoço enquanto cada nova chama era acesa.

— Lindo bolo — disse ele, sussurrando as palavras escritas.

Feliz Porra de Aniversário de 20 Anos, Travis.

— Ainda bem que você gostou. O palavrão foi ideia da America.

Travis levantou as mãos, fazendo um high-five com America.

— Mandou bem.

America simplesmente fez que sim com a cabeça, com os braços cruzados pouco acima da cintura.

Shepley a abraçou, e eles se balançaram felizes enquanto viam as velas queimarem. Shepley exibia um sorriso muito doce.

Eu não sabia o que ele estava pensando, mas sabia que envolvia a America.

Cantamos *Parabéns pra você*, depois o Shepley aumentou o volume da música.

Dançamos e bebemos, comemos bolo e rimos. Foi uma noite perfeita — até os vizinhos nos deixaram em paz na maior parte do tempo. A polícia só apareceu uma única vez por causa de uma reclamação de barulho.

Metade do time de futebol americano estava presente, assim como os irmãos da Sig Tau.

Jim, Thomas, Taylor e Tyler ligaram em horários diferentes, mas todas as vezes o Travis saía para conversar com a família.

Eu o beijava toda vez que ele saía, e a noite toda eu me lembrei do meu aniversário, de como aquela noite foi adorável, e de como eu me esforcei muito para não me apaixonar por ele.

Olhando para trás, minha teimosia pareceu um grande desperdício de tempo e esforço. Eu tinha que ser a sra. Maddox. Todas as esquinas que eu cruzei, tudo que tinha acontecido comigo — de bom ou de ruim —, tinham me levado até o meu marido.

A certa altura, Travis me conduziu até o corredor e segurou o meu pescoço, impaciente para colocar a boca quente na minha. Ele estava com gosto de cerveja barata e açúcar, e eu o puxei para o fundo da minha boca.

Bem quando eu pensei que ele poderia me pegar no colo e me carregar até o nosso quarto, o ritmo da boca dele diminuiu. Ele se afastou, beijou a minha bochecha e sussurrou no meu ouvido.

— Estou surpreso por você ainda não ter organizado uma disputa de shots pra mim.

— Não achei que você estava louco pra levantar uma grana.

— Vou ficar, se não conseguir aquele emprego.

Soltei uma risada.

— Você já conseguiu o emprego. Só precisa ir lá e aceitar.

Travis olhou em direção à sala, depois voltou sua atenção para mim.

— O que foi? — perguntei.

— Só estou confirmando se eles não estão destruindo o lugar.

— Ahh. Olha só pra você. Todo adulto.

Travis franziu a testa.

— Eu nunca dei uma festa aqui.

Pensei no assunto. Ele não tinha dado nenhuma festa ali desde que nos conhecemos. Não tinha passado pela minha cabeça qual era o motivo, mas fiquei surpresa por ele não ter feito isso antes.

Pensei na primeira vez que vi seu apartamento e me lembrei de pensar que não tinha o cheiro da habitação típica de um universitário: chulé e resto de cerveja. Ele e Shep mantinham as coisas organizadas e a casa limpa.

Eu estava casada com aquele homem e percebi que ainda havia algumas coisas sobre ele que eu não sabia, simplesmente porque nunca tinha perguntado.

— Que cara é essa? — falou ele.

— Eu só estava pensando em como eu tenho fracassado em conhecer você.

Ele beijou a minha testa.

— Você me conhece melhor do que qualquer outra pessoa.

— Eu não sabia que vocês não davam festas aqui. Quais são as outras coisas mundanas do seu passado sobre as quais eu não perguntei?

Ele balançou a cabeça.

— Eu não me importo de falar da minha vida antes de você, na verdade. Tudo mudou quando eu te conheci. E, pra responder à sua pergunta, eu não quero ter que dar uma surra em alguém por quebrar alguma coisa.

Toquei no rosto dele.

— Estritamente uma toca do amor, né?

O rosto do Travis se contorceu de repulsa.

— Uma o quê?

Dei um sorriso.

— Nada.

— Ah, você está fazendo uma piada — disse ele, beliscando de brincadeira as minhas laterais.

Eu saí correndo para a sala de estar, dando risadinhas e me escondendo atrás da America. Travis só me perseguiu por alguns segundos antes de uma música lenta começar a tocar. Minha música preferida; nossa música.

Travis me puxou para os seus braços. Nós dançamos por alguns instantes até que Travis me apertasse com mais força.

— Na última vez que dançamos ao som dessa música numa festa de aniversário, você meio que falou que me amava — disse ele.

— O quê? — questionei, me afastando para olhar nos olhos dele. — Não lembro.

Ele deu uma risadinha.

Sorri para ele.

— Não lembro mesmo.

— É. Você estava chapada, mas falou, sim. Meio que falou. Você disse que, em outra vida, poderia me amar.

Dei um sorriso, admirando suas íris quentes e douradas. Eu me lembrei da primeira vez que vi aqueles olhos me encarando — no porão de um prédio no campus. Travis estava suado e nós dois estávamos salpicados de sangue, mas, a partir daquele instante, os olhos dele se tornaram o meu lar.

— O que foi que você disse quando ouviu isso? — perguntei com um sorriso. — Você não saiu correndo e gritando?

Ele balançou a cabeça, e seu olhar foi ficando cada vez mais intenso.

— Eu falei que poderia te amar nesta vida.

— Sério? — indaguei, emocionada. Isso tinha acontecido quase seis meses antes, e ele nunca tinha me contado. — Mesmo assim, fui eu que falei primeiro.

— Não — disse ele, dando uma risadinha.

— Bom... Eu meio que falei primeiro.

Ele estreitou os olhos.

— Você acabou de admitir! Eu falei no meu aniversário.

— Mais ou menos.

— De acordo com o que você acabou de contar, você disse que *poderia* me amar nesta vida.

— Nós dois sabemos que isso era pra manter a minha fama de mau. Você dizer que poderia me amar na próxima vida não conta.

— Então... — comecei, erguendo o queixo e me sentindo vitoriosa. — Bem-vindo à nossa próxima vida.

Ele parou no meio do apartamento. Seus ombros desabaram, e seus olhos pousaram em mim com tanto amor e adoração que eu fiquei corada.

— Que maldição — disse ele, me abraçando. Ele apoiou o queixo no meu pescoço e ficou encurvado. — Realizei meu desejo de aniversário antes mesmo de pedir.

Encostei minha bochecha no ouvido dele, escutando as palavras da nossa música e curtindo o momento.

— Não é estranho que este seja o seu primeiro aniversário comigo e como meu marido?

— O melhor aniversário até agora — respondeu ele.

— O que foi que você fez no seu aniversário de dezenove anos?

— Eu não lembro e, se lembrasse, sei que não teria sido tão bom. Desculpa por estragar a surpresa.

— Está perdoado — falei com um sorriso.

— Não se preocupe. Você tem o resto da nossa vida pra tentar me surpreender.

— Com certeza eu tenho, caramba — concordei, puxando-o para perto. — Temos mais mil surpresas pela frente.

Fechei os olhos. *Todas boas, espero.*

13

Fraqueza

ABBY

— Baby — disse Travis, tirando a jaqueta e jogando na cama. — Eu já pedi desculpa.

— Não é culpa sua — declarei, tirando os sapatos de salto.

— Eu não vou lutar no Círculo de novo, já falei isso pra você. Mas também não vou ser desrespeitado.

— Eu sei, Trav. — Eu me aproximei dele e toquei no seu rosto. Ele se apoiou na minha mão. — Não é culpa sua.

Ele já havia dado tantos passos para mudar. Mesmo assim, eu não conseguia não me sentir frustrada por pedirem para sairmos do The Red pela segunda vez em poucas semanas. Travis já era ciumento o suficiente quando a gente só namorava. Agora que eu era sua esposa, os homens tentavam comprar drinques para mim na frente dele, faziam comentários grosseiros sobre o meu corpo ou até — como naquela noite — davam um tapinha na minha bunda. O nível de controle que ele tinha demonstrado era milagroso, mas todo homem tem seus limites.

— Eu devia simplesmente ter me afastado — disse Travis, claramente com raiva de si mesmo. — A Jorie sempre ameaça me banir. Um dia desses ela vai fazer isso.

Abri o zíper do meu vestido.

— A Jorie viu. Aquele cara mereceu que você chutasse a cadeira de baixo dele. — Ele não respondeu. — Eles vão parar, Trav.

— Talvez a gente devesse parar de sair por um tempo.

Assenti.

Travis suspirou e desabotoou a camisa. Nós nos despimos em silêncio, nos revezamos no banheiro e depois Travis ficou me olhando enquanto eu me acomodava na cama.

Eu me enfiei embaixo dos lençóis, me aninhando ao lado dele, que estava encarando o teto.

— Podia ser pior. Ainda temos noites de cinema. Noites românticas. Minigolfe. Passeios na Harley. Parece que isso só acontece no The Red. Fazer outras coisas só significa mais tempo juntos sem ninguém por perto.

Minhas mãos deslizaram pelos picos e vales do abdome dele e pararam no volume abaixo da cintura da cueca.

— Acho que a gente devia tirar isso.

Ele não se mexeu.

Dei beijinhos no pescoço dele e, como ele não reagiu, movi a minha mão e o abracei com força. Pela primeira vez, senti que Travis talvez não me quisesse.

Sua vida era diversão e liberdade antes de mim. Agora era máfia, incêndios e a sensação constante de precisar me proteger. Agora, ele não podia ir ao seu bar preferido.

Comecei a sentir um enjoo.

— Trav?

— Sim, Flor?

— Você prometeu que ia me amar pra sempre.

Ele respirou como se as minhas palavras tivessem roubado o ar dos seus pulmões, depois cobriu os olhos com o braço.

— Não é isso, Flor. Não é nada perto disso. — Ele se virou de lado e me envolveu com os dois braços, apertando delicadamente.

— Fala comigo — pedi, com o rosto no peito dele.

— Eu sei que você não quer isso. Agora vamos ter que parar de ir aos lugares e você vai se sentir ainda mais presa. — Ele me apertou com mais força. — Eu não quero que você se canse de tudo, de mim, e vá embora.

Eu recuei para olhar as lágrimas que se formavam nos seus olhos.

Ele baixou o olhar para mim.

— Você vai me deixar. Não importa o quanto eu tente fazer tudo certo, você vai se cansar das minhas merdas.

Dei uma risada, chocada.

Ele franziu a testa, não gostando da minha reação.

— Não... Eu não queria rir, desculpa, é só que... Eu estava pensando a mesma coisa. Que, antes de você me conhecer, a sua vida era fácil. Agora é uma coisa atrás da outra. E não são brigas fúteis... são coisas reais e assustadoras, e eu fui ficando preocupada com o fato de você se cansar disso.

— Eu nunca te deixaria. Não importa o que aconteça, não tem nem uma coisa de antes que eu prefira ter em vez de você. Mas você... você não é como eu.

Eu me sentei, e ele também se sentou, com a expressão cheia de preocupação, como se mais uma vez ele tivesse dito a coisa errada e eu pudesse acabar com tudo. Era culpa minha; o tempo todo em que estávamos juntos, eu era famosa exatamente por isso.

Segurei o queixo dele.

— Olha pra mim, Travis Carter. Claro que você vai se preocupar. Eu já deixei você antes. Mais de uma vez. Só que não éramos casados naquela época, e eu não tinha certeza do que estava acontecendo. Eu tomei uma decisão, fiz uma promessa e preciso que acredite em mim. Você não pode ficar se preocupando com isso, porque você vai enlouquecer. Eu nunca, jamais vou te deixar. Está me ouvindo? Você é meu marido, e eu sou sua esposa. Isso nunca vai mudar, Travis. *Nunca*. Não importa o que aconteça, eu estou nessa, nós estamos nessa, pelo resto da vida.

— Você tomou uma decisão — disse Travis, ainda pouco convencido. Ele desviou o olhar, com as engrenagens na sua cabeça girando, depois olhou para baixo. — Mas não porque era o que você queria.

— Do que você está falando?

— Eu vi você! — soltou ele, alto o suficiente para me assustar. — Eu vi você. — Dessa vez, as palavras saíram em um tom mais baixo. Parecia despedaçado. Ele se levantou, com os dedos entrelaçados no topo da cabeça. O chão rangeu sob os seus pés enquanto ele andava de um lado para o outro. — Eu vi você no salão do cassino, no telefone, chorando com alguém.

A culpa me enterrou e não consegui evitar o choro.

— Ai, meu Deus. Travis, não. Não é o que você pensa.

As lágrimas escorreram pelo seu rosto, e seu lábio inferior estava tremendo.

— E eu deixei que você fizesse aquilo. Eu deixei você se casar comigo sabendo que você não queria ou, no mínimo, que você não tinha tanta certeza. Que tipo de babaca deixa a garota que ele ama fazer uma coisa assim? Desculpa, Flor, mas eu estava desesperado pra manter você ao meu lado. Ainda estou. Isso consome todos os meus pensamentos. Todas as decisões que eu tomo. Eu nunca amei ninguém desse jeito, não sei se isso é normal ou se tem alguma coisa errada comigo ou... Eu estou fazendo o melhor que posso, mas eu... Eu não sei que porra eu estou fazendo. Flor... Eu não...

Eu me ajoelhei, indo até a ponta da cama, estendendo as mãos para ele.

— Vem cá.

Ele não hesitou e se jogou imediatamente em mim, me abraçando forte e enterrando o rosto no meu pescoço.

— Eu juro... Eu juro por Deus... Eu não estava chorando porque não queria me casar com você. Eu estava chorando por causa do incêndio. Porquê... — Balancei a cabeça, sabendo que não devia falar mais nada.

Ele olhou para mim.

— Com quem você estava falando?

— Com o Trent e a Cami. Eles estavam me atualizando — expliquei. Eu me posicionei de um jeito que o obrigaria a olhar nos meus olhos. — Não foi porque eu estava fazendo uma coisa obrigada. Eu queria, sim, de um jeito que eu jamais vou conseguir explicar pra você. De um jeito que não consigo explicar nem pra mim mesma.

Ele balançou a cabeça, secando os olhos.

— Você está pensando nisso desde Vegas? Por que não conversou comigo? — perguntei.

Ele assentiu, e os olhos começando a brilhar com as lágrimas de novo.

— Porque eu tinha medo do que você ia dizer, Flor. Eu não ia aguentar ter aquilo que eu sempre quis e depois ver tudo ser arrancado de mim. Eu sei que foi uma coisa egoísta e covarde da minha parte, mas... — ele estendeu as mãos para o lado e depois as deixou cair — ... não sou homem o suficiente pra dizer que, se você quiser ir, pode ir. Porque eu não quero isso.

— Eu também não quero — falei, secando o rosto. *Nossa. Eu estava errada ao pensar que o Travis não teria me deixado prosseguir com o casamento se ele soubesse a verdade. Mesmo assim, eu não podia ter arriscado que ele dissesse não. Ele fala isso agora, mas será que ele teria uma opinião diferente naquele momento? Era um risco que eu não queria correr.* — Me escuta. Eu não sei o que fiz antes de você, Travis. E nunca quero me lembrar. Não quero mesmo.

Ele inspirou fundo e expirou. Olhou para o chão, com o rosto desmoronado, e depois ergueu o olhar para mim por baixo da sobrancelha.

— Você chorou no cassino por causa do incêndio?

Funguei.

— Eu sei que parece horrível, mas eu juro que foi. Por favor, por favor, acredita em mim.

— E porque estava com medo do que poderia acontecer quando a gente voltasse.

— Eu *queria* me casar com você. Eu te amo e amo ser sua esposa.

Ele fez que sim com a cabeça, mas voltou a andar de um lado para o outro.

— Ouvir você falar desse jeito parte o meu coração — confessei, com a voz falhando. — Foi mais cedo do que eu planejei, Travis, nós dois sabemos disso, mas tudo mudou quando o Keaton pegou fogo.

— Você sabia que eu ia precisar de um álibi. Fala logo, Abby.

Suspirei.

— O casamento criou um álibi pra você, tá? É um sintoma, não a causa. Eu me casei com você porque eu te *amo*. Vou dizer isso um milhão de vezes, se for preciso. Eu sabia o que queria em relação a tudo. Foi por isso que eu pedi você em casamento.

— Graças a Deus — disse ele, soltando a respiração. Travis foi até mim e segurou meu rosto com as duas mãos. Seus lábios e suas mãos estavam tremendo, e ele levou os lábios aos meus. Abri a boca, mais que disposta a sentir a língua dele na minha. Dez minutos antes eu achei que ele estivesse em dúvida, mas o modo como Travis estava me puxando me o aliviou e fez o frio na barriga de sempre tomar o meu corpo todo.

— Podemos concordar, então, que eu e você temos medo de o outro ir embora e agora sabemos que nós dois vamos ficar?

Ele fez que sim com a cabeça de novo.

— Você é minha de verdade.

— Eu sou sua de verdade.

Sua boca se afastou por tempo suficiente para ele traçar uma linha com os lábios pelo meu pescoço até a clavícula, percebendo a alça no meu ombro. Ele me olhou com desejo, seus olhos se derramando pelo meu sutiã preto que combinava com a calcinha. Ao mesmo tempo, eu fiquei feliz que ele só tivesse essas peças para tirar antes de entrar em mim. Ele encarou a minha pele enquanto baixava a alça de tecido estreito do sutiã, beijando o ponto em que estava concentrado.

Com uma das mãos e um único movimento, meu tronco estava nu. Travis moveu a boca de maneira lenta e carinhosa, descendo pelo meu peito e pela minha barriga, parando apenas por tempo suficiente em todos os meus lugares preferidos para fazer as minhas entranhas se contorcerem. Ele me deitou no colchão, e eu relaxei, fechando os olhos.

Eu nunca tinha me sentido tão em casa não apenas com outra pessoa, mas dentro da minha própria pele. Travis me fazia sentir como se eu fosse a mulher mais bonita que ele já tinha visto e mais amada do que tinha sido por qualquer outra pessoa na minha vida.

Ele não apenas me queria, ele precisava de mim. Ele idolatrava cada centímetro do meu corpo.

Eu era a sua religião.

— Eu te amo — sussurrei.

— Eu sei — disse ele, com a voz abafada, enquanto se posicionava entre as minhas coxas.

Ele deslizou a mão, arrancou a minha calcinha e depois voltou para o ápice entre minhas coxas como se tivesse passado o dia me desejando.

Meus joelhos fraquejaram involuntariamente, e eu gemi o nome dele junto com algumas referências religiosas inadequadas.

Ele beijou as minhas coxas e depois a minha barriga, me observando com um sorriso orgulhoso. Ele mal me deu a chance de me recuperar antes de subir pelo meu corpo e encarar os meus olhos enquanto se afundava lentamente dentro de mim.

Era nesses momentos que eu ficava feliz por ele ser incapaz de se conter. Eu só fazia uma vaga ideia de como Travis tinha sido com outras mulheres mas comigo ele não se controlava. Ele me deixou tirar todas as suas camadas, ver todas as suas fraquezas — eu era uma delas, e isso não parecia mais uma coisa ruim.

Nenhum de nós dois sabia, antes do dia em que nos conhecemos, que estávamos esperando o outro aparecer e, naquele momento, no refeitório de uma faculdade minúscula, nossa vida começou.

Não havia um *antes* e um *depois*.

Travis soube, desde o início, que nós sempre existimos e sempre existiríamos juntos. Essa verdade estava finalmente nos olhos dele, na maneira como ele me olhava, naquele momento enquanto pairava a poucos centímetros do meu rosto.

— Ai, porra... Flor — sussurrou ele.

Travis me olhava com admiração, com a expressão exata da primeira vez que ele fez amor comigo — e todas as vezes depois daquela —, como se ainda estivesse surpreso com o quanto eu era perfeita e incrível.

Ele trabalhou de maneira agonizantemente lenta, prestando atenção em cada parte da minha pele. Mesmo depois de uma hora, Travis não se deixava abalar.

Meus músculos respondiam fadigados e, embora ele se recusasse a acelerar o ritmo, eu não conseguia recuperar o fôlego. Quanto mais nos emaranhávamos, mais eu precisava dele. Eu me sentia insaciável, seduzindo Travis com facilidade repetidamente, de um clímax ao seguinte até estarmos os dois exaustos.

Fiquei deitada de bruços, olhando para o meu marido, que fazia o mesmo. Nossos dedos mindinhos estavam entrelaçados, e o lençol cobria uma pequena parte das nossas costas. Minha pele brilhava de suor, meus olhos estavam pesados e meu cabelo, todo emaranhado ao meu redor.

A mão livre do Travis estava acima da cabeça, enrolando um fio caramelo do meu cabelo.

Não falamos nada, e nem era preciso. Tudo o que Travis e eu precisávamos ouvir já tinha sido dito.

Estávamos saturados um do outro, o ar repleto de sexo, amor e satisfação, e, mais importante ainda, da confiança de saber que, independentemente dos obstáculos que surgissem no nosso caminho, nós dois sabíamos que o outro estava ali para ficar.

E não havia nenhum amor mais profundo e mais precioso do que aquele.

14

Tortuoso

TRAVIS

Girei o metal frio da minha aliança de casamento no dedo enquanto encarava, do estacionamento, a academia Iron E. Era uma segunda-feira fria, o tempo estava uma merda.

A primavera já dava sinais, as nuvens de chuva mijavam no meu carro e as centenas de milhares de gotas de chuva quicavam no asfalto. E, como se eu já não estivesse suficientemente mal-humorado, ainda precisava agir como se não quisesse assassinar Brandon Kyle só por ele estar respirando na minha frente.

Desliguei o motor e segurei o volante, encostando a cabeça no apoio. Eu estava quase atrasado. Tinha sido um desafio para Abby e eu coordenarmos as nossas agendas para ir a todos os lugares aonde precisávamos com apenas um carro, ainda mais nos dias de chuva. Mas hoje eu tinha um problema maior.

Perkins Plaza praticamente me cercava de butiques, uma loja de equipamentos de golfe, uma lojinha de alimentos orgânicos, um salão de manicure e, no centro, a academia Iron E. Todos os prédios combinavam, pintados de branco com o nome de cada estabelecimento em letras pretas simples.

Aquilo me lembrava das embalagens das comidas genéricas que meu pai comprava quando eu era criança. Agora significava ser *moderno*.

As nuvens grossas e cinzas do lado de fora deixavam mais visíveis as pessoas que circulavam dentro da academia sob luzes fluorescentes. Elas estavam levantando pesos, ajudando levantadores de peso ou correndo em uma das quinze esteiras. Brandon estava atrás da mesa da recepção, passando o nariz no pescoço da recepcionista.

Trinquei os dentes. Para ser sincero, eu não entendia a atração.

Brandon media pouco menos de um metro e oitenta, mas tinha um físico que o fazia parecer gordo. Seu corpo era constituído por proporções desajeitadas e, embora ele malhasse, parecia que seus músculos eram residuais de um ano antes ou mais.

Os olhos castanhos sempre tinham branco demais ao redor quando ele falava, fazendo-o parecer maluco, e o cabelo ridículo era ainda mais maluco. Era comprido demais, e ele abusava do gel para fazer um topete bem alto. Parecia um vilão da Disney de quinta categoria.

Eu sentia vergonha. Não queria ser visto com ele, muito menos trabalhar para ele.

Em Eakins havia muitos empregos flexíveis para universitários. O problema é que estávamos quase no meio de abril, e a maioria dos empregos ainda disponíveis só servia para bancar os baladeiros de fim de semana, não um casal.

Eu já havia vasculhado os classificados. Três dezenas de pessoas tinham pegado a minha ficha e me mandado voltar no ano seguinte para a correria do Natal, ou diziam que já tinham contratado vários universitários e não precisavam de mais ninguém até o fim do semestre. Eu não era burro.

O êxodo das férias de verão significava que não havia movimento suficiente para sustentar mais funcionários. O segredo era encontrar alguma coisa no início do semestre de outono, e o tempo não estava a meu favor. Os empregos no campus ofereciam nove dólares por hora ou até menos — nada que desse para pagar o aluguel e as contas com a quantidade de horas que eu poderia trabalhar nos intervalos das aulas.

Acima de tudo, eu estava puto por ter desperdiçado tanto dinheiro em bobeiras nos últimos dois anos. Eu não guardei nada depois de pagar a mensalidade e, pior ainda, eu tinha gastado em bebidas, tatuagens, móveis e coisas para a motocicleta.

Eu não fazia ideia de que ia conhecer o amor da minha vida e me casar ao mesmo tempo em que as lutas acabaram, deixando a nossa renda pouco abaixo da linha de pobreza.

Trabalhar para o Brandon e deixar as coroas locais me apalparem enquanto fingiam malhar era a última coisa que eu queria fazer, mas as contas tinham que ser pagas de algum jeito. Abby estava na segunda semana de monitoria, mas isso mal cobria as despesas com alimentação e gasolina.

Respirei fundo, tirei a chave da ignição e fechei a porta do Camry com força ao sair, sentindo a água da chuva chapinhar sob os meus pés. Bati na porta de vidro e esperei. Havia uma catraca com senha do lado de fora, e cada membro tinha seu PIN de quatro dígitos.

Um homem cujo pescoço era duas vezes maior do que a cabeça deixou de lado a barra que segurava e, com o andar característico de um levantador de peso que empina a bunda e balança os braços, ele abriu a porta e me cumprimentou com um aceno de cabeça.

O homem olhou para trás.

— Brandon — chamou o cabeçudo com uma voz rouca. Ele sorriu para mim, e isso iluminou toda a sua expressão. — Meu nome é Chuck — disse ele, estendendo a mão grossa para pegar a minha. — Eu estava contando que você viesse.

— Travis. Prazer em conhecê-lo.

Brandon estava no meio de um beijo atrás da orelha da recepcionista quando levantou o olhar. Chuck também percebeu, e seu sorriso desapareceu. Era bom saber que nem todo mundo na academia concordava com as gracinhas do Brandon.

— Maddox! — exclamou Brandon, estendendo os braços. — Que porra é essa, cara? Por que você demorou tanto?

Ele apertou a minha mão direita com força e depois me puxou, encostando o ombro no meu, dando um tapinha nas minhas costas com a mão livre. Os babacas sempre gostavam de abraçar.

— Você já conheceu o Chuck, ele é o gerente das três academias. Você veio aqui pra se candidatar ou o quê?

Fiz que sim com a cabeça.

Brandon se virou, estendendo a mão para a recepcionista e estalando os dedos.

— Um formulário de inscrição, Tiffany. Agora.

Tiffany virou as costas para nós e se abaixou, abrindo um arquivo e passando os dedos nas pastas.

Brandon bateu no meu ombro com as costas da mão, dando uma risadinha e apontando com a cabeça para a bunda da recepcionista, como um garoto de doze anos.

Eu não sorri nem franzi a testa; apenas me concentrei em parecer indiferente.

Tiffany encontrou o que estava procurando e foi até Brandon com uma caneta e o papel na mão.

— Encontrei — disse ela, esperando um elogio do chefe.

— Você é ótima — elogiou ele. — Ela não é ótima?

Se trepar com um homem casado com a esposa grávida for um feito admirável, sim.

— É — respondi, pigarreando. — Organizar um arquivo é um negócio difícil.

Tiffany baixou o queixo algumas vezes de um jeito dramático, feliz porque eu entendia os seus problemas.

— Quer preencher isso no meu escritório? — perguntou Brandon.

— Você tem um escritório? — respondi, meio que brincando.

Brandon estufou o peito.

— Por aqui. Tiffany — disse ele, estalando os dedos para ela de novo. — Água.

Ela fez que sim com a cabeça, se apressando.

— Chuck, o Maddox finalmente vai se candidatar. Precisamos começar a fazer uma lista de clientes pra ele.

Chuck balançou a cabeça, depois voltou a malhar como se o Brandon não tivesse falado nada.

Como era de se esperar, as paredes do escritório do Brandon eram cobertas por cartazes de modelos bombadas e seminuas.

Hesitei em me sentar na cadeira de frente para a mesa dele, pois tinha certeza de que ele batia uma punheta ali toda noite. Um canto da minha boca se curvou para cima, me lembrando da repulsa semelhante que a Abby sentiu pelo meu antigo sofá na primeira vez que ela visitou o apartamento. Eu tinha progredido muito, muito mesmo desde aquela noite.

Tiffany levou duas garrafas de plástico geladas e assentiu quando eu agradeci. Ela ficou de olho no Brandon enquanto se virava, como se ele já não soubesse que ela estava morrendo de vontade de se debruçar sobre a mesa dele. De novo.

— Casado — disse Brandon, balançando a cabeça, encarando a bunda da recepcionista até ela fechar a porta ao sair.

Eu me sentei e apoiei o formulário na mesa dele, clicando a caneta com o polegar e preenchendo as informações o mais rápido possível.

— O que levou você a fazer isso? — perguntou ele. — Não pode ser só porque ela é gostosa. Você costumava pegar duas num fim de semana calmo, ou estou enganado?

— Está. Há quanto tempo você é dono daqui? — questionei sem levantar o olhar. Eu não queria dar um soco na boca do Brandon porque ele estava falando da minha esposa, então preferi mudar de assunto.

— Quatro anos — respondeu ele. — Três deles com a Joan. — Sua cadeira rangeu quando ele se recostou e cruzou as mãos atrás da cabeça. — Ela me entregou no divórcio. Não se trata do que você sabe, mas quem você conhece, não é mesmo?

— Ah, sim. Eu me esqueci. Você herdou a academia.

— São filhos que herdam coisas dos pais, Maddox. A Joan abriu este lugar com o ex-marido, mas aí eu fodi com a cabeça dela e ela me deu tudo que eu queria. Este lugar era um buraco, só tinha gente velha e gorda. Eu me casei com a geriatra e transformei este lugar no que é hoje. Agora, ele é meu. Eu ganho o triplo do que a Joan ganhava aqui.

Escrevi meu pequeno histórico de trabalho reconhecido além do Círculo — paisagismo no ensino médio para o antigo sócio do meu pai — e assinei o meu nome, deslizando o papel na direção dele.

Brandon deu uma olhada.

— Você deixou uma coisa de fora, né?

— Não.

— Você não ganhava uma fortuna naquelas lutas no campus?

— Não tenho a menor ideia do que você está falando — respondi, com o rosto sério.

Brandon riu.

— Certo. Aquele círculo de lutas era secreto. Eu entendo. Tudo bem, por acaso eu sei que você nocauteava todo mundo que enfrentava no ringue. Menos aquele último cara. Acho que ele foi nocauteado pelo incêndio.

Franzi a testa, sem conseguir manter a indiferença que eu queria demonstrar.

Brandon deu uma risada, depois ficou tagarelando sobre a história da academia, ainda sobre ter que lidar com a Joan, e como ela ficou puta por ele ter engravidado uma das namoradas. Agora, Becca era a esposa dele, e o Brandon fazia com que ela — a mais ou menos dois meses de dar à luz — lidasse com a Joan para ele não ter que fazer isso.

Ele era um imbecil de primeira, e agora era meu chefe.

Segurei os braços da cadeira e escutei, tentando pensar na Abby, no casamento, na nossa nova vida juntos, em qualquer coisa que me lembrasse que precisar estar no mesmo lugar que o Brandon todo dia ia valer a pena. Olhei para o meu relógio, me sentindo exausto só por resistir à vontade de arrancar sua língua daquela boca nojenta.

Brandon estava descrevendo como ele era incrível havia quase duas horas.

Tiffany bateu na porta e espiou dentro da sala.

— Já fechei tudo. Vou pra casa.

Brandon acenou para ela ir embora.

— Vou levar o Travis pra beber alguma coisa.

— Isso parece divertido — comentou Tiffany com um sorriso esperançoso.

Eu me levantei.

— Odeio te cortar, cara, mas eu tenho que ir pra casa.

— Ah, tá certo — disse Brandon, com voz grossa de tanta condescendência. — A vida de casado. Sabe, você precisa estabelecer limites e intenções desde o início. Se você deixar que ela te impeça de continuar fazendo o que fazia, ela vai sempre esperar que seja assim.

— Não é esse o objetivo de ser casado? Parar de agir como se você fosse solteiro? De qualquer maneira, não tem nada que eu prefira fazer a ficar com ela.

— Então pode se considerar um cara de sorte. A Becca é um tédio da porra.

— Ouvi dizer que a gravidez costuma deixar as mulheres cansadas.

— Acho que sim — disse ele, curvando os lábios de repulsa. — Mas elas são feitas pra isso. Não tenho nenhum motivo pra parar a minha vida. Quando é que você pode começar? Não vai demorar muito pra você construir uma clientela.

— Semana que vem — respondi. — Segunda-feira.

Brandon se levantou e estendeu a mão.

Eu a apertei, me sentindo como se tivesse acabado de vender minha alma ao diabo.

— Você vai começar com as Bettys — informou ele.

— As quem?

— Betty Rogan e Betty Binder. Elas têm cheiro de naftalina e mais rugas do que um elefante faminto, mas pagam o dobro pra poderem malhar juntas e lançar olhares provocantes pros caras. Elas vão te adorar. Sem contar que você vai começar com uma grana decente. Elas vão te convidar pra almoçar no primeiro dia. Vai com elas. Elas vão pagar o seu aluguel de maio. Aqui — disse ele, me mostrando um livretinho e outra folha de papel. — Estes são nosso manual de política da empresa e o contrato. O manual fala do seu pagamento e da sua comissão. Não vem me contar sobre as suas gorjetas. Eu não quero saber quanto você ganha nem o que você faz pra recebê-las. Vantagens de trabalhar pra Iron E.

Então é assim que ele mantém os funcionários. Na verdade, ele é a merda de um cafetão.

— Obrigado — falei, enrolando os papéis e enfiando no meu bolso traseiro. — Vejo você na segunda.

Desviei de Tiffany sem cumprimentá-la e atravessei a academia vazia, empurrando a porta de vidro para fora. O céu estava escuro, e pocinhas tinham se formado no estacionamento, refletindo as luzes que salpicavam o Plaza. O Camry estava parado no centro de uma das maiores poças.

— Porra — xinguei baixinho, pegando as minhas chaves. Peguei o celular no outro bolso e olhei para a tela. Quatro ligações perdidas. — *Porra!* — rosnei, discando e levando o celular ao ouvido.

— Travis?! — disse Abby, parecendo em pânico.

— Desculpa, Flor. O Brandon não parava de falar e eu não consegui achar um bom momento pra mandar ele calar a porra da boca e...

— Ai, meu Deus. Não, tudo bem. Eu só fiquei... nada, está tudo bem.

— Não está nada bem. Os agentes federais estão rondando, o tempo está uma merda, você sabe que eu odeio o Brandon e não atendi o celular. Eu podia ter sido preso, me envolvido num acidente de carro ou ter sido demitido antes mesmo de conseguir o emprego. Não culpo você, baby. Desculpa.

— Está tudo bem, só... vem pra casa. Estou com saudade.

— Estou a caminho. Chego aí num segundo.

— Travis?

— Sim?

— Toma cuidado. Estou com um pressentimento ruim.

— Pode deixar, Flor. Chego aí em menos de dez minutos e vou abraçar você pelo resto da noite.

Ela suspirou.

— Tá. Te vejo mais tarde.

15

Nada mal para uma garota

ABBY

Os trovões ressoavam, fazendo as janelas do apartamento tremerem. Shepley e America estavam no sofá, vendo uma comédia romântica bobinha — escolha da America, claro —, e eu estava parada ao lado da pia da cozinha, perdida em pensamentos, encarando as mensagens no meu celular.

Travis estava na academia e, embora ele soubesse dos meus planos, eu não tinha dado os detalhes a ele de propósito. Ele já se sentia culpado o suficiente por eu voltar a jogar pôquer, dessa vez para salvar a vida dele, e não a do Mick.

— Mare? — chamei, secando as mãos.

— Eu? — perguntou ela, gemendo e se espreguiçando enquanto se levantava. Ela andou de um jeito preguiçoso na minha direção, olhando pela janela. — Argh, já estou de saco cheio dessa chuva. Está tudo cinza há vários dias. — Ela bocejou ao falar o pensamento seguinte: — Estou exausta.

— Preciso de um conselho.

— Claro — disse ela, cruzando os braços e apoiando o quadril na bancada. — O que foi?

— Eu também preciso de ar puro — falei, gesticulando para America me seguir até o lado de fora.

Peguei um guarda-chuva, e America ficou encolhida ao meu lado enquanto íamos até o parquinho do condomínio.

— Você está me assustando.

— Não surta. Você me conhece, eu só estou sendo excessivamente cautelosa — expliquei.

— Você está me dizendo que acha que o seu apartamento está cheio de escutas?

— Eu... Não sei. Mas o que eu sei é que jornalistas do *The Eastern Star* estão investigando o incêndio. Justin e Ricky, os caras que o Travis perseguiu no The Red.

America pareceu confusa.

— O que é *The Eastern Star*?

— O jornal do campus.

— A Eastern tem um jornal?

— *Sim*, Mare. Foco.

— Tudo bem, eles estão investigando o incêndio. Parece que devia mesmo estar no radar deles, já que aconteceu no campus e é a maior tragédia da história da Eastern.

— É, mas... — continuei e deixei a voz morrer.

— Ah. Bom, você está certa. Eles fazerem perguntas não é nada bom.

O incêndio tinha se tornado um elefante na sala. Não podíamos falar nele pelo bem do Shepley e da America, mas eles sabiam que Travis e eu estivemos lá. Por ironia, o que dizem sobre mentiras é verdade: uma mentira é construída em cima de outra. Até as melhores mentiras já contadas são pontes bambas a perder de vista até a verdade.

— O que você está pensando? — perguntou ela

Olhei para o meu celular.

— Eu posso ter uma solução. Fiz uma pesquisa, e parece que o Justin e o Ricky têm um problema com apostas.

— Nossa. Onde foi que você ouviu isso? É conveniente demais.

Dei de ombros.

— Parker. E ele não tinha a menor ideia de que estava delatando os caras. É como se o universo conspirasse a nosso favor.

— O que você vai fazer?

— Tem um jogo de pôquer toda quinta à noite na casa Sig Tau. Eu vou.

As sobrancelhas de America dispararam para cima.

— É hoje à noite.

Balancei a cabeça.

— O Travis está no trabalho. Você vai sozinha?

Assenti.

— O Parker vai estar lá.

America franziu a testa.

— O Travis já sabe — falei rapidamente.

Sua expressão se suavizou.

— Tenho duzentos dólares. Eu estava pensando...

— Sim, sim — disse ela, me puxando de volta para o apartamento.

Quando chegamos à porta, America foi direto atrás da sua bolsa.

— Obrigada — falei.

— O que foi? — perguntou Shepley do sofá.

America ignorou Shepley e respondeu para mim:

— Claro, bobona. Eu sei que vou recuperar.

— Você vai recuperar o quê? — quis saber Shepley, observando-a vasculhar a carteira.

America acenou com a cabeça para mim.

— Dinheiro. Você tem algum? Dá tudo que você tem pra Abby.

— Tenho — confirmou Shepley, estendendo a mão para a mesa lateral. Ele tirou todas as notas da carteira e entregou para America. — Pra que é isso?

— Noite do pôquer na Sig Tau. — America me entregou o dinheiro.

Shepley sorriu.

— Isso significa que eu vou recuperar tudo com juros?

— É isso aí — respondi.

— O Parker vai estar lá — afirmou America.

— E o Bentley Rutherford nunca perde um jogo. Ele aposta uma grana. Eu queria que você tivesse me contado antes — lamentou Shepley, dando uma risadinha. — Eu teria ido até o caixa eletrônico e sacado mais dinheiro.

Olhei para a pilha de notas na minha mão.

— Isso aqui é suficiente.

Shepley pegou o celular e começou a mandar uma mensagem.

— O Travis já sabe — avisei.

Shepley não tirou o olhar do celular.

— Não estou mandando mensagem pra ele. Quanto mais pessoas com muito dinheiro na mesa, mais eu vou ganhar. Estou mandando um comunicado geral, como eu fazia pro...

— Shepley! — gritamos eu e America ao mesmo tempo.

— Toma cuidado! — continuou America, levando o dedo indicador até a boca. — Você quase derrubou o meu vinho.

Shepley tinha congelado, mas fez que sim com a cabeça.

— Desculpa, baby, eu esqueci... que estava aí.

America me deu uma cotovelada delicada.

— Arrasa, mana.

O limpador de para-brisa mantinha um ritmo igual ao do que estava tocando no rádio do carro durante todo o percurso até a casa Sig Tau, e eu ainda estava me balançando na batida da música enquanto fiquei sentada estacionada junto ao meio-fio.

Pensei em rezar, mas eu estava mais concentrada na estratégia. Eu tinha ganhado dezenas de milhares de veteranos de Vegas ainda outro dia, então ia conseguir atropelar um bando de garotos de fraternidade.

Fechei a porta da frente da Sig Tau depois de entrar, e o ar ali dentro esfriou a minha pele molhada. Segui as vozes e risadas profundas até chegar a um cômodo que parecia ser destinado a reuniões.

Havia três mesas redondas de seis lugares cada, e dois jogos já tinham começado. Shepley realmente agiu na hora certa. Havia vários bebês com fundos fiduciários no cômodo.

Justin e Ricky estavam sentados com Parker e outros homens que eu não reconheci.

— Ela chegou — disse Parker, radiante. — Oi, Abs, guardei um lugar pra você.

Ao lado dele. Claro.

Assenti e me sentei, troquei dinheiro por fichas e, sem muita conversa, o jogo começou. Eu era a única mulher na sala, uma novidade. *Entretenimento,* como mencionou Parker. Eles iam ser entretidos mesmo.

Nas primeiras rodadas, joguei me fazendo de boba. Ganhar dinheiro logo no início não era uma estratégia inteligente. Eu tinha que seduzi-los para eles apostarem mais, enquanto também desafiava a sua masculinidade para eles tomarem decisões idiotas.

Menos de uma hora depois, Ricky e Justin estavam suando.

— Você não joga nada mal, pra uma garota — comentou Parker.

O modo como ele me olhava me lembrou de quando estávamos no carro dele aos beijos em frente ao apartamento do Travis.

Eu me encolhi por dentro. Já era ruim o suficiente eu ter ficado com ele daquele jeito, mas, só de pensar nisso agora, eu me odiava.

Depois de três horas, duas mesas estavam vazias, e Parker, Justin, Ricky, Bentley e a verdadeira estrela da noite, Collin Vanderberg, ocuparam os assentos na minha mesa.

Eu já tinha desafiado Justin e Ricky com mil dólares para eles continuarem, mas meu objetivo não era ganhar dinheiro.

— Não acredito que eu não sabia dessa sua característica, Abs. Acho que estou mais atraído ainda por você do que já estava, se é que isso é possível.

— Presta atenção nas suas cartas, Parker. Você já perdeu oito mil e quinhentos — falei.

— Estou me preparando pra recuperar tudo — disse ele, apostando mais fichas.

— Não desta vez — rebateu Ricky. Ele e Justin se entreolharam. Ricky parecia confiante, mas eu já tinha identificado seu sinal revelador na primeira hora. Ele estava blefando.

— Passo — anunciou Justin, frustrado.

Os outros dois apostaram sem hesitar. Bentley também estava blefando, mas Collin era um jogador significativamente melhor que qualquer pessoa na mesa — exceto eu, claro —, e eu me vi pensando se ele já tinha jogado em círculos mais sérios.

Mas Collin não precisava vencer como eu precisava. E, por isso, a minha quadra venceu com facilidade o straight dele. Parker não estava blefando, mas era amador demais para saber que a mão dele não valia nada.

— Que inferno, porra! — reclamou Parker, jogando as cartas na mesa e se levantando.

Collin olhou para mim.

— Impressionante. Você devia ir a um dos meus jogos, um dia.

— Você organiza jogos? — perguntei.

— Você está convidando a Abby? Ela só está com sorte — disse Bentley.

Collin deu uma risada.

— Você realmente não sabe? Impressionante.

— O quê? — quis saber Bentley.

— Ela é filha do Mick Abernathy. Você não se lembra da Lucky Thirteen nos jornais alguns anos atrás? A Abby é a porra de uma lenda do pôquer desde antes de ter a primeira menstruação.

Fiz uma careta para a referência. Parker ficou boquiaberto com a notícia.

— Aquele viciado em apostas nos jornais que se misturou com a máfia, certo? — indagou Ricky, seus olhos disparando entre mim e Collin.

— Isso mesmo — confirmou Collin. — Acho bom você pagar direitinho, babaca, porque ela tem uns amigos assustadores.

Ricky engoliu em seco.

— Falando nisso — disse Collin —, vou pra casa. Bentley? — Ele apontou para o amigo. — Você é um idiota do caralho. — Olhou então para os outros. — Boa noite. — Ele inclinou um pouco a cabeça para mim. — Foi um prazer, Abernathy.

— Maddox — respondi. — Agora sou Maddox.

Collin sorriu e assentiu.

— Parabéns.

Parker revirou os olhos.

Peguei os meus ganhos, troquei as fichas por dinheiro e observei Justin e Ricky.

Ricky se recostou, fingindo estar calmo.

— A gente te paga na próxima semana. Pergunta pra quem você quiser, pode confiar.

Justin confirmou com a cabeça.

Eu me levantei.

— Por que vocês não me levam até o meu carro? Está tarde e escuro, e vocês me devem uma.

— O que eles pensam que vão fazer? — perguntou Parker, se levantando. — Eu levo você até o carro, Abby. — Ele puxou a gola da jaqueta e estufou o peito.

Ricky e Justin pareceram aliviados.

Encarei os dois por um instante, incapaz de esconder o meu desdém.

— Eu acabei de tirar todo o seu dinheiro, Parker. Você acha que isso parece uma coisa de *macho alfa* pra mim?

Parker piscou algumas vezes.

— Como é que eu ia saber que você foi criada entre bandidos e capangas? Eu tentei fazer as pazes com você, mas nem sei o motivo. Você já provou várias vezes que é...

— Uma caipira? É, Parker, nem todos nascem e são criados com o dinheiro elegante do Olive Garden.

— Olive...? Você não pode estar falando sério. Foi você que se aproximou de mim pra pedir ajuda!

Cruzei os braços e dei um sorriso presunçoso.

— É, e agora, tudo que estava na sua carteira está na minha. Obrigada pela ajuda. Nada mal para uma garota, né?

Parker rosnou.

— Tem muito mais de onde veio isso aí. Mais do que eu posso dizer pro rato de esgoto do seu marido.

— Ótimo. Me encontra no próximo jogo do Collin e eu tiro isso tudo aí de você também.

Parker engoliu em seco.

Mostrei meu indicador e meu dedo do meio para ele.

— Vaza. Sua mamãe com certeza já está preocupada.

Parker abotoou a jaqueta e saiu bufando, com a cara vermelha e humilhado.

— Você vai mesmo ao jogo do Collin? — perguntou Ricky. Ele me seguiu até o lado de fora, acompanhado de perto por Justin.

— Não, nem você. Você é péssimo no pôquer.

— Estou falando sério, Abby, a gente vai pagar você. Em cinco dias, no máximo — disse Justin, com um tom claramente apelativo.

— Não sou banco. Não faço empréstimos.

Justin retorceu as mãos.

— T-Talvez a gente possa pensar num acordo? Temos muitas conexões. Podemos conseguir ingressos para shows, empregos, o que você quiser. Além do dinheiro que a gente deve.

— Sou uma mulher recém-casada. Só estou interessada em dinheiro vivo. Vocês têm doze horas. E vocês ouviram o Collin. De onde eu venho, se você quer jogar pôquer, você paga. Se não pagarem, só preciso dar um telefonema.

— Doze horas pra arranjar quatro mil dólares? O que é isso, Abby! Tem que ter alguma outra coisa! — implorou Ricky.

Cheguei até o carro e me virei para trás.

— Na verdade... talvez tenha, sim.

— Qualquer coisa — disse Ricky.

— Vou falar os meus termos. Vocês param de investigar o incêndio e eu não peço para os Gambino alimentarem vocês com o que sobrar dos dedos de vocês dois.

— Nós não... isso é bem fácil. Não investigar mais vai pagar a nossa dívida? Toda? — quis saber Ricky. Ele estava suando, quase em pânico.

— Chega de fazer perguntas — falei. — Pra quem quer que seja.

Eles se entreolharam e assentiram.

— O artigo morreu — decretou Justin.

Fiz uma careta.

— O jornal do campus não vai noticiar o incêndio? Não seja idiota. Não, vocês escrevem o artigo, admitindo os rumores e que a polícia e os agentes federais andaram perguntando se o Travis estava lá, mas todos confirmam que ele não estava.

— Claro — concordou Ricky. — Vou publicar na segunda.

Dei um sorriso e um tapinha no rosto de Ricky.

— É muito bom fazer negócio com vocês.

Eu me sentei no banco do motorista e fechei a porta, observando Justin e Ricky se afastarem pelo espelho lateral. Meu plano havia funcionado, e eu tinha até ganhado o dinheiro do aluguel para o próximo mês. Cheguei a pensar que o pressentimento ruim que estava sentindo fosse embora, mas não foi.

Alguma outra coisa estava se assomando sobre nós, mas eu não conseguia imaginar o que era. Esse pensamento me acompanhou até em casa.

16

Primeiro lugar

ABBY

Encarando o quadro de cortiça do lado de fora do escritório do sr. Mott, estávamos todos no mesmo barco. As duas pessoas com nota mais alta automaticamente se tornariam assistentes de turma do sr. Mott no semestre de outono. Para uma aspirante a professora de matemática no ensino superior, conseguir esse cargo seria ótimo para o meu currículo, como também seria para os outros cinquenta alunos ou mais que estavam ao meu lado.

A cutícula solta na lateral do meu polegar estava cercada de pele vermelha e machucada de tanto que eu a tinha mordido na última meia hora. Meu desodorante estava vencendo, meu pescoço e meu maxilar estavam tensos, e as minhas costas começaram a reclamar das botas de salto no piso implacável. Eu mudava o peso de uma perna para a outra, tentando ignorar tudo isso.

Se os outros alunos parados ali comigo não estavam sofrendo também com aquela tensão no ar, eu devia estar parecendo louca. Nós buscávamos apoio mútuo, embora também estivéssemos competindo o semestre todo.

Estávamos a minutos das férias de verão e, milagrosamente, os agentes federais não tinham voltado ao nosso apartamento. Bom, não era um milagre de verdade, tudo estava mais calmo desde que o *The Eastern Star* tinha publicado um artigo de capa com depoimentos de dezenas de alunos que negaram que o Travis tivesse ido à luta no Keaton Hall, o que o tornava inocente.

Eu esperava que a minha sorte servisse para assuntos bem menos importantes, como um cargo de assistente.

A prova final de estatística do sr. Mott tinha sido uma das últimas marcadas no campus da Estadual de Eastern, o que ficava evidente porque éramos os poucos alunos que ainda estavam por ali. Podíamos ter esperado as notas saírem online, mas o sr. Mott era antiquado e gostava de publicar as notas impressas antes de inseri-las no sistema. Então, os que se importavam esperavam.

Eu sentia saudade do tempo em que Travis esperava comigo, mas ele estava no trabalho.

Ele vinha ganhando uma grana com as mulheres de cinquenta e sessenta anos de Eakins. Não tanto quanto ele ganhava com as lutas no Círculo, mas, como personal trainer na Academia Iron E, ele conseguia pagar o aluguel e a maioria das contas.

Com as minhas vitórias na noite de pôquer da Sig Tau, estávamos com sobra. Mas o Travis definitivamente ganhava mais do que eu com a monitoria. Ainda mais durante o verão, pois minha renda ia deixar de existir até o semestre de outono começar. Tentei não me sentir culpada. Travis preferia pagar as contas e, exceto por odiar o próprio chefe, ele basicamente tinha o melhor emprego do mundo.

Travis malhava enquanto as mulheres com quem ele trabalhava fingiam que não estavam olhando. Basicamente, Travis recebia para fazer o que ele já faria todo dia de qualquer maneira. Ele estava ficando mais forte, e seus músculos já impressionantes se tornaram mais definidos — e isso só fazia com que mais clientes o contratassem. Ele ganhava mais do que qualquer outro treinador da Iron E.

Eu me recusava a me preocupar com o dia em que Travis fosse treinar mulheres da nossa idade. Isso provavelmente ia acontecer, mas eu confiava nele.

A porta do sr. Mott se abriu, e Trina, a atual assistente dele, saiu. Ela estava com a lista das notas em mãos, mas com o verso virado para nós. Eu sei. Eu verifiquei.

Trina esticou o pescoço para fazer sua voz baixa e aguda ir mais longe.

— Por favor, mandem e-mail para o sr. Mott com as perguntas que vocês tiverem sobre as notas. Não vamos marcar nenhum atendimento hoje.

Com isso, Trina pôs o papel na cortiça, usou uma tachinha vermelha para prendê-lo e se virou, passando pela turma que se aproximava rapidamente.

Eu estava sendo jogada de um lado para o outro como uma bola de pinball, me lembrando da primeira luta secreta que eu tinha visto.

Travis teria empurrado as pessoas para longe de mim. Ele sempre me protegia, desde o primeiro dia.

— Ei! Pra trás! Pra trás, porra! — disse Travis atrás de mim. Ele passou um braço na minha cintura, usando o outro para empurrar os homens para longe e gesticular para as mulheres.

Meu estômago foi tomado pelas asas tremulantes de cem borboletas só de vê-lo, mas uma repetição da noite em que nos conhecemos, uma noite que eu estava recordando agora mesmo, foi suficiente para querer arrastá-lo para o laboratório vazio mais próximo e arrancar as suas roupas.

— Você veio! — exclamei, encostando o rosto no seu peito.

Ele me abraçou com um braço, afastando as pessoas com o outro.

— A Martha me falou pra sair mais cedo. Eu contei pra ela como você estava nervosa com as notas. Eu também posso ter mencionado que era uma merda eu não poder estar aqui com você.

Sons de decepção me fizeram voltar para o presente, e eu me virei, procurando o meu número. Comecei de baixo, e meus olhos foram subindo até chegar ao topo.

— Puta merda — falei. Eu me virei para meu marido. — Estou em primeiro lugar.

Travis se inclinou para a frente e tocou na minha nota com seu dedo indicador.

— Esta é você?

— Esta sou eu — respondi, sem acreditar. — Consegui.

O sorriso do Travis se espalhou.

— Você conseguiu?

Entrelacei as minhas mãos e levei os dedos aos lábios.

— Consegui!

Travis jogou os braços ao meu redor e me tirou do chão, me girando.

— Essa é a minha garota! Uhuu! — gritou ele.

O sr. Mott pôs a cabeça para fora, procurando a fonte de comoção.

Dei um tapinha no ombro do Travis, e ele me pôs no chão.

O sr. Mott deu um sorrisinho pela nossa comemoração, eu assenti, e ele desapareceu atrás da porta de novo.

Travis falou sem som: *Você é foda!*

Peguei sua mão e o puxei pelo corredor.

Quando saímos pelas portas duplas de vidro do Prédio Nagle de Matemática & Ciência, Travis continuava comemorando.

— Minha esposa é um gênio, porra! — Ele me puxou para o seu lado e deu um beijinho rápido na minha bochecha.

— Obrigada por ter vindo, Trav. Você não precisava, mas eu adorei.

Ele ficou radiante.

— Eu não ia perder isso, Flor. A gente precisa comemorar. Jantar?

Fiz uma pausa.

— Talvez a gente devesse cozinhar.

Sua boca se curvou em uma expressão metade sorriso zombeteiro, metade cara de espertinho. Então enfiou a mão no bolso e puxou uma pilha de notas de cem dólares.

Fiquei boquiaberta.

— Que porra é essa?

— A sra. Throckmorton me deu os parabéns por terminar o segundo ano da faculdade.

— Ela simplesmente deu pra você... — falei, olhando para baixo — Quinhentos dólares?

— Ahã — disse ele enquanto enrolava as notas e as guardava de novo no bolso. — Sendo assim, me diz pra onde eu vou levar você hoje à noite?

— A gente devia guardar pra...

— Beija-Flor. Deixa eu ser cavalheiro e levar a minha esposa pra jantar fora e comemorar, por favor?

Pressionei os lábios, tentando não sorrir.

— Vamos para algum lugar onde eu possa usar um vestido e não parecer ridícula.

Os outros alunos começaram a sair pelas portas duplas e a descer os degraus, se separando quando chegavam perto do Travis e de mim.

Ele só pensou por alguns segundos antes de unir as sobrancelhas. Havia apenas um restaurante legal na cidade: Biasetti.

Eu me arrependi imediatamente.

Travis fez uma careta.

— Você está pensando no Biasetti? O restaurante dos pais do Parker?

Travis ainda estava revoltado com o meu café que não foi um encontro romântico antes do jogo de pôquer. Eu sabia que não devia cometer esse erro idiota.

Balancei a cabeça.

— Você está certo. Eu não estava pensando direito. Não precisamos ir lá.

Ele me encarou por um instante, e eu quase consegui ver as engrenagens girando atrás dos seus olhos. Seus ombros relaxaram, e ele sorriu.

— É o lugar mais legal da cidade, e eu estou louco pra ver você usando um vestido. Já está na hora de construirmos nossas próprias lembranças lá, você não acha?

— Tá tudo bem, Trav. A gente pode dirigir até Chicago e passar a noite por lá. Ir a algum lugar tão elegante que a gente não saiba pronunciar o nome das comidas.

— Flor, fica a mais de uma hora daqui. — Ele estreitou os olhos para mim e depois sorriu. — Você quer usar um vestido e comer massa chique? Então você vai usar um vestido e comer massa chique. A sra. Maddox consegue tudo o que ela quer.

Ele me levantou e me jogou por cima do ombro. Protestei, mas ele me ignorou, descendo os degraus e pegando o caminho do estacionamento.

— Sabe por quê?

Dei um grito agudo.

— Me solta!

— Fala pra mim! — disse ele, batendo de brincadeira na minha bunda.

Dei outro grito agudo, tão tomada pelas risadas que mal conseguia falar.

— Porque você é o melhor marido do mundo.

— Mais alto! — disse ele, nos girando.

Gritei.

— Você é o melhor marido do mundo!

Ele parou de repente e me pôs no chão.

Dei uma risadinha, sem fôlego com a brincadeira.

Ele me observou por um tempo e depois pegou a minha mão, me levando até o carro. Ele fungou e se empertigou.

— Sou mesmo, cacete.

Meu cinto de segurança fez um clique, e Travis se esticou para testá-lo — um pequeno hábito que ele tinha adquirido desde o acidente do Trenton. Dirigimos na direção do apartamento do Trenton e da Camille — outra parte nova da nossa rotina diária.

Travis levou o Camry até a parte mais distante da cidade, estacionando no último prédio dos apartamentos Highland Ridge, uma propriedade que era repleta principalmente de jovens profissionais e recém-casados, em vez de universitários brutos.

Segui Travis escada acima, esperando apenas o tempo suficiente para ele bater na porta e entrar. Eu parei de me perguntar por que nenhum dos Maddox esperava alguém abrir a porta. Travis insistia que, se os irmão não quisessem que ele entrasse na residência deles, a porta estaria trancada.

Trenton estava deitado no sofá com o braço engessado sobre uma almofada no colo. Ele segurava o controle remoto com a outra mão.

— Que porra é essa que você está vendo? — perguntou Travis, franzindo o nariz.

— *Dr. Phil* — respondeu Trenton. — É um horror. Aquelas pessoas são totalmente doidas, e aquele babaca careca as explora, tudo pela terapia gratuita. Eles prometeram a essa garota que o ex dela não ia estar lá. Adivinha só? Ele está lá, porra, e ela fica repetindo o acordo deles, e aquele filho da puta grita com ela e diz pra ela ir embora se não estiver gostando, que o programa é dele. Eu teria ido embora. Que merdinha.

Travis e eu nos entreolhamos, depois nos sentamos no sofá ao lado do Trenton.

— A Cami está no trabalho? — continuou Travis.

— Ahã — respondeu Trenton. — Fiquei feliz por vocês terem passado aqui. Estou deixando ela louca, ligando vinte vezes por dia. Não posso trabalhar, então eu faço faxina e lavo as roupas do melhor jeito possível até ela chegar em casa. Vejo a novela *Days of Our Lives* e *Dr. Phil.* Aquela Sami Brady é gostosa. Eu traçava.

— Não traçava nada — disse Travis, arrancando o controle remoto da mão do Trenton. Ele desligou a TV e jogou o controle na poltrona reclinável. Ele quicou, mas não caiu.

— Ei — reclamou Trenton, franzindo a testa.

— Você devia ir malhar comigo na Iron E entre uma cliente e outra — convidou Travis.

— É? Como está indo isso?

— O Brandon Kyle é um babaca — resmungou Travis.

Trenton acenou com a cabeça para mim.

— É mesmo?

— Eu não sei dizer. O Travis não acha uma boa ideia que eu conheça o chefe dele.

— Ah. Você não consegue ficar de bico calado, né? — provocou Trenton. — Ele ainda repete aquela frase o tempo todo? *Não se trata do que você sabe, mas quem você conhece?*

— Incessantemente. — Travis olhou para mim. — É melhor pra todo mundo se você não conhecer esse cara. Aquele imbecil não tem nenhum apego à própria vida, aparentemente. — Seus olhos baixaram para o chão, mas ele saiu do transe rapidamente. — Como está a Cami?

— Bem — disse Trenton, assentindo. — Ela está bem. Pede desculpas de dez em dez minutos. Ela ainda se sente mal.

— Acho bom mesmo — resmunguei, mais alto do que eu pretendia.

— Nós fomos atingidos por um motorista bêbado, Abby — falou Trenton, na defensiva. — Tudo bem, ela estava dirigindo chateada, mas não tinha como evitar o acidente. A preferencial era nossa. Tenta ser simpática, mesmo que eu saiba que você só está dizendo essas coisas porque me ama.

— Na verdade, não — provoquei, me inclinando por cima do Travis para cutucar a almofada do Trenton.

— Ai! Ei! — resmungou Trenton com um sorriso.

Travis deu um sorriso presunçoso.

— Você carregou a Cami por quase dois quilômetros com esse braço. Agora você não aguenta uma cutucada da Flor? Que fresco.

Dei uma risadinha. Eu adorava ficar sentada vendo a interação dos irmãos. Eu poderia fazer isso o dia todo, todo dia.

Ou eles estavam brigando, se abraçando, lutando, se defendendo ou se insultando. Era adorável.

Eu tinha a família com que sempre sonhei.

Trenton ignorou o golpe do Travis e olhou para mim.

— Ela realmente gosta de você, Abby. Ela quer que você goste dela.

— Eu gosto — menti.

Na verdade, eu não me importava com a Camille e nunca tinha me importado, mesmo quando ela era apenas a bartender preferida do Travis no The Red. Eu nunca consegui identificar o que me incomodava, mas mesmo que ela não estivesse atrás do volante quando o meu cunhado se machucou, ela estava namorando o Thomas e o Trenton ao mesmo tempo. Isso teria sido a gota d'água para mim se o Travis não tivesse me obrigado a reconsiderar a questão na festa de aniversário dele.

— Ela passou por muita coisa. Você entende isso, né? Dá um tempo pra ela — disse Trenton.

— Eu sei — falei. — Desculpa, eu estou tentando. De verdade, Trent. Eu sei que você ama a Cami, e isso é suficiente.

Travis estendeu a mão para o meu colo e deu um tapinha na parte externa da minha coxa. Ele deu o tapa na minha pele, depois massageou o local, só para o caso de ter posto força demais. Ele era um cara grande e estava ficando ainda maior cada vez que ia trabalhar. Ele agia como se pudesse me machucar todas as vezes que encostava em mim.

Dei uma risadinha.

— O que foi? — perguntou Travis.

— Não vou quebrar, por mais que os seus músculos fiquem enormes.

— É justamente o que eu ia falar! Que é isso, meu filho! — Trenton pegou o bíceps do Travis e apertou. — Você está ficando gordo!

— Gordo — repetiu Travis. — Isso tudo é músculo, seu bobo. Está com inveja? — retrucou ele, flexionando o braço. A parte superior do seu braço ficou tão grande e tão tensa que o Trenton não conseguiu continuar segurando. Só naquele momento eu percebi o quanto Travis tinha aumentado os músculos em poucas semanas.

— Covarde — resmungou Trenton, se recostando.

— Falando nisso — comecei, me levantando e ajeitando o short. — Temos que ir. Você precisa de alguma coisa, Trent? A Cami vai trazer o jantar ou...?

— Eu tenho comida pronta pro jantar — disse ele, acenando para irmos embora. — Na verdade, a Cami deixou umas refeições congeladas. Nem sei se consigo comer tudo. Coitada. Ela está me mimando como se eu fosse um inválido.

— Você meio que é — provocou Travis.

— Sério, ninguém jamais cuidou de mim como a Camille cuida. Ela está pesquisando os melhores métodos de fisioterapia, me leva pra todas as consultas médicas e fica sentada lá absorvendo cada palavra que o cara fala. Faz perguntas, cozinha três refeições por dia, e tudo isso enquanto ela também está se recuperando.

Ele parecia tão orgulhoso e tão desesperado pela minha aprovação que dei um sorrisinho.

— Isso é muito fofo. — Eu me inclinei para beijá-lo na testa, depois segui Travis porta afora e escada abaixo.

Depois que entramos no carro, Travis enfiou a chave na ignição, girando até o carro rugir e ligar. Ele se recostou e suspirou, tamborilando os dedos no volante.

— Você sente saudade de ir de moto pra todo lado, né? A gente pode ir de moto. Não me importo. Eu também sinto saudade.

Ele fez uma careta.

— Eu só queria que você esquecesse toda essa história da Cami dirigindo chateada e a coisa do Tommy, vê se deixa ela começar de novo.

Fiquei surpresa. Eu não estava acostumada a estar no lado errado das coisas, e essa era a segunda vez em muitos meses. Eu também não estava acostumada ao Travis desconfiar da minha intuição, mas ele estava certo. A Camille era da família. Isso me deixava mais ofendida ainda.

— Você sempre gostou dela — falei, observando o jovem casal que esperava o yorkshire fazer suas necessidades perto dos degraus do Trenton. — Eu... não.

— Ela vai ser sua cunhada mais cedo ou mais tarde. Você tem que resolver isso aí. O Trenton está apaixonado por ela. Você tem que conversar com a Cami.

— Não quero. Acho que ela não vai ficar tanto tempo por perto.

— Sério? — perguntou Travis. — Por quê?

— Acho que ela vai se mudar pra Califórnia ou vai encontrar outra pessoa. Ela é desse tipo.

Travis balançou a cabeça.

— Não fala assim, Flor. Isso ia partir o coração do Trenton. E o Tommy não vai aceitá-la de volta, de qualquer maneira. Ele ama demais o Trent.

— Não o suficiente pra ficar longe dela desde o início. Não se engane. Eu também estou puta com ele.

— Não é da nossa conta, Flor.

Inclinei o pescoço para ele.

— Sério? Você está tão metido na vida do Trent que consegue ver o umbigo dele como se fosse o seu. Do Brandon também. Você se incomoda com as merdas de todo mundo, mas eu tenho que cuidar da minha vida? — Levei a mão ao peito.

Travis deu uma risadinha e se aproximou. Eu me afastei, ainda fazendo um biquinho, mas isso só fez ele rir mais ainda.

— O que é tão engraçado? — sibilei.

— Você fica tão gostosa quando está irritada. É ridículo o quanto eu preciso te tocar quando você está com a cara toda vermelha e revoltada.

— Eu não estou com a cara vermelha — falei, fazendo um biquinho.

— Ai, meu Deus, vem cá — disse ele, estendendo a mão para mim. Travis tentou me beijar, mas eu me afastei. Por mais que eu tentasse, ele era forte demais, e isso era erótico de algum jeito.

— Para! — protestei, mas não lutei muito para impedi-lo de encostar seus lábios macios e quentes nos meus. Em momentos como esse, eu percebia que ele pertencia a mim. Não era um sonho, uma fantasia nem um filme para garotas. Travis Maddox era de verdade, e eu era casada com ele. Toquei nas bochechas dele e abri a boca, permitindo que sua língua entrasse.

Uma batida na janela fez Travis olhar para cima.

Suspirei, passando os dedos no cabelo enquanto Travis apertava o botão para abrir a minha janela.

— Ah. Oi, Cami.

— Vocês vieram visitar a gente? — perguntou ela numa voz animada.

Ela era legal demais. Se esforçava demais. Ela sabia que eu não gostava dela — não que eu tentasse manter isso em segredo.

— Nós, hum... acabamos de sair. Estávamos a caminho de casa — informou Travis.

— Ah — disse Camille, desanimada.

— Podemos ficar, se você quiser — ofereceu Travis. Belisquei a sua lateral, e ele grunhiu, segurando a minha mão. — Por uns minutinhos. A gente vai sair pra namorar, hoje.

— Ah, que legal. Vou ficar feliz quando o Trent começar a se sentir melhor. Faz um tempo que a gente não sai pra namorar.

— Bom — começou Travis. Implorei com os olhos para ele não falar. — Vocês podem vir com a gente, se quiserem.

Camille olhou para mim e deu de ombros.

— Obrigada, Trav, mas a gente tá economizando, no momento. Quem sabe outro dia. Pode ser divertido.

Nós dois acenamos para Camille. Ela cruzou os braços na cintura enquanto subia a escada, e só os soltou para abrir a porta. Pouco antes de entrar, seus olhos se iluminaram, e ela sorriu. Eu conhecia a sensação. Eu sentia isso toda vez que via o Travis, não importava quanto tempo tínhamos passado separados.

— Tudo bem, você está certo — falei. — Estou guardando rancor e preciso parar com isso.

Travis levou minha mão até a sua boca e encostou os lábios na minha pele. O ar-condicionado estava a todo vapor, mas sua mão ainda tinha suor por causa dos poucos minutos que passamos sentados no carro sem ligá-lo. Ele reconheceu as minhas palavras, mas Travis era um homem de ação. Eu teria que mostrar a ele que falava sério.

Suspirei e peguei o celular na bolsa, procurando o número da Camille nos meus contatos. Apertei o nome dela e levei o celular ao ouvido.

— Alô? — atendeu ela, parecendo surpresa.

— Oi, Cami. É a Abby.

— Eu sei — disse ela, satisfeita.

Tentei não supor que ela estivesse me zoando, mas foi meu primeiro pensamento.

— Eu, hum... a gente devia sair pra beber ou tomar um café qualquer dia. Estou de férias. Se você tiver uma manhã ou noite de folga, me avisa.

— Ah. — Ela fez uma pausa. — Eu ia gostar muito, muito mesmo, Abby. Amanhã de manhã o Trenton tem consultas de acompanhamento. São bem cedinho, então a gente deve voltar umas nove e meia. Posso deixar o Trenton em casa e chegar a algum lugar às dez. Vamos nos encontrar pra tomar um café?

— No Daily Grind? — perguntei.

— Pode ser. Quer dizer, sim. Está ótimo. Mal posso esperar — disse ela, tropeçando nas palavras. — Beleza. Vejo você lá.

Antes de desligar, eu a escutei falando com o Trenton.

— Ela quer tomar café comigo!

— Que ótimo, baby — falou Trenton.

Desliguei antes que ela percebesse que eu estava escutando, depois coloquei o celular delicadamente no porta-copos.

— Ela está empolgada.

Travis deu uma risadinha.

— Eu ouvi. Acho que você fez ela ganhar o ano inteiro.

Eu me recostei, olhando para cima.

— Eu quero me dar bem com ela. De verdade. Mas não consigo afastar essa sensação... como se eu não pudesse baixar a guarda com ela.

— O que quer que seja, acredito que você vá descobrir amanhã.

— Mas, hoje à noite — falei, olhando para ele com um sorriso —, você me deve um jantar no Biasetti.

17

Tudo que ela quiser

TRAVIS

Eu nunca ia superar a sensação de entrar nos lugares com a minha esposa e observar as pessoas nos encarando. Abri a porta para ela e os olhos das duas recepcionistas se iluminaram. Elas eram universitárias como a Abby, mas a minha esposa era uma perfeição, seu vestido cor-de-rosa destacava o bronzeado dos dias na piscina com America e seja lá o que diabos mais ela fazia para que a pele brilhasse daquele jeito.

Abby não acreditava, mas ela parecia uma top model, e era tão divertido quanto irritante ver os homens sentados com a esposa ou namorada a notarem, depois olharem para mim e rapidamente de volta para sua acompanhante. Nem as mulheres conseguiam deixar de encarar.

Quando a recepcionista nos colocou em uma mesa para quatro pessoas, Abby se sentou e pôs a bolsa no assento ao lado dela. Seus cachos soltos balançaram, com as pontas douradas caindo abaixo dos ombros. Ela chamava de vestido midi, o que quer que isso quisesse dizer, e a textura nervurada do tecido parecido com algodão parava na metade da sua canela. Parecia uma regata de algodão com alças mais grossas e BUM! A perfeição que abraçava as curvas. Lembrava algo que uma celebridade usaria e, por mais que os outros clientes estivessem curiosos, eu não conseguia tirar os olhos dela.

— O que foi? — perguntou ela, sorrindo para mim do outro lado da mesa quadrada.

— Eu não consigo superar o quão bonita você está hoje.

Ela zombou de mim.

— É que você está acostumado a me ver com aparência de moradora de rua.

Dei de ombros enquanto abria o cardápio.

— Você não estava muito diferente disso na primeira vez que foi ao meu apartamento, e mesmo assim eu me apaixonei por você.

Ela fez que sim com a cabeça, sem conseguir parar de sorrir.

— Verdade.

Assim que o garçom anotou o nosso pedido de bebida, uma mulher se aproximou da mesa. Era uma mulher de meia-idade, sofisticada e coberta por joias espalhafatosas. Embora ela parecesse conhecida, não consegui identificar quem era.

— Abby! Que bom te ver, querida. — A mulher sorria, mas seu tom não era nada sincero. Abby também pareceu notar a dissimulação e ficou incomodada no mesmo instante, embora a mulher provavelmente não tenha percebido.

— Vivienne — disse Abby ajeitando o cabelo atrás da orelha. — É bom ver você também. Este é o meu marido, Travis Maddox. Travis, Vivienne Hayes.

Fantástico pra caralho. A mãe do Parker.

Estendi a mão, me obrigando a ser educado e fingir que não tinha vontade de matar o filho dela. A última coisa que eu queria era ser expulso do Biasetti.

Ela forçou um sorriso, como eu, mas não moveu um músculo.

Olhei para a minha mão.

— Eu lavei. Não tem nenhum resíduo da roça.

O sorriso forçado desapareceu.

— Duvido. — Os cantos externos dos seus lábios cheios de botox se curvaram para cima quando ela olhou de novo para a Abby. — Tente aproveitar a sua noite, querida. E a sua vida.

— Como é? — reclamou Abby, só conseguindo pronunciar as palavras depois que Vivienne se afastou. Ela fechou os olhos.

— Sinto muito, Flor, eu não consegui evitar.

— Precisa se esforçar um pouco mais — pediu ela, abrindo os olhos e tentando abafar um sorrisinho.

Ai, graças a Deus. Ela não está com raiva.

— Seu French 75 e, para o cavalheiro, nosso famoso Old Fashioned. Alguma entrada? — O garçom podia ser universitário, mas eu nunca o tinha visto. Seu rosto de bebê estava muito bem barbeado, e os olhos azuis redondos prestavam muito mais atenção em mim do que na Abby. Ele estava mais feliz do que antes, quando anotou as nossas bebidas.

— O que você acha do carpaccio e da salada caprese? — perguntou Abby.

O garçom olhou para mim.

— O que ela quiser — falei.

Ele se aproximou.

— As entradas de hoje são por minha conta. A sra. Hayes está lá nos fundos, com uma raiva que eu nunca tinha visto, e isso é incrível. Obrigado — falou ele, se endireitando. — Excelentes escolhas. Vou trazer já, já.

Abby pareceu confusa.

— Ele disse o que eu acho que ele disse?

— Com certeza, porra — respondi, radiante.

Ela me calou, ao mesmo tempo em que dava uma risadinha.

Eu nunca me senti do lado certo de nada, sempre fui bad boy até a alma. Mas, mesmo depois de ser responsável por centenas de vidas perdidas e de socar o garoto de ouro da nossa pequena cidade, as pessoas me viam de um modo diferente quando eu estava com a minha esposa. De algum jeito, acabei sendo visto como um herói, como a Abby me via. Olhei nos olhos dela do outro lado da mesa.

— Você está me olhando como se tivesse acabado de se apaixonar por mim de novo — disse ela.

— É isso mesmo.

— Não sei o que fiz de diferente hoje à noite, mas com certeza preciso fazer mais vezes.

— Eu só... Eu gosto disso — falei, gesticulando para o espaço entre nós. — Você e eu, saindo, arrumados, só curtindo a companhia um do outro. Como se fôssemos...

— Adultos? — perguntou ela com um sorriso perceptivo.

— Isso. Que loucura, né? Eu estava no ensino médio dois anos atrás e agora sou o seu marido. É como se eu tivesse entrado na vida dos meus sonhos. Só que eu estou vivendo isso de verdade. Você também se sente assim? Ou sou só eu?

Ela deslizou a mão esquerda por cima da mesa e entrelaçou os dedos nos meus.

— Não é só você.

Passei o polegar na aliança dela.

— A melhor coisa que eu já fiz.

— Eu também — disse ela. Encarei a sua aliança, e ela deve ter visto alguma coisa na minha expressão, porque apertou os meus dedos. — O que mais se passa nessa sua cabeça?

Tentei relaxar as sobrancelhas. Eu não tinha percebido que estava franzindo a testa.

— Não é nada. Eu não quero estragar a nossa noite com essa conversa de novo.

— Baby, olha pra mim — pediu ela com a voz suave. — Eu vou reafirmar isso quantas vezes você precisar. Eu sinto saudade quando você não está e, quando você chega do trabalho, eu ainda sinto borboletas no meu estômago. Não se passa um único dia em que eu não esteja ridiculamente feliz por ser sua esposa.

Apertei a mão dela.

— Eu te amo pra caralho.

— Então — disse o garçom, se aproximando da nossa mesa. — Infelizmente, estamos sem salada caprese, mas temos uma bruschetta incrível que eu sei que vocês vão adorar. — Ele se aproximou e sussurrou as palavras seguintes: — Além disso, não olha, mas tem dois homens lá atrás que parecem não transar há anos e estão de olho na sua mesa desde que se sentaram.

— Ah, é? — exclamou Abby. — Estranho.

Ele manteve a voz baixa.

— Eu não ia dizer nada, mas eles só pediram água. — Suas sobrancelhas subiram. — No Biasetti? Pode crer que é armação. E não estamos sem salada caprese. Eu só queria dar um alerta pra vocês.

— Obrigado — falei. — Pode mandar a bruschetta pra parecer que é verdade.

— Pode deixar — declarou o garçom, dando uma piscadinha antes de se afastar.

— Vamos conversar normalmente por um minuto, depois eu vou dar uma olhada — disse Abby.

Ela não esperou um minuto. Abby passou os dedos de maneira indiferente nos cabelos e mal se mexeu para ver o que estava atrás de mim. Se eu não soubesse, não teria percebido o que ela estava tentando fazer.

— Muito ardilosa — falei.

Ela deu uma risadinha, depois estendeu a mão para pegar as minhas. Isso permitiu que ela se inclinasse para perto.

— Não são os mesmos homens que foram ao apartamento.

— Você acha que eles são agentes federais? Acha que eles vão me prender? — perguntei, sentindo a garganta apertada.

O sorriso da Abby não mudou.

— Se eles quisessem te prender, já teriam feito. Eles estão observando.

— Por quê? — indaguei.

— Não sei. Pra deixar você desestabilizado, talvez? Esperar que você cometa um erro? Vamos aproveitar a noite como planejamos e voltar pra casa.

Fiz que sim com a cabeça, mas eu estava muito consciente de que os agentes federais estavam atrás de mim porque, ao longo dos aperitivos, outra rodada de bebidas, jantar e sobremesa, Abby deu a impressão de estar perfeitamente *tranquila*. Fiquei tão puto que foi um alívio pagar a conta e finalmente sair dali. Quando chegamos ao carro, suspirei.

— Ainda não, baby — orientou ela. — Espera até a gente chegar em casa.

Eu sabia exatamente o que ela queria dizer. Nada de conversas no carro. Encontrei um estacionamento para entrar e parei, contornando para abrir a porta dela. Andamos de mãos dadas até uma distância suficiente para ela se sentir segura de falar.

— Eu ia contar pra você no jantar, mas... tenho novidades — disse Abby.

— O que foi? — Minha mente criou cem cenários diferentes antes mesmo que ela pudesse responder.

— O Adam foi liberado sob fiança. Precisamos encontrar um jeito de falar com ele. Discretamente.

— Quando foi?

Ela corou.

— Algumas horas atrás. Eu meio que estava verificando obsessivamente.

Pensei por um instante, tentando processar o que isso significava e o que fazer a seguir.

— Foi por isso que eles estavam lá hoje à noite. O Adam pagou a fiança, e estão esperando que eu vá direto até ele. E se o Adam não quiser me encontrar de jeito nenhum? Ou, pior ainda, e se ele fez um acordo com os federais?

Abby fez que sim com a cabeça, depois me abraçou.

— Precisamos de um plano. Temos que fazer isso do jeito certo e precisamos saber de que lado o Adam está. Temos que descobrir o que ele sabe, que perguntas fizeram a ele. O que eles sabem sobre você. — Ela levantou os olhos e encontrou os meus. — Mas você está certo. Eles vão ficar de olho em todos nós, e esperam que você faça contato com o Adam em algum momento.

Assenti, beijando a testa dela.

— Vamos pra casa. Eu só quero me jogar na cama e te abraçar.

— Parece um final perfeito pra um encontro perfeito.

Dei um sorrisinho.

— Perfeito, é? Mesmo com agentes federais de companhia?

Ela riu.

— Quando tudo isso acabar e tivermos dias normais e encontros normais e conversas normais, você vai ficar entediado comigo.

Juntei as sobrancelhas enquanto olhava para ela.

— Isso seria como eu ficar entediado com os meus olhos ou as minhas mãos. Você faz parte de mim, Flor.

Ela ficou na ponta dos pés e me beijou.

Eu já tinha beijado aquela mulher mil vezes, mas, naquela noite, seus lábios tinham o sabor da eternidade.

18

Segredos

ABBY

Camille estava sozinha em uma mesa para duas pessoas, um quadrado perfeito sob o sol matinal.

Quando me aproximei, percebi a minha futura-provável-cunhada retorcendo um guardanapo nos dedos tatuados. Quando me sentei em frente a ela, ainda estava tão preocupada com o que quer que estivesse pensando que sua tentativa de abrir um sorriso foi torta e dolorida.

— Oi, Abby — disse ela, com a voz baixinha.

— Tudo bem?

Sua cabeça se levantava e abaixava em um movimento rápido.

— Obrigada por me encontrar.

— Como foram as consultas médicas?

Ela baixou os olhos para as mãos e deixou de lado o guardanapo quando percebeu que estava quase estraçalhado.

— Está tudo se curando. Mas o Trent não tem dormido bem. Ele sua à noite. E se sente péssimo o tempo todo, mas fica dizendo que eu estou exagerando. Está mais preocupado porque o médico disse que ele ainda vai precisar de fisioterapia por um tempo. Fica nervoso, com receio de que não possa mais voltar a tatuar.

— Ele não quebrou a mão — falei.

— É o pulso dele. O trabalho dele exige muito do pulso.

Tentei oferecer um sorriso reconfortante.

— Ele vai voltar a tatuar. E você? Como está a cabeça?

Ela tocou na cicatriz ainda rosada que percorria a testa, rente ao cabelo.

— Ainda sinto dores de cabeça. Às vezes a visão fica borrada. Mas tudo bem.

— Fico feliz por vocês dois estarem bem.

— Eu sei — começou ela, hesitante. Ela pegou outro guardanapo, arrancando-o como se ele fosse seu inimigo. — Eu sei que você me culpa. Não posso me defender, então nem vou tentar. Eu pensei no acidente umas cem vezes e me sentiria do mesmo jeito que você. O Trenton já estava destruído por causa da namorada anterior e ficava ansioso de entrar no carro com qualquer outra pessoa. Então, simplesmente, quando ele entra no carro comigo, eu não paro. Não diminuo a velocidade nem paro em algum lugar. Continuo dirigindo, gritando, chateada e sem prestar atenção total à rua.

Suas palavras me pegaram de surpresa. Era como se ela lesse a minha mente, e isso me fez reduzir a resistência.

— O Trent disse que ninguém teria conseguido evitar o babaca que bateu em vocês.

— O Trent fala muitas coisas — murmurou Camille. Ela estava tocando em uma das muitas tatuagens que o Trenton tinha feito nela. — A questão é que eu falo essas coisas todas pra mim mesma, mas não consigo voltar atrás. Não posso culpar você por estar com raiva de mim, porque eu estou com raiva de mim mesma. Mas posso prometer ser mais cuidadosa e atenciosa e aprender com os meus erros.

— E o Thomas?

Camille se encolheu.

— Uau, não me surpreende que o Travis tenha casado com você. Você também não recua nos socos. — Ergui uma sobrancelha, e ela se agitou como se fosse uma formiga sob uma lente de aumento num dia quente.

— O que você quer que eu diga, Abby?

— Você ainda está apaixonada por ele?

— Sim. — Uma ofegada leve escapou da sua boca, como se ela não quisesse dizer aquilo. — Abby — disse ela, fechando os olhos. — Eu amo o Trent. Eu sou apaixonada pelo Trent e só quero estar com o Trent. O Thomas e eu terminamos.

— Tem certeza?

Ela franziu a testa.

— E se... e se o Travis morresse?

Olhei furiosa para ela.

Ela levantou a mão.

— Só me escuta. E se o Travis morresse e, anos depois, você encontrasse alguém que tinha feito você sentir coisas que nunca achou que sentiria por mais ninguém além do Travis? Talvez coisas até mais fortes?

— Impossível.

— Certo, mas e se não fosse? É assim que eu me sinto em relação ao Thomas e ao Trenton. O Thomas não está mais na minha vida desse jeito e nunca mais vai estar, mas eu sempre vou amá-lo. Quando o Trenton apareceu, eu não pude *não* me apaixonar por ele. Acredite em mim. Eu tentei.

— Então você não quer estar com o Thomas?

— Não.

— E se o Trenton não tivesse aparecido? — perguntei, cruzando os braços sobre a mesa.

— O Thomas já tinha terminado tudo. Ele sabia que nós não daríamos certo. E é irrelevante, de qualquer maneira, porque o Trent apareceu, e isso é permanente. Eu não desejo estar com o Thomas. Estou realmente feliz onde estou.

Uma garçonete se aproximou da nossa mesa e serviu duas águas.

— Oi, meu nome é Shannon. Querem beber mais alguma coisa?

— Café — dissemos eu e Camille ao mesmo tempo.

— Tá na mão — respondeu Shannon, se virando para a cozinha.

— Camille, eu quero que a gente se dê bem. Eu amo o Trenton, e ele te ama, e isso faz com que você seja da família. Eu só...

Ela pareceu decepcionada, mas não muito surpresa.

— Você não confia em mim e não consegue identificar o motivo.

— Correto.

— Bom, talvez eu faça você gostar de mim.

— Talvez. O Thomas e o Trenton se apaixonaram por você. Deve ter alguma coisa incrível em algum lugar aí dentro.

— Talvez eu seja apenas espetacular na cama.

Franzi o nariz e ela deu uma risada abafada, se recostando quando a garçonete serviu o café.

Shannon pegou um bloco e uma caneta.

— Café da manhã?

— Panqueca — respondi, entregando o cardápio a Shannon. — Ovo frito ao ponto. Sem batatas hash browns nem torradas.

Shannon assentiu e depois olhou para Camille.

— Só bacon. Crocante, por favor.

— É pra já — disse Shannon, rabiscando rapidamente antes de pegar o cardápio da Camille. Ela se virou para trás, nos deixando mais uma vez para ir até a cozinha.

Camille pôs leite desnatado e açúcar na caneca e mexeu, tomando um golinho enquanto olhava pela janela. Ela não parecia tão chateada quanto antes. Não que tivéssemos resolvido alguma coisa, mas ela obviamente se sentia melhor depois de falar no assunto.

— O negócio é o seguinte, Cami — falei. — Se o Travis realmente morresse, se eu conseguisse me apaixonar de novo, o próximo homem por quem eu me apaixonaria não seria o irmão dele.

— Vamos lá, você não gosta de mim porque eu pus a vida do Trent em risco, porque eu estava com o Thomas, ou pelas duas coisas?

— As duas coisas — respondi sem hesitar.

Camille fez que sim com a cabeça.

— É justo. Mas eu não posso corrigir nenhuma delas, Abby. Você não pode simplesmente ficar com raiva de mim em vez de não gostar de mim?

— Eu tentei — falei. — Também tentei pensar que não gostava de você por ser a primeira namorada Maddox depois de mim, e que eu simplesmente não vou gostar de nenhuma das outras.

Camille sorriu.

— Tecnicamente, depois de você veio a America.

— Ela é diferente.

— Então quer dizer que você não gosta de mim *e* eu não sou especial. Você é uma selvagem, Abby Abernathy.

— Maddox — falei com um sorriso presunçoso. Meu sorriso se acalmou. — Foi o que me disseram.

— Você está certa. Você foi a primeira a se casar com alguém da família. Mas e se eu tivesse sido a primeira? E se o Trenton e eu tivéssemos fugido para nos casar e você tivesse acabado de começar a namorar o Travis? E se eu não te aprovasse?

Pensei na sua pergunta hipotética. Minha primeira inclinação foi dizer que não ia me importar, mas isso não era verdade. Eu podia ignorar, mas o fato de que a esposa de um dos irmãos não gostasse de mim sempre ia me incomodar.

— E se — continuou ela — eu te acusasse pelas tantas vezes que partiu o coração dele e pelo fato de sair com o Parker quando você já sabia que o Travis estava apaixonado por você...

— Eu não sabia que ele estava apaixonado por mim — observei.

— Mentira. Você não é burra, então nem faz de conta.

— Achei que eu fosse só uma novidade. Pra ser sincera, achava que tinha alguma coisa errada em mim. Uma vez ele me disse que não queria transar comigo porque gostava demais de mim. Eu tinha certeza de que ia acabar na friend zone.

Camille riu.

— Eu lembro. Ele foi assombrado por isso durante meses. Mas tudo terminou de um jeito perfeito, não foi?

Dei de ombros.

— Mais ou menos. — Cutuquei minhas unhas, vasculhando meus sentimentos.

Camille tinha vários argumentos excelentes. Não era tão ruim conversar com ela, mas alguma coisa ainda me incomodava.

— Você está me escondendo algo? Talvez alguma coisa que você nunca tenha contado pra ninguém. Tem alguma coisa que não consigo explicar. Se você não estiver sendo completamente sincera comigo, abre o bico e a gente pode começar do zero.

Os olhos da Camille brilharam com as lágrimas.

— Ai, merda — falei. — O que foi?

— Como? Você é vidente ou algo do tipo?

Estreitei os olhos.

— O que você não está me contando? O que você não está contando pro Trent?

Ela se debruçou por cima da mesa, pegou meu guardanapo e o levou ao rosto enquanto chorava.

— Eu não ia dizer nada.

— Que diabos você está falando?

— Eu, hum... Eu estava... grávida. O médico disse que é provável que eu tenha perdido durante ou logo depois do acidente. Ele me deu duas opções: esperar um aborto espontâneo ou fazer uma curetagem. Decidi não magoar o Trent ainda mais, então optei pela curetagem. E... ele não sabe. Ele nunca vai saber.

— O quê? — perguntei, tentando processar o que ela estava dizendo. — Você está grávida?

— Estava.

Olhei para a sua barriga, sem conseguir controlar a expressão de repulsa no meu rosto. Eu não tinha filhos e era filha única. Todo o lance da gravidez era uma coisa de outro mundo para mim. Ela era a primeira pessoa mais ou menos da minha idade que eu conhecia e estava grávida — ou tinha estado.

— Cami, você não pode esconder isso dele.

Ela balançou a cabeça.

— Eu também não posso contar pra ele. Não posso magoá-lo de novo. Não depois do Thomas.

— Mas não foi culpa sua, Cami. Vocês podem passar juntos pelo luto.

— Eu... — seu lábio inferior tremeu — eu não estou de luto. Estou aliviada. Não estávamos numa situação boa pra ter um bebê. — Ela baixou o olhar, envergonhada. — Talvez seja isso que você esteja sentindo em relação a mim. Que eu sou egoísta.

Eu me recostei.

— Você tentar carregar isso sozinha não é nada egoísta. Mas é a escolha errada. Você devia contar a ele.

— Eu tive uma infecção depois. — Ela balançou a cabeça. — Tem uma chance mínima de eu nunca mais poder engravidar. Você quer que eu jogue tudo isso em cima dele neste momento? — Camille secou os olhos com o meu guardanapo, pois a minha tentativa de entender tudo a estava deixando emotiva. — Eu não quero ver esse tipo de dor nos olhos dele. Você sabe o quanto ele ama a Olive. Ele vai ser um pai maravilhoso, e eu sei que ele quer muito ter filhos um dia. Ele não vai me deixar por causa disso. Ele ficaria arrasado se eu o deixasse por causa disso. Me diz: que bem eu faria a ele se contasse?

— Você está bem, agora? Sem dor?

Ela balançou a cabeça.

— Você está certa. Ele não ia te deixar por causa disso e não ia querer que você o deixasse. Ele te ama mais do que quer filhos. Mas o Trenton ia entender, Cami. — Suspirei. — Me desculpa, mas eu tenho que perguntar. Você não quer contar por causa do que ele tem passado ou porque você não tem certeza se era dele?

Uma única lágrima escorreu pelo rosto da Camille.

— A última vez que eu estive com o Thomas desse jeito foi meses antes do Trent. Não era filho do Thomas, Abby. Jesus amado.

Cobri o rosto por um instante.

— Ai, meu Deus, desculpa. Eu sou... péssima nisso. Você quer um... um abraço ou coisa assim?

Camille revirou os olhos.

— Não.

Olhei para as minhas mãos, sentindo a culpa se instalar aos poucos. Camille havia acabado de me contar que tinha perdido o bebê dela e do Trenton — meu sobrinho ou minha sobrinha —, e eu estava conversando com ela como se fosse mais um motivo para julgá-la.

— Camille... Eu não acho que o problema seja você. Acho que você disse isso mais cedo. Fiz muitas coisas horríveis pro Travis. Talvez eu não queira ser a única. Talvez eu precise me concentrar nas suas falhas pra poder ignorar as minhas. — No instante em que falei isso em voz alta, a nuvem de raiva que eu sentia pela Camille se dissipou. — Com quanto tempo você estava?

— Seis semanas.

— Panquecas com ovos fritos dos dois lados e com a gema meio mole — disse Shannon, me dando um susto.

Eu me recostei, percebendo que estava tão inclinada para a frente que meu peito tocava na mesa.

Shannon pôs o prato na minha frente e depois serviu a Camille.

— Bacon... queimado até ficar tostado.

— Obrigada — agradeceu Camille, fungando.

Cortei as panquecas e levei um pedaço à boca.

Camille apenas remexeu no bacon crocante, levando pedacinhos com a mão até a língua.

— Você está certa — fiz uma concessão. — O Trenton passou por muita coisa, mas ele aguenta. E ele vai entender você melhor. Nenhum de vocês vai a lugar nenhum. É melhor que se curem juntos do que trair a confiança dele.

Camille pensou nas minhas palavras, depois assentiu.

— Eu concordo com você. Eu devia contar. Mas agora ele vai ficar puto porque eu não contei antes.

— Conta mesmo assim — falei. — Antes tarde do que nunca. E, Cami... Eu sinto muito mesmo. Sei que vocês não estavam prontos, mas isso não deixa a história menos triste.

Camille pegou um pedaço maior, encarando o prato enquanto mastigava.

— Obrigada... e... Abby? Será que a gente pode... começar de novo? Podemos simplesmente concordar que nós duas erramos e provavelmente não merecemos o amor que temos e que vamos nos esforçar pra caralho pra reverter isso?

— Ah, a gente merece, sim. Eles também erraram. Pelo menos, o Travis errou. Muitas vezes.

Camille deu uma risadinha, dando outra mordida.

— Mas você está bem? — perguntei. — Quer dizer, de verdade.

— Estou bem, sim — respondeu ela com um sorriso agradecido. — Isso era exatamente o que eu precisava.

Sorri de volta, e pela primeira vez senti que estávamos do mesmo lado.

— Ótimo. E... — fiz uma pausa, garantindo que era verdade antes de falar em voz alta — se você precisar conversar depois de dar a notícia para o Trent, pode me ligar.

— Sério? — perguntou Camille, com os olhos se enchendo de lágrimas de novo. Ela tinha amigos, muitas pessoas com quem preferia compartilhar esse tipo de coisa em vez de compartilhar comigo, mas eu tinha certeza de que o gesto a estava deixando mais emotiva do que qualquer outra coisa.

Afirmei com a cabeça. No instante em que ela me contou seu segredo, a suspeita que eu tinha desapareceu. Eu sabia que ela estava escondendo alguma coisa. Agora que ela havia contado, a sensação que eu não conseguia afastar tinha sumido.

Poucas pessoas entenderiam o que era ser amada por um Maddox. Nós tínhamos que ficar juntas. Enfiei outro pedaço de panqueca na boca e sorri para a minha irmã. Tínhamos uma longa vida pela frente. Este era apenas o primeiro dia.

Quando terminamos, eu saí, olhando para cima e protegendo os olhos do sol quente. Assim que dei um passo para a frente, esbarrei no que parecia o Travis.

— Ah! Meu Deus, me desculpa! — falei, estreitando os olhos para focar.

— Ei — disse o homem na minha frente. Ele deu um sorriso que também me lembrava do Travis, mas alguma coisa nos seus olhos quase me repeliu. Isso, e o fato de que ele tinha saído de casa com os três botões de cima da camisa Oxford desabotoados para mostrar sua corrente de ouro repugnante. Em conjunto com todo o gel no seu cabelo, ele parecia ter saído direto da Jersey Shore parecendo a versão pobre do Pauly D.

— Com licença — pedi, tentando contorná-lo.

— Você é a Abby, certo?

Olhei para sua mão estendida, confusa.

— Abby Maddox, sim.

Ele enfiou as mãos nos bolsos da calça jeans.

— Sou o chefe do Travis, Brandon.

— *Ah* — falei, percebendo tarde demais o desdém na minha voz.

Ele deu uma risadinha, olhando para baixo. Logo depois, seus olhos voltaram para mim.

— Eu entendo. Eu mereço a minha reputação. Ser dono de uma academia é tipo trabalhar no Hooters. Quanto mais você flerta, mais dinheiro você ganha.

Balancei a cabeça.

— Não sei do que você está falando.

— A propósito, parabéns. Que bela virada, hein. O Travis é um cara de sorte. Eu lembro quando a Becca me contou que estava grávida. Eu estava muito feliz e muito apaixonado por ela. Mas, sei lá, alguma coisa mudou no meio do caminho — disse ele, mexendo os pés. — Atualmente, ela nunca parece feliz. Eu me mato de trabalhar pra dar conforto pra ela, comprar tudo que ela quer. Sei lá, eu faço o que posso, mas acho que sou só um idiota. Talvez você possa me dar uma luz.

Cruzei os braços na altura da cintura.

— Gravidez também não é algo que eu conheça bem.

O homem riu como se eu tivesse falado a coisa mais engraçada que ele tinha ouvido o dia todo.

— Bom, Abby, foi um grande prazer conhecer você. Ou devo chamá-la de Flor?

Balancei a cabeça enfaticamente.

— Só o Travis me chama assim. Eu... não faria isso se fosse você.

Ele deu um sorriso presunçoso.

— Eu estava tentando descobrir que tipo de mulher poderia ter domado o famoso Travis Maddox. — Ele me analisou da cabeça aos pés. — Agora eu sei.

— Hum, prazer em conhecê-lo também — falei, tentando não andar rápido demais em direção ao estacionamento.

— Eu acompanho você até o carro — disse ele, correndo atrás de mim.

Quando chegamos até a minha porta, ele estendeu a mão para mim.

— Foi mesmo um prazer te conhecer. — Em seguida, para meu pavor, ele levou minha mão até os lábios e a beijou.

Puxei a mão para longe.

— Você já falou isso. Tenha um bom dia, Brandon.

19

Carma

TRAVIS

Os saltos das minhas botas estavam plantados no asfalto quente no cruzamento principal da nossa minúscula cidade universitária. O zumbido do motor da minha Harley me ajudava a relaxar. Era fácil esquecer, enquanto pilotava minha moto pela cidade, mesmo que os meus músculos estivessem doloridos e exaustos de um dia cheio de clientes na Iron E.

Abby tinha ficado meio eufórica desde o nosso jantar, mas eu não conseguia evitar a sensação de que alguma coisa estava errada. Os pais do Parker Hayes podiam ser donos do Biasetti, e aquele era o local aonde ele tinha levado a Abby no primeiro encontro dos dois, mas, no segundo em que nos sentamos, ela era a mesma beleza natural risonha, espirituosa e sarcástica que eu levei para a pizzaria no nosso primeiro não encontro. Era como se fôssemos apenas universitários de novo, sem nenhuma conta para nos preocupar, nenhum agente federal rastreando o nosso apartamento.

Mesmo assim, nós sabíamos que éramos sortudos. O Adam estava esperando uma audiência preliminar, sabendo que sua liberdade era provisória. Eu estava levando a minha esposa para encontros românticos e fingindo que o pior problema que tínhamos era Abby e Camille se entenderem.

O sinal ficou verde, e eu levantei os pés ao mesmo tempo em que acelerei, forçando cada engrenagem como se o limite de velocidade valesse apenas para as outras pessoas. Outro dia de trabalho tinha se passado, assim como o meu segundo ano da faculdade. Eu tinha mais tempo para ficar em casa com a minha nova esposa; não tinha nenhum trabalho da faculdade para escrever, não precisava fazer malabarismos para equilibrar Abby, meu novo emprego e o trabalho doméstico.

Trabalho... casa... Beija-Flor. Isso me parecia o paraíso — se eu não acabasse sendo algemado e escoltado porta afora por agentes federais. Essa possibilidade estava sempre rondando a minha mente.

Eu tentava me lembrar do verão depois do meu primeiro ano na faculdade, muita bebida e muito sexo — sem nenhuma preocupação com uma prisão perpétua que me afastasse da Abby e, na verdade, nenhuma outra preocupação. Mas, olhando para trás, foi um longo desperdício de tempo. Nenhuma garota e nenhuma noite se destacavam.

Abby fazia cada momento significar alguma coisa. Perceber que eu só a tinha conhecido oito meses antes me fazia ter surtos momentâneos de que nada daquilo era real.

Tínhamos passado por tantas merdas em um espaço curto de tempo e, de algum jeito, acabamos juntos e felizes. Tinha dias em que eu me sentia como se estivesse esperando a realidade me dar um chute no saco.

O cascalho na entrada da garagem do meu pai foi esmagado sob as rodas da Harley, e eu empurrei o estribo lateral quando o motor desligou.

Meu pai apareceu na varanda, me cumprimentando do mesmo jeito que fazia sempre que eu ia visitá-lo, mas dessa vez Trenton estava com ele, segurando com a mão livre o braço que tinha estado engessado.

— Olá — disse meu pai com um sorriso acolhedor. Suas bochechas subiram, enrugando seus olhos. — Que bom ver você. Entra... entra.

Dei um tapinha no ombro do meu pai quando passei por ele, depois fiz um sinal com a cabeça para o Trenton.

— Oi, covarde — falei.

Trenton só assentiu.

Segui pelo pequeno corredor e entrei na sala de estar, caindo no sofá.

O encosto bateu na parede, mas meu pai não falou nada. Só se sentou na poltrona reclinável e se recostou, se balançando enquanto esperava eu falar o que estava na minha mente.

Trenton se sentou ao meu lado — com cuidado —, parecendo mais frágil do que eu jamais o tinha visto.

Franzi a testa.

— Você está bem?

— Ahã — grunhiu ele. — Vou sobreviver.

— Estou falando sério. Você parece péssimo. Está se movendo mais devagar do que antes.

— Obrigado, babacão — resmungou ele.

Olhei para o meu pai.

— Sou só eu que acho?

— Não, eu também falei o mesmo pra ele — disse meu pai. — Estava esperando que você dissesse alguma coisa.

Trenton se recostou e gemeu, deixando a cabeça cair nas almofadas do sofá.

— Não tem motivo para preocupação. Estou me arrastando. Só não tenho me sentido bem. Mas, além de ser um aleijado, não vou ficar doente. Eu me recuso.

— Porra, Trent, não seja idiota. Ignorar isso só vai piorar as coisas. Ainda mais quando o seu corpo já está se esforçando muito pra se curar — falei.

Meu pai e Trenton me encararam.

— Que diabos, Trav? — reclamou Trenton. — Você se casou e virou o nosso pai.

A barriga do meu pai balançou quando ele riu, e eu olhei para baixo, sorrindo.

— Vai se foder — retrucou meu irmão, ainda encarando o teto.

— E aí? Como está o novo emprego? — perguntou meu pai.

Eu me recostei, tentando ficar confortável no sofá surrado do meu pai. Ele estava cheio de buracos e tinha perdido metade do estofado, mas minha mãe tinha escolhido aquele sofá antes de eu nascer. Meu pai teve que deixá-la ir, por isso escolheu se apegar às coisas que podia manter.

— Está tudo bem. Meu chefe é um escroto, mas eu aprendi como desviar dele na maior parte das vezes. — Dei uma olhada para o meu irmão. O suor estava começando a se formar na testa dele. — Trent. Você tomou seu analgésico hoje?

Ele deu de ombros com o ombro bom.

— Tomei um hoje de manhã.

— Então, o que está acontecendo com você?

— Não sei, cara. Eu simplesmente não me sinto bem. Para de me encher o saco.

— Como foi que você chegou aqui? — perguntei. O carro da Camille tinha dado perda total, então ela estava dirigindo o Dodge Intrepid dilapidado do Trenton desde que ela teve permissão para voltar a dirigir.

— O papai me pegou com a picape.

Olhei para o meu pai, que estava observando Trenton com uma expressão preocupada.

— Ele não parecia estar bem, por telefone — disse meu pai.

— Beleza. — Eu me levantei e estendi a mão. — Me dá as suas chaves, pai. Vamos levar o Trenton ao pronto-socorro.

— O quê? Não, porra — protestou Trenton.

— Pode ir se levantando — ordenei.

— Trav — começou Trenton. Ele olhou para mim, exausto. — Eu não tenho dinheiro pra pagar.

Eu o observei por um segundo, depois suspirei.

— Eu pago. Você vai.

— Não. Eu não posso pedir pra você fazer isso — disse Trenton, parecendo pior a cada segundo.

— Levanta, Trenton, ou eu vou ter que carregar você no braço.

Trenton olhou furioso para o carpete, me xingando baixinho, depois se levantou. Ele oscilou, e eu pendurei seu braço bom no meu pescoço, carregando seu peso enquanto íamos até a caminhonete do meu pai.

Ajudei o meu irmão mais velho a entrar, depois o meu pai. Ele me jogou as chaves, e eu contornei até o outro lado, assegurando que a minha moto estava fora do caminho.

Tirei o celular do bolso e comecei a mandar uma mensagem para a minha esposa, mas eu sabia que soaria alarmante, não importava como eu explicasse, então decidi esperar até termos alguma notícia para dar. Eu me sentei atrás do volante e enfiei a chave na ignição. A picape do meu pai chiou e depois ficou em silêncio.

— Não acelera — pediu Trenton. — Você vai afogar o motor.

Eu virei a chave de novo, ouvindo o motor girar sem pegar. Olhei para Trenton. Era ele que sempre dava um jeito na picape do meu pai, mas estava machucado e não se sentia bem, então não tinha como saber o que estava errado. A Chevy velha do meu pai exigia um constante trabalho de manutenção.

Meu pai apontou para a ignição, girando o dedo em um círculo.

— Vamos lá, vira a chave mais uma vez, deixa parar e depois vira de novo, pisando fundo no acelerador.

Fiz o que meu pai mandou e, quando apertei o acelerador até o fundo, o motor girou quatro vezes e depois pegou. Puxei a marcha e saí de ré do jardim de entrada.

Trenton grunhiu quando descemos o meio-fio, depois de novo quando eu me afastei de casa. Quanto mais longe chegávamos, pior ele parecia.

— Trav — falou ele, fechando os olhos. — Não estou me sentindo tão bem. Para o carro.

Olhei para ele. Seu rosto estava cinza, e agora o suor escorria pela testa dele.

— Porra, eu vou te levar para o pronto-socorro.

Trenton disse algumas palavras que não faziam sentido, depois desmaiou.

Meu pai apoiou a cabeça do meu irmão no peito, olhando direto para a frente, claramente preocupado.

— Travis — chamou meu pai. Sua voz estava calma, mas com um toque de medo.

— Dois minutos.

Meu pai fez um sinal com a cabeça, sabendo que eu estava dirigindo o mais rápido possível.

Todos nós quicamos quando eu virei o volante e acelerei o motor na entrada do hospital. A picape gemeu e parou dentro do espaço de ambulâncias, e eu coloquei o carro em ponto morto, correndo até o lado do passageiro. Meu pai já estava pisando fora da caminhonete.

Eu me estiquei para dentro, puxando Trenton e o jogando sobre meu ombro como se ele fosse leve como uma pluma.

Assim que as portas automáticas perceberam a nossa presença e se abriram, a recepcionista deu uma olhada em nós e chamou as enfermeiras. Três mulheres usando jaleco de cores fortes saíram correndo pelas portas duplas automáticas empurrando uma maca.

Coloquei Trenton deitado de costas, e as três mulheres já estavam medindo seus sinais vitais enquanto o levavam pelas portas duplas de novo.

Meu pai olhou para o Trenton, depois para mim.

— Vai lá, pai. Eu cuido de tudo — falei.

Meu pai assentiu e seguiu o filho inconsciente. As portas se fecharam, e eu pigarreei, olhando para a recepcionista. Ela parecia tranquila, usando o mouse para clicar algumas vezes antes de preparar as mãos para digitar.

— Nome? — perguntou ela.

— O nome dele? Trenton Allen Maddox.

Ela digitou o nome e assentiu.

— Ele está no sistema... parece que veio recentemente.

Assenti.

— Ah. Ele é aquele que... — Ela deixou a voz morrer, parando antes de divulgar mais informações.

— Carregou a namorada por quase dois quilômetros com o braço quebrado e depois deixou colocarem o braço no lugar sem dar um pio porque queria estar consciente quando ela acordasse? É, é ele mesmo — respondi.

Seus olhos se arregalaram e depois ela continuou digitando. Quando terminou, ela se virou para uma mulher atrás dela, que provavelmente devia ter a minha idade ou talvez até fosse mais jovem, uma morena com corte pixie e jaleco rosa-choque.

— Ashley, leva o sr. Maddox pra ver o irmão dele, por favor. Estão na sala 2.

Ashley se levantou, gesticulando para eu encontrá-la perto das portas duplas.

Passamos pela triagem, depois eu a segui pelo mesmo corredor branco que eu tinha percorrido na noite do acidente do Trenton.

— Seu irmão é bem famoso por aqui — disse Ashley. — As pessoas ainda estão falando dele. — Ela parou e fez um gesto para eu entrar na sala de exames 2.

— Obrigado — respondi, entrando. Abri a cortina e vi meu pai parado num canto, observando as enfermeiras terminarem de inserir a intravenosa. Trenton estava acordado, mas exausto.

— Oi — resmungou ele.

Passei a mão no cabelo eriçado na minha cabeça e suspirei.

— Você me assustou pra caralho.

— Oi — cumprimentou uma mulher de jaleco branco, estendendo a mão direita. Seus cachos castanho-avermelhados emolduravam o rosto, fazendo seus olhos azuis parecerem enormes.

— Sou Travis, o irmão menor dele — falei, apertando a sua mão.

— Irmão *menor*... — disse ela, sorrindo para o tablet na mão.

— Sou a dra. Walsh. Ele está estável e acordou bem rápido. Os batimentos cardíacos não estão no nível que eu gostaria, mas acho que vamos chegar lá com os soros. Vou fazer alguns exames. Só pra garantir que não precisamos de uma consulta com um cardiologista ou neurologista.

— O que tem de errado com ele? — perguntei.

Ela sorriu, e um cacho vermelho caiu do coque frouxo no alto da cabeça. Ela empurrou os óculos de armação preta no nariz.

— Vamos saber melhor daqui a pouco.

— O acidente dele foi há quase dois meses — expliquei. — Tem alguma relação com isso?

Ela continuou sorrindo, me encarando como se estivesse esperando alguma coisa.

— O que foi? — perguntei.

A dra. Walsh digitou no tablet algumas vezes e depois olhou para uma tela na parede. Ela iluminava as imagens da primeira e da última radiografia do Trenton. Ela franziu o nariz.

— Essas fraturas são bem graves, sr. Maddox. É incrível você não ter precisado de cirurgia.

— Ele não ia sair do quarto da namorada por tempo suficiente pra uma cirurgia — assegurei.

— Certo, ela também estava no acidente. Ele a carregou com esse braço, não foi? — certificou-se a dra. Walsh. Ela ainda estava sorrindo, e eu finalmente percebi o possível motivo. A equipe do hospital provavelmente ainda estava romantizando a história. Nós éramos uma novidade para eles.

— Isso. Ele vai ficar bem? — perguntei, irritado.

A dra. Walsh estendeu a mão para tocar na minha, e eu franzi a testa. Ela me puxou para mais perto da porta, olhou por sobre o ombro para o meu pai e meu irmão, depois se aproximou, mantendo a voz quase sussurrada.

— A minha irmã mais nova estuda na Eastern. Você não deve se lembrar dela.

Senti um frio na barriga. *Será que eu matei a irmã dessa médica e ela vai tocar no assunto aqui? Agora?*

Ela sorriu.

— Ela gostava de um garoto aí. A minha irmãzinha é incorrigível — disse ela, balançando a cabeça. — Depois que ela se apaixona por um cara, ela o segue pra todo lado. E ela o seguiu até o Keaton Hall na noite da sua última luta.

Engoli em seco.

Seu sorriso mudou, e seus olhos perderam o foco.

— Depois que o incêndio começou, ele a deixou. Ele fugiu. Ela não conhecia o prédio. Havia muita fumaça. Ela ficou dando voltas. E ela esbarrou em você. — O olhar da dra. Walsh encontrou o meu.

Fiz uma careta, confuso.

— Você se lembra? — perguntou ela. — Ela estava apavorada. Achava que fosse morrer. Você a empurrou na direção do cara que organizava as lutas... Adam? Você a empurrou para ele porque sabia que ele conhecia a saída, e você falou para ele ajudá-la. E quer saber? Ele ajudou. Ele ajudou a ela e a mais dezesseis pessoas a saírem em segurança quando tudo que ele queria era fugir. Foram só alguns segundos, mas você, Travis Cachorro Louco Maddox, salvou a vida da minha irmãzinha.

Olhei para o meu pai.

— Eu...

— A polícia e os agentes federais já falaram com a minha irmã. — O sorriso da médica voltou. — Ela não viu você. O Adam disse que você não estava lá. Os dezesseis alunos que o Adam salvou disseram a mesma coisa, e a estadia do seu irmão no hospital é por nossa conta.

Ela pegou a maçaneta da porta e a abriu.

— Q-quê? — gaguejei, atônito.

— Eu não tenho como contar pra todo mundo o que você fez pra merecer isso, então vou agradecer do meu jeito. — Ela fechou a porta ao sair, e eu olhei para o meu pai, tentando impedir as lágrimas de escorrerem.

— Eu vou morrer? — perguntou Trenton.

Dei uma risadinha e olhei para baixo, pegando o celular no bolso para mandar uma mensagem para a Abby.

— Não, seu babaca. Você vai sobreviver.

— O que ela falou? — quis saber meu pai.

— Eles não têm como saber enquanto não fizerem mais exames, pai, mas o Trent vai ficar bem.

Digitei uma mensagem curta para a minha esposa e outra para a Camille. Eu me encolhi ao enviar, sabendo que as duas iam bombardear o meu celular com perguntas a qualquer momento.

O travesseiro do Trenton estalou quando ele se recostou. Ele suspirou de um jeito dramático.

— Eu vou morrer.

Uma enfermeira empurrou a porta, carregando um recipiente com esparadrapo, gaze e outros materiais.

— Oi, meu nome é Lana. Vou te espetar rapidinho. — Ela verificou a pulseira do Trenton e, depois, sua ficha de informações. — Pode me dizer seu nome e sua data de nascimento?

Assim que o Trenton começou a dar suas informações a Lana, meu celular vibrou. Levei o aparelho ao ouvido.

— Oi, Flor.

— Ele está bem? — perguntou Abby.

— Ele está bem mal. Desmaiou na picape do meu pai a caminho do pronto-socorro. Eles estão fazendo alguns exames. Ele vai sobreviver.

Ela suspirou.

— Ai, graças a Deus.

Sorri, amando a minha esposa por amar a minha família tanto quanto eu.

O celular apitou.

— Ah, Flor. A Cami está ligando.

— Tudo bem. Estou quase aí.

Atendi.

— Eles estão fazendo alguns exames. Tirando o sangue dele, agora.

— Ele está bem? — perguntou Camille, com pânico na voz.

— Ele vai ficar bem, Cami — falei.

Ela suspirou.

— Meu Deus. Ele não tem dormido direito. Está exausto e pálido. Eu sabia que não devia ter deixado ele sozinho quando saí hoje de manhã. Eu sabia.

Trenton estendeu a mão para o celular.

— Deixa eu falar com ela.

Fiz que sim com a cabeça.

— Oi, baby. Estou bem. Shhh... shhh. Estou bem. Eu sei. Eu devia ter falado pro médico na consulta. — Ele fez uma pausa, depois franziu a testa. — Cami, não é culpa sua. Para. Baby, para. Não. NÃO, não vem pra cá dirigindo, droga, estou falando sério. Cami, eu falei que não. — Ele olhou para mim. — A Abby pode ir pegá-la? Ela está nervosa.

Fiz que sim com a cabeça.

Trenton retomou a conversa.

— A Abby está a caminho pra pegar você. Vai ficar tudo bem, eu juro.

Trenton me entregou o celular, e eu mandei uma mensagem para a Abby. Ela respondeu com um "Ok" rápido.

— A Abby vai pegá-la. Elas vão chegar em pouco tempo.

Trenton suspirou.

— Droga. Eu sou muito babaca.

— Procure se sentir confortável — orientou Lana, colando adesivos nos frascos. — Eles disseram que você vai ficar por aqui.

Trenton arregalou os olhos.

— O quê? Não. Eu não posso.

— Ei — falei, indo até o leito dele. — Está tudo pago.

— Trav — disse ele, e os músculos do seu maxilar ficando tensos. — Vai custar milhares de dólares.

Lana pediu licença, eu esperei até ela estar totalmente fora do quarto e olhei para o meu pai.

— Você pode pegar um pouco de gelo pra ele, pai? Aposto que ele está desidratado.

— Claro — respondeu meu pai, se levantando. Ele saiu capengando do quarto e, assim que a porta se fechou, eu me virei para o meu irmão.

— Eu conversei com a médica. Está tudo pago — falei.

— O quê? Como?

— A irmã mais nova dela estava no incêndio. Acho que eu a ajudei a escapar.

As sobrancelhas do Trenton se uniram.

— Droga.

— Fica tranquilo e descansa. Não vai custar nem um centavo.

Meu pai voltou com um copo com uma colher de plástico dentro. Ele me entregou quando estendi a mão.

— Obrigado, pai — falei, levando alguns pedaços de gelo à boca do meu irmão.

Trenton assentiu e relaxou, sua respiração desacelerou, permitindo que ele sentisse o sofrimento que estava tomando seu corpo. Ele fechou os olhos e se encolheu, seu corpo se curvando com a dor.

Meu pai ficou ao lado da cama e passou a mão no corte reco do cabelo castanho do Trenton.

— Descansa, meu filho.

Trenton relaxou com o toque do meu pai, mantendo os olhos fechados.

O que quer que fosse, eu tinha a sensação de que Trenton ia passar mais do que uma noite ali.

20

Melhor

TRAVIS

Pisquei os olhos até eles focarem na escuridão do quarto de hospital do Trenton.

Meu pai estava deitado imóvel e respirando profundamente em uma cama no canto. Eu tinha apagado na cadeira ao lado do leito do meu irmão, e Cami estava encolhida, usando a coxa do Trenton como travesseiro.

A bomba intravenosa pareceu inspirar, o sistema de alto-falantes lá fora chamou uma enfermeira para ir à estação de enfermagem, e — desde que eu estava ali — alguém tinha vindo tirar o sangue do Trenton duas vezes e uma enfermeira conferia seus sinais vitais e verificava os tubos a cada hora.

Fiquei pensando em como é que alguém conseguia descansar enquanto se recuperava em um hospital. Eu nem era paciente e já estava começando a me sentir exausto e enjoado.

Meu celular vibrou, e eu percebi que tinha várias mensagens perdidas.

— Merda — sibilei, me sentando para verificar o celular. Só uma mensagem da Abby, me desejando boa-noite. Sorri e não respondi. Meu Deus, como eu sentia saudade dela.

Era a primeira noite que passávamos separados desde Vegas, e era um saco. Horrível.

As outras mensagens eram do Thomas e dos gêmeos. Dei uma olhada nelas e respondi.

Nenhuma novidade.

Ele está estável.

Eu ligo se alguma coisa mudar.

Ouvi uma leve batida na porta, e Raegan entrou, parecendo ter acabado de sair da cama.

— A Cami parecia exausta no celular ontem à noite. Achei que eu devia vir buscá-la. Pra ela ter umas boas horas de descanso antes do turno dela.

Fiz que sim com a cabeça.

— Boa ideia. — Eu me abaixei para tocar na mão da minha cunhada, sussurrando: — Cami?

Ela se mexeu e se sentou, esfregando os olhos.

— A Raegan está aqui. Ela vai te levar para casa para dormir decentemente antes de você ter que ir pro trabalho.

Cami olhou para Raegan, que acenou de um jeito tímido. Ela olhou ao redor de novo, ainda um pouco desorientada, depois se levantou, observando Trenton por um instante antes de dar um beijo leve na testa dele.

— Me avisa se tiver alguma mudança — pediu Cami. Ela pegou suas coisas, se movendo sem fazer barulho, e saiu igualmente em silêncio.

Todos sabíamos que, se ela acordasse o Trenton, ele não ia conseguir descansar tão bem sem ela ali.

Raegan pôs o braço no ombro da Camille enquanto as duas iam para o corredor.

Momentos depois, a dra. Walsh entrou no quarto, carregando dois copos de isopor de café, parecendo que tinha acabado de acordar de um cochilo.

— Oi — disse ela num tom sussurrado.

— Oi — sussurrei em resposta, esfregando os olhos.

Ela me estendeu um copo.

— É pra mim? — perguntei.

Ela fez que sim com a cabeça, bebericando o próprio café, observando Trenton dormir.

— Ele está corado de novo. Os sinais vitais estão bons.

— Como você sabe?

Ela fez um sinal com a cabeça na direção da porta.

— Tem monitores na estação de enfermagem.

— Você estava aqui de olho nele?

— Em todos os meus pacientes, mas, sim. Especificamente no Trenton. — A resposta me preocupou.

— Os resultados dos exames já chegaram?

A dra. Walsh correu os olhos da cabeça aos pés do Trenton.

— Já. A contagem de glóbulos brancos está significativamente elevada, com quinze mil. Estou de olho nos neutrófilos dele. Os parâmetros variam de um laboratório para outro, mas o nosso considera que a taxa normal é inferior a dez por cento. A contagem do Trenton está em dezenove por cento.

Eu nunca tinha ouvido falar naquilo.

— O que são neutrófilos? O que isso significa?

— A medula óssea do Trenton está liberando muitos glóbulos brancos na corrente sanguínea. Geralmente, isso é indicação da presença de uma infecção ou inflamação. Os níveis elevados podem significar um número qualquer de infecções. As causas menos prováveis, porém mais preocupantes, são doença autoimune, câncer ou leucemia. Mas, com base no acidente recente e nos resultados adicionais do laboratório, suspeito de que seja uma infecção na medula óssea que se desenvolveu em algum momento durante o processo de cura do braço. Precisamos ficar de olho, mas, de agora em diante, o plano é tratar com antibiótico intravenoso e, se tudo der certo, ele deve ser liberado daqui a dois ou três dias.

— Ah — falei, piscando. — Obrigado.

Ela sorriu, ajeitando um cacho solto atrás da orelha.

— Ele estava bem desidratado. Isso pode ter contribuído para a incapacidade do corpo dele de combater a infecção. Ele tem ajuda em casa?

— Tem. A namorada dele é bem dedicada. Ele só é teimoso.

— Onde ela está?

— Eu... — Tive que pensar por um segundo antes de responder. — Eu a mandei pra casa. Ela tem que trabalhar daqui a poucas horas. Ela é a única fonte de renda dos dois agora, e...

— Avisa pra ela que está na hora de ser mais teimosa do que o Trenton.

— Eu aviso.

A dra. Walsh saiu tão quieta quanto entrou. As persianas estavam fechadas, mas o nascer do sol começava a entrar pelas frestas.

A boca do meu pai estava aberta como se tivesse se soltado em algum momento da noite. Seu ronco leve me lembrou da minha infância, e eu achei relaxante.

Eu me recordava vagamente de quando ele caía no sono ao lado do leito de hospital da minha mãe em casa, uma lembrança difícil à qual eu precisava me agarrar porque era uma das poucas que eu tinha. Olhei para meu irmão, lembrando a mim mesmo que ele ia ficar bem.

Um ano atrás, teria sido impossível acreditar na alternativa, porém, depois de tantos acidentes quase fatais, esse medo tinha se tornado real demais.

Trenton tinha ficado agitado mais cedo, como se estivesse tendo um pesadelo, mas, quando os antibióticos começaram a correr pelo seu organismo, ele caiu em um sono mais profundo. Sua cabeça tombou para o lado e seu corpo afundou no colchão.

Eu esperava que aquela fosse a última vez que eu ia ver um dos meus irmãos deitado numa cama de hospital. Pelo menos, dessa vez Trenton e meu pai iam acordar e receber notícias promissoras.

Os gêmeos e Thomas estavam no fuso horário da montanha e do Pacífico — uma e duas horas atrasados —, então eu deixei que eles dormissem mais um pouco antes de ligar.

Uma vibração na bandeja que estava ao lado do leito do Trenton me fez deixar o café de lado e pegar o celular. O nome do Brandon iluminava a tela.

Preciso que você trabalhe quatro horas hoje. Tenho umas clientes que eu preciso que você atenda.

Digitei uma resposta.

Meu irmão está no hospital. Pede pro Chuck.

O Chuck está doente.

Então pede pra outra pessoa.

Essa foi a resposta mais diplomática que eu consegui dar.

Conhecendo Brandon e considerando a hora, ele provavelmente estava enfiado em um hotel com uma mulher aleatória para a esposa não descobrir que ele a estava traindo... de novo.

Eu não ia deixar o Trenton e o meu pai sozinhos para ele poder trepar, mas meu emprego finalmente estava pagando todas as contas. Mantê-lo significava andar na corda bamba com o Brandon.

Que tal eu pedir pra sua esposa?

Levei cinco minutos para me acalmar antes de pensar em uma resposta.

Brandon sabia, desde o início, que falar da Abby era um ponto sensível para mim, e ele adorava me provocar. Eu precisava do emprego quase tanto quanto precisava dar uma porrada nele. Brandon era a única pessoa no planeta que podia mencionar o nome da Abby de qualquer jeito que não fosse respeitoso e escapar ileso. Até então, ele estava pouco atrás da linha que eu tinha traçado mentalmente para ele.

Que tal eu te matar enquanto você dorme?

Pronto. Isso foi direto o suficiente para ele achar que eu estava brincando.

HAHAHA. Tudo bem. Vou pedir pro Luke.

Deixei o celular de lado e cobri o rosto, meus cotovelos afundando no colchão da cama hospitalar do meu irmão.

— Oi — sussurrou Trenton, tocando no alto da minha cabeça. — O que foi? A médica veio aqui?

A preocupação gerou uma ruga profunda na sua testa. Peguei a mão dele e a segurei no colchão, dando um tapinha.

— Veio. Os resultados do laboratório chegaram. Você tem uma infecção na corrente sanguínea, provavelmente por causa das fraturas no braço, mas você vai ficar bem e pronto pra sair daqui a uns dois dias.

Trenton olhou para o teto e suspirou.

— Graças a Deus. — Depois de alguns segundos, ele socou o travesseiro com a mão boa algumas vezes, até conseguir apoiar a cabeça com firmeza o suficiente para se sentar.

— Ela vai voltar mais tarde e explicar pra você melhor do que eu.

Trenton deu um sorriso e depois esfregou o rosto.

— Não me importa o que seja. Ainda bem que não é nada sério. Porra, estou muito aliviado.

— Você achou que fosse morrer, seu babacão? — provoquei.

— Não sei — respondeu Trenton. Sua expressão fez meu sorriso desaparecer. — Tive uma sorte do caralho este ano.

— Pelo menos a conta está paga — falei, me recostando e cruzando os braços no peito.

— Caralho, nem me fala — disse Trenton, erguendo as sobrancelhas. — Então, se não é por minha causa, o que está acontecendo?

— Ah, era o meu chefe no celular querendo que eu fosse trabalhar. Ele fez uma piadinha sobre a Abby. Estou tentando não planejar o desaparecimento dele.

A cama do Trenton estalou quando ele se moveu para ficar confortável.

— Parece que o Brandon está jurado de morte. Sabia que ele transou com a esposa do John Brigham no ano passado?

— O policial?

— Ahã. Aquele que foi afastado por bater num cara algemado. Brandon ouviu isso, saiu e pegou a esposa do cara.

Franzi a testa.

— Eu confio na Abby, mas preciso desse emprego e estou a um passo de atacar aquele merdinha.

— Mantenha a Abby longe dele, e assim ele vai manter as mãos longe dela. Você está ficando melhor em manter a calma, mas, se ele tocar nela... Que Deus o ajude.

Eu assenti. Esse era o plano. Eu teria que explicar melhor para a Abby. Não podia me dar ao luxo desse ruído na comunicação.

— Vai pra casa — disse Trenton. — Descansa um pouco. Leva o papai com você.

Balancei a cabeça.

— Você sabe que ele só sai daqui quando você sair.

— Eu não preciso de vocês dois aqui. Vai embora, seu babaquinha. Ninguém quer você aqui, não.

Mostrei o dedo do meio para ele, me levantando para pegar as chaves, a carteira e o celular, depois me inclinei para encostar minha bochecha na sua têmpora. Dei um beijo na testa dele, então acenei.

A viagem para casa no banco traseiro de um táxi foi tranquila e demorada. Fiquei feliz ao perceber que o motorista estava cansado demais para conversar, porque tinha muita coisa acontecendo na minha cabeça.

Minha moto ainda estava na garagem do meu pai, mas dane-se. Se eu fosse direto para casa, eu só ia conseguir me deitar na cama com a Abby por menos de uma hora antes de ela ter que acordar para começar o dia.

Enquanto o sol aparecia em meio às nuvens, orientei o motorista a estacionar ao lado do Camry, depois entreguei a ele uma nota de dez. Antes que ele me desse o troco, eu já estava subindo os degraus até a porta da frente, enfiando a chave na fechadura.

O apartamento estava escuro, e os únicos sons eram de unhas minúsculas batendo no piso e do ar-condicionado saindo pelas grades. Eu me abaixei para fazer carinho no Totó, depois peguei sua coleira, descendo de novo os degraus até o canteiro de grama lá embaixo. Totó farejou cada espaço, cada poste de luz e pedestal que sua coleira lhe permitia alcançar, e por fim, quando já estava satisfeito, levantou a perninha. Ele chutou a grama para trás em um lugar longe de onde tinha acabado de mijar, como se tivesse conquistado um exército viking, e eu o peguei no colo, correndo escada acima para conseguir me deitar ao lado da minha esposa.

Coloquei o Totó no chão, soltei a coleira e estendi as mãos para trás, tirando a camiseta enquanto seguia para o quarto.

Quando abri a porta, ela rangeu, e eu vi a silhueta da Abby se mexer. Tirei as botas, abri a calça jeans e a puxei para baixo, tirando-a antes de entrar debaixo das cobertas.

Abby gemeu quando a envolvi nos meus braços, recuando a bunda até o meu colo e movendo os quadris de um lado para o outro. Fiquei duro em dez segundos, mas isso só a fez se esfregar ainda mais em mim.

— Você finalmente decidiu voltar pra casa? — perguntou ela.

Eu a puxei para o meu tronco, sentindo sua pele quente na minha. Ela estava com cheiro de xampu cítrico e do seu creme corporal preferido. Levei minha testa até a sua nuca, e ela congelou.

— O Trent está bem?

— Está — respondi, beijando sua pele macia. — Ele vai ficar bem. Ainda vai continuar internado mais uma ou duas noites, depois disso a médica disse que ele pode ir pra casa.

Ela relaxou.

— Ótimo. Eles disseram o que estava errado?

— Provavelmente uma infecção na medula óssea — respondi, enterrando meu rosto em suas costas. Meu corpo inteiro ansiava por ela.

Abby se virou para mim.

— Uma infecção na medula óssea? O que é isso?

— Não sei muito bem. Também nunca tinha ouvido falar. Só o Trent mesmo. — Beijei seu pescoço, subindo até a orelha.

— Tenho uma boa notícia — sussurrou ela. — Lembra da noite em que a gente estava tentando descobrir como fazer aquela receita dar certo?

— Sim? — Eu sabia exatamente o que ela queria dizer. Ela havia descoberto um jeito de se encontrar com o Adam.

Seus lábios roçaram na minha orelha enquanto ela dizia palavras quase inaudíveis.

— O Finch teve algumas ideias. Ele vai ajudar.

Eu me recostei e falei o nome dele sem emitir nenhum som. *Finch?*

Ela assentiu.

Pensei por um instante, depois também assenti. Devia ser um bom plano. Ela não ia me deixar cair numa armadilha. Beijei seu pescoço de novo, subindo lentamente até a pele tenra atrás da sua orelha.

Ela suspirou.

— Preciso levar o Totó para caminhar na rua.

— Já levei.

— Eu já falei que você é o meu marido preferido? — perguntou ela, sorrindo ao se espreguiçar.

— Isso porque eu sou o seu único marido — declarei, encostando os lábios nos dela.

Abby se virou e se sentou, depois me empurrou de costas no colchão até eu estar olhando para o teto. Sua boca estava no meu pescoço, me saboreando, alternando entre beijos e lambidas.

Ela gemia enquanto traçava uma linha até a minha clavícula com os lábios, depois ela desapareceu embaixo das cobertas, saboreando o caminho que descia pelo meu peito e abdome até chegar à minha cueca boxer com uma única mão macia.

— Meu Deus, Flor — gemi, reagindo à sensação da sua boca quente e molhada no meu pau. Cobri o rosto com as mãos, me perguntando o que eu tinha feito para merecer a mulher com quem me casei.

Dez minutos antes, eu mal podia esperar só para abraçá-la. Agora ela estava entre as minhas pernas, segurando a minha ereção, me mostrando exatamente o quanto ela estava feliz por eu estar em casa.

Ela tirou as cobertas e olhou para mim, com os olhos cinza sonolentos e sedutores.

Levantei a cabeça para olhar para ela, passando o polegar no seu rosto, balançando a cabeça em admiração. Todo dia eu achava que não conseguiria amá-la mais, mas amava. Eu sempre a amava mais.

Às vezes, pensar em como os meus sentimentos seriam fortes dali a um ano, ou dez, era apavorante.

— Quem é a melhor esposa? — perguntou ela, baixando a cabeça enquanto nossos olhares se encontravam.

— Você — respondi, deixando a cabeça relaxar de novo. — Você é melhor do que a melhor. Sem comparação.

Ela baixou a cabeça de novo. Seus dedos envolviam minha circunferência, sua boca viajava de maneira agonizante e maravilhosamente lenta logo atrás deles, até ela chegar à base. Depois ela voltou para a ponta, só para repetir o movimento, agora girando o pulso para mudar o aperto o suficiente e fazer todos os meus nervos entrarem em frenesi.

Meus olhos reviraram, esquecendo de tudo, menos dela.

21

Bárbaros

ABBY

America suspirou, sua pele oleosa reluzindo sob o sol matinal. Seu biquíni tinha ainda menos tecido do que o meu. O top triangular com listras horizontais em coral e branco e uma calcinha insolente combinando permitia uma superfície máxima de bronzeamento.

O gelo no seu copo tilintava e estourava enquanto derretia — junto com todo o resto de Eakins. De vez em quando, um indício de brisa sussurrava no seu cabelo, e ela suspirava.

Estávamos felizes torrando a nossa pele no canto mais distante da piscina cercada que ficava no centro do meu condomínio.

A água borrifou e America rosnou, levantando a cabeça para olhar furiosa para os desajustados que dividiam o espaço com a gente.

— Mare — alertei.

— Me deixa gritar com eles uma vez. Só uma vez.

— Aí eles vão fazer disso um jogo. Esses são os filhos da Marsha Becker. Ela os deixa correr por todos os lados como bárbaros, depois grita com as pessoas por terem a audácia de tentar educar as crianças. Só deixa pra lá. É bom receber um pouco de água de vez em quando, na verdade.

— Até você perceber que eles mijaram na água — murmurou ela, ajeitando os óculos escuros quadrados e grandes.

Dei uma risadinha, olhando para a minha melhor amiga.

Seu perfil era impecável, seu gloss labial reluzia nos lábios carnudos, que ficavam pouco abaixo do nariz perfeito e sobre o maxilar divinamente moldado e suavemente definido. Ela podia ter sido modelo ou atriz em Los Angeles, se não tivesse me seguido até a Estadual de Eastern. Ela podia ter sido qualquer coisa.

Olhei para Mare, pensando se ela já tinha decidido o que ia fazer da vida. Até ali, sua resposta tinha sido: *Quem vai saber?*

— Então o Trent vai ficar bem. Isso é um alívio — disse ela. — Sei que os pais do Shep foram visitá-lo hoje. Acho que o Jim estava muito preocupado.

— É, ele é bom em esconder isso.

— Deve ser por esse motivo que você se dá tão bem com ele — disse minha amiga com um sorriso presunçoso. — Parabéns pelo negócio lá com aquele professor, a propósito. O estágio ou sei lá o quê. Estou muito orgulhosa de você. Você trabalhou muito pra merecer.

Dei um sorriso, me sentindo atipicamente afetuosa.

— Mare, você se lembra de quando a gente se conheceu? — perguntei. — Quer dizer, o primeiro dia.

Ela se apoiou nos cotovelos e me olhou por cima dos óculos.

— Como é que eu poderia esquecer? Você era uma coisinha confiante, mas apagada, perdida, doce, desanimada e rejeitada. Eu te amei no instante em que pus os olhos em você. No primeiro dia do terceiro ano.

Eu me virei de barriga para baixo, sorrindo para ela.

— Você não me amou. Era só um crush.

— Não, era amor. Amor verdadeiro — disse ela, recostando a cabeça na espreguiçadeira. — Eu escolhi de propósito a cadeira ao lado da sua e te convidei pra visitar a minha casa nos primeiros cinco minutos. Você foi jantar e nunca mais foi embora. No geral. Fiquei tão feliz quando nós finalmente convencemos você a ir morar com a gente. Mesmo que tenha demorado até os últimos três meses do quarto ano.

— Seus pais são incríveis. Minha mãe era...

— Uma bêbada. — O sorriso dela desapareceu. — Tem falado com ela?

Balancei a cabeça.

— Ela nem ia saber que eu me casei se não fosse o Benny. E eu não ia sequer imaginar que ela sabia se não fosse o Jesse. Isso é horrível.

— Ele ligou?

— Jesse?

— Mick.

— Não — respondi, balançando a cabeça. — O Travis seria capaz de matá-lo se ele ligasse, e você conhece o Mick. Sempre covarde.

America encarou a piscina.

— O Travis vai ter que entrar na linha. Sabe o que eu estava pensando outro dia? Você e o Travis se casando em Vegas.

Tentei manter o rosto calmo, temendo o momento em que eu teria que lembrá-la de que era melhor se ela não soubesse a verdade toda.

America sabia que estávamos na luta e sabia que tínhamos fugido para nos casar em Vegas, mas ela ainda podia se fazer de besta se fosse interrogada pelos agentes federais, e eu queria mantê-la o mais longe possível da nossa confusão.

— Por acaso você encontrou com o Jesse? — perguntou ela.

A pergunta me pegou desprevenida. Jesse não tinha passado pela minha mente desde que apareceu com Benny para oferecer ajuda ao Travis.

— Por que a pergunta?

— Não sei. Só me veio à mente a imagem dele vomitando ao te ver vestida de noiva.

— *Vomitando?* — Eu me sentei nos joelhos.

Puxei meu cabelo para o lado, penteando-o com os dedos antes de fazer uma trança lateral. Mesmo trançado, as pontas passavam do meu peito. Estava ficando mais comprido e mais claro no sol de verão, uma versão mais loira dos meus fios normalmente cor de caramelo. Eu não era parecida com uma modelo como a America, mas tinha conquistado Travis Maddox. Minha aparência claramente não induzia o vômito, muito menos no dia do meu casamento.

— Tenho a impressão de que eu devia me sentir ofendida.

— Não, sua idiota — disse ela, rindo. — Vomitando porque ele ficou enjoado de ver você se casar com outra pessoa. Ele estava totalmente convencido, até o dia que você saiu de Vegas, que vocês dois iam se casar.

E, pelas mensagens que mandou quase um ano depois, eu diria que ele passou um tempo acreditando nisso. Você acha que isso tem alguma coisa a ver com o motivo... por que ele começou a trabalhar pro Benny?

— Que peitinho lindo — disse um dos meninos Becker, erguendo a sobrancelha para mim antes de sair correndo e pular na piscina. Pelas risadinhas e pelos high-fives, imaginei que ele tinha sido desafiado.

America abriu a boca, mas fiz um gesto para ela ficar quieta.

— Deixa — falei. — E eu sei o que o Jesse pensava. Mas, não, eu não o vi. E, mesmo que, por algum motivo maluco, ele começasse a trabalhar pro Benny porque estava com o coração partido e achava que ser um homem adulto provaria alguma coisa, isso não é problema meu. Ele sabe que eu ia querer o exato oposto disso.

— É, talvez seja outra coisa. Provavelmente seja outra coisa. Estou surpresa por ele ter deixado você ficar pra recuperar aquele dinheiro pro Mick. Eu achei que ele fosse passar a odiar você.

— Ele provavelmente odeia mesmo.

America se espreguiçou, deixando a cabeça cair para trás.

— Ah, paciência. Eu não ia ver esse drama se desenrolar, de qualquer maneira.

Inclinei o pescoço, olhando furiosa para ela.

— O que foi? Ele dirigiu até Wichita pra ver você. Você nem terminou com ele numa boa. Até os meus pais ficaram horrorizados — retrucou America.

Fechei os olhos, tentando impedir que a lembrança se formasse na minha mente.

— A gente *tem* que falar nisso?

— O Jesse simplesmente... não sei, ele ficou estranho. Toda aquela maciez e doçura nos olhos... sumiu tudo — falou America.

Franzi a testa, vendo os filhos delinquentes de Marsha Becker empurrarem meninas desatentas na piscina.

Jesse era apaixonado por mim, e eu tentei por muito tempo me apaixonar por ele. Eu o via como um lugar seguro para estar quando a minha mãe ficava bêbada e o Mick estava enchendo a cara. Ele sempre foi gentil e falava com suavidade, era atencioso e afetuoso.

Só quando me casei com Travis percebi por que achava impossível amar o Jesse. Eu estava destinada a ser a sra. Maddox. E a America estava certa: o que quer que tenha acontecido com Jesse depois do ensino médio, ele já não era mais a mesma pessoa.

— Você às vezes fica pensando no que o Travis e o Shep estariam fazendo agora mesmo se nós duas não tivéssemos nos mudado pra Eakins? — perguntei.

— Eu não fico pensando. Eu sei. O Shepley estaria no seu apartamento, só que ainda seria o apartamento dele, e o Travis estaria na cadeia, como o Adam.

— Não fala isso — pedi, indignada.

— Ele teria ido àquela luta. O Keaton Hall teria pegado fogo...

— O Adam estava tentando ser discreto porque a luta já tinha sido adiada uma vez. Eles usaram lanternas pra não chamar atenção porque a polícia tinha aparecido na última luta. E a polícia apareceu aquela noite porque tinha uma briga acontecendo, e essa briga aconteceu porque aquele babaca me atacou. Se a gente não tivesse vindo, talvez o incêndio não tivesse acontecido.

America ergueu uma sobrancelha.

— Abby, se eles não estivessem organizando lutas ilegais em prédios antigos com pessoas demais e poucas saídas, ninguém estaria ali para começar o incêndio. Ninguém estaria ali para morrer. Todos nós fazemos escolhas. E não deixa o Travis te ouvir falando assim. Ele já se sente culpado o suficiente sem que você culpe a si mesma.

— Eu não falo disso com o Travis. É por isso que estou falando com a minha melhor amiga.

— E a sua melhor amiga está dizendo que você está sendo uma escrota burra. Para com isso. Enfim, a gente não se encontrou aqui pra falar do incêndio, nem do Jesse nem de vomitar. Era pra gente falar do seu casamento.

— Ei, loira, quer sentar no meu colo? — gritou um dos meninos Becker.

America levantou o punho e mostrou orgulhosamente o dedo do meio.

— Mare! — repreendi.

Ela sorriu com o punho ainda no ar, depois o baixou, satisfeita.

Eu me deitei de novo de barriga para baixo, tentando não escorregar de tanto bronzeador e suor.

— Por favor, não quero falar de casamento hoje.

— A gente já falou de todo o resto, faculdade, planos, meu encontro com o Shep, o medo de gravidez da Lexi e da sua conversa profunda com o Travis sobre o chefe dele e como seria melhor pra todo mundo se você evitasse o cara. Agora, a gente pode falar do casamento.

— Eu disse que a gente podia fazer isso. Mas seria por você. Não quero outro casamento, lembra?

America pegou um caderno e uma caneta da bolsa de piscina.

— Então, eu estava pensando em St. Thomas. Por quê? Você me pergunta? Porque não precisamos de passaporte, é um lugar lindo, não é um destino comum de casamento, e o Ritz-Carlton tem um espaço maravilhoso com um pacote de casamento.

— Parece ótimo — falei.

America fez uma marca ao lado dos seus rabiscos e largou a caneta na barriga, batendo palmas.

— Eu estava esperando que você dissesse sim. Vai ser perfeito! Tudo bem. Segunda pergunta. Cores. Eu estava pensando em azul-piscina, coral, cor-de-rosa, espuma do mar e bege. Ou podemos ser um pouco mais ousadas e escolher roxo e laranja, mas eu prefiro a primeira combinação.

— A primeira combinação, então.

— Sério? Porque laranja e roxo, com a areia e o oceano...

— Tudo bem.

Ela bateu palmas de novo.

— Obviamente, eu sou sua dama de honra. Eu ia sugerir o Finch, mas o aniversário do pai dele é no mesmo dia, você sabe.

— Kara... Cami...

— Como é? — disse America, retorcendo o rosto de repulsa. — A Cami eu entendo, mas... a Kara?

— Ela passou por muitas dificuldades quando éramos colegas de quarto. E ela me mandou um cartão. Foi fofo. Nós almoçamos, e foi bem legal.

America fez uma expressão de quem parecia estar sentido um cheiro rançoso.

— Kara — falei, apontando para o seu caderno. — Anota o nome dela.

— *Argh*, tudo bem.

— Eu provaria isso — gritou um dos garotos Becker. — E ainda repetia.

America inspirou pelo nariz, tentando desesperadamente ignorá-los.

— Agora, a recepção. O Ritz tem um restaurante ao ar livre chamado Sails. Tem uns toldos enormes que eles estendem e funcionam como teto. E, como é o Caribe, costuma chover, então eles podem baixar as laterais, isso vai funcionar como uma tenda pra proteger a gente da chuva passageira. A gente também pode fazer a cerimônia de casamento lá, se for necessário.

— Ótimo.

Ela deu um gritinho alegre.

— Eu sei que você não está animada com isso, Abby, mas vai ser lindo, todos nós vamos estar lá, e eu vou ser uma dama de honra lindíssima.

— Vai, sim.

— Uma última coisa — disse ela, séria. — A data.

— Suponho que você já tenha escolhido uma.

— Bom, faz sentido pra mim que seja no primeiro aniversário de vocês. Cai nas férias da primavera do próximo ano, mas é num domingo, então a gente perderia pelo menos o primeiro dia de aula depois das férias.

Tentei não sorrir, mas fracassei. Nosso primeiro aniversário juntos parecia tão distante até aquele instante. Eu estaria casada com Travis Maddox por um ano inteiro, e depois começaríamos nosso segundo ano.

— O quê? Você está fazendo uma cara esquisita.

Dei uma risada, olhando para baixo.

— É que... eu amo o Travis.

— Vinte e um de março, então? — perguntou ela, deixando o caderno de lado.

— Vinte e um de março.

Um dos garotos Becker mais velhos pulou na piscina segurando os joelhos na altura do peito, lançando uma parede de água para cima de mim e da America. Nós duas ofegamos, nos sentando com a boca aberta.

— Mare! — falei tarde demais.

Ela se levantou, com a bolsa de praia na mão, pingando água enquanto enfiava os pés descalços nos sapatos.

— Seus merdinhas! As melhores partes de vocês escorreram pelas pernas da sua mãe!

Todo mundo na piscina congelou, nos encarando.

— Ai, que inferno — falei, juntando as minhas coisas e vestindo o short jeans desfiado. — Vamos embora antes que a Marsha saiba o que você acabou de dizer.

— Eu espero que ela escute! — berrou America. — Alguém precisa falar isso pra ela! Os filhos dela são uns animais! Vocês são desprezíveis! — gritou ela, pisoteando pelo portão em direção ao meu apartamento. — Fala pra sua mãe que a piscina comunitária não é creche, porra! — Ela apontou para um deles. — E você precisa cortar o cabelo! — Ela apontou para outro. — E você precisa de um aparelho nesses dentes! Jesus Cristo, eu teria vergonha se tivesse filhos como esse bando de moleques atrevidos! Sabe por que a mãe de vocês não está aqui? Porque ela está sentada em casa, se escondendo da sociedade, humilhada por ter feito um péssimo trabalho!

— Ai, porra, America, você perdeu a cabeça. Anda. Anda! — ordenei.

Os garotos Becker caíram na gargalhada, mais do que felizes pela reação da America.

— Eu terei filhas, e elas serão educadas! — disse ela, apontando para todas as direções. Ela parecia louca.

— Você acabou de se amaldiçoar — falei, andando com ela até o meu apartamento. — Agora o seu destino é ter um monte de meninos repugnantes e bagunceiros.

— Nada disso. Gêmeas em vestidos brancos imaculados, que vão estapear garotos como os Becker.

Finch saiu de entre os prédios, totalmente vestido de branco e praticamente reluzindo sob o sol de verão.

— Meninas, vocês estão... suadas. E vermelhas.

America abriu bem os braços.

— Você parece estar precisando de um abraço.

Ele baixou os óculos escuros para olhá-la de cima a baixo, sem se abalar.

— Essa roupa é Gucci. Não se atreva. — Ele recolocou os óculos. — Abby, você pode ir até o meu escritório? — Ele apontou para o lugar de onde estava vindo. — Sozinha?

Percebi que America estava se esforçando muito para não se sentir ofendida, mas sua expressão entregou tudo.

— É, hum... uma coisa que você não deve escutar.

— Quer dizer que o Finch pode saber, mas eu não?

— Ele não sabe de nada. Eu pedi pra ele falar com o Adam pelo Travis.

— E por que estou sendo dispensada? Você sabe que eu jamais contaria nada.

Olhei ao redor.

— Não é isso, Mare. Estou tentando te proteger.

— Mas não o Finch? — perguntou ela, sem se convencer.

— Como eu disse, ele não sabe de nada, e é melhor assim. Por favor, confia em mim.

Seus lábios formaram uma linha fina.

— Tudo bem. Eu te espero no apartamento. Mas — sussurrou ela se aproximando, depois baixou os óculos escuros — você estava no porão, Abby. E isso me apavora. Você já falou sobre o assunto com alguém? Isso deve ter te afetado.

— Você sabe que eu não posso.

— E a confidencialidade entre paciente e terapeuta?

— Se um crime for cometido, eles têm que denunciar. Já conversei com o Travis, mas eu te amo por se preocupar comigo — falei.

America recolocou os óculos e se virou para trás, andando em direção ao prédio. Quanto mais ela se afastava, mais culpada eu me sentia.

Segui Finch até a sombra de uma árvore. Gotas de suor já estavam se formando em sua testa.

— Eu adoro o fato de todos nós agirmos como se não soubéssemos o que está acontecendo, mas todos nós sabemos o que está acontecendo e fingimos que todos nós não sabemos o que está acontecendo — disse ele, quase eufórico.

— Você não sabe, Finch. Não de verdade. O que foi que o Adam disse?

— Está tudo certo. Quando e onde você pediu. Ele está dentro.

— E como foi que ele reagiu? Ficou nervoso?

— Muito, mas ele me pediu pra dizer uma coisa pra você.

— O quê?

— Que ele vai proteger o Cachorro Louco.

Pensei a respeito.

— Você acredita nele?

— Acredito — disse ele, se empertigando. — Ele pareceu meio aliviado.

Fiz que sim com a cabeça.

— E ninguém ouviu vocês? Não tinha ninguém por perto? Vocês deixaram os celulares fora do alcance?

— Não, não e sim, baby. Eu estava fazendo a obra do Senhor e não ia fazer merda. E agora?

Beijei sua bochecha.

— Agora nada. Você foi ótimo. Muito obrigada.

— Sério? É só isso? Mas eu sou bom demais nisso! — gritou ele para mim enquanto eu me afastava.

America estava sentada no primeiro degrau quando voltei para o apartamento. Ela estava mexendo nas unhas, e os óculos escuros estavam pendurados na ponta do nariz.

— Por favor, não fica chateada. Eu sei que aquilo foi péssimo, desculpa. Eu realmente... — Olhei para o apartamento.

America levou o dedo aos lábios brevemente antes de dizer:

— Tudo bem. De verdade. Eu entendo, juro. Não precisamos falar nisso.

— Obrigada — falei.

Nós duas subimos, e eu destranquei a porta e a fechei depois que America entrou. Ela se sentou no sofá, já concentrada no seu celular, enquanto eu deixava minha bolsa, meus óculos escuros e as chaves na bancada de café da manhã.

Tirei as sandálias e entrei na cozinha, pensando no que descongelar para o jantar. A casa estava limpa e a roupa, lavada. A única coisa a fazer era cozinhar. Olhei para o relógio pendurado na cozinha. Travis voltaria para casa na próxima hora e...

— Beija-Flor? — chamou Travis enquanto abria a porta. Ele jogou as chaves ao lado das minhas e fez um sinal com a cabeça para America. Quando ele me viu, ficou radiante. — Oi, Flor.

— Oi — falei, sorrindo enquanto ele entrava na cozinha e me envolvia nos seus braços. Seu bigode roçou no meu ombro quando ele me abraçou, mas eu não me importei. Eu só não queria que ele se afastasse.

Ele subiu um pouco, só o suficiente para roubar uns beijinhos.

America gemeu e se levantou.

— Essa é a minha deixa. Me liga mais tarde. Vou dirigir até Wichita de manhã.

— Não — resmunguei, indo até ela. — Você não pode simplesmente ficar por aqui?

— Mark e Pam não são tão legais — disse ela, fazendo um biquinho. — Meu pai ainda tem medo de que eu acabe fugindo pra me casar, se passar muito tempo com o Shep.

— Nem imagino de onde eles tiraram essa ideia — disse Travis, beijando meu rosto antes de abrir o congelador. Ele tirou um pacote de peito de frango e o colocou na pia. — Eles deviam vir até aqui. Ver que a Abby não é infeliz. Na verdade, ela é bem feliz. Eu garanto.

Ele piscou para mim, e eu tentei controlar o frio na minha barriga. Eu achava que isso fosse parar depois de um tempo, mas, toda vez que acontecia, eu rezava para nunca acabar.

— Ainda assim, eles continuariam não querendo que eu me case antes da formatura. Nem eu quero, mas Wichita é um saco. E vou sentir saudade do Shep. E de vocês, eu acho.

Dei alguns passos até ela e belisquei sua cintura. Ela deu um gritinho e riu alto. Não consegui evitar uma risadinha.

Travis olhou para nós e balançou a cabeça, encantado.

— Eu passo aqui antes de ir. — Ela me abraçou, beijou o meu rosto e desapareceu porta afora.

Meu celular tocou segundos depois, sinalizando uma mensagem da America.

— Algumas coisas nunca mudam — falei.

Orgulho do Travis. Não falou do seu biquíni nem uma vez.

— Você não estava usando isso lá fora, né? — perguntou Travis.

Dei uma risadinha.

— O que foi? — perguntou ele.

Joguei meu celular para ele, deixando-o ler a mensagem da America.

Ele inclinou a cabeça para trás, odiando que ela tenha tirado uma conclusão precipitada tanto quanto eu.

— *Argh*... Não consigo evitar. Olha só pra você — disse ele, apontando todos os dez dedos para mim. Ele me envolveu nos seus braços de novo, inundando meu rosto e meu pescoço de beijinhos. — Não é fácil ter uma esposa tão linda.

Eu nunca me senti especialmente atraente, ainda mais depois de passar a tarde toda de biquíni ao lado da America, que parecia uma top model. Mas o Travis me fazia sentir como se eu não fosse apenas a mulher mais linda do mundo, mas também a única.

— Pode ir se acostumando.

— Sim, senhora.

— Como está o Trent? Você passou no hospital?

— Não, ele teve alta hoje à tarde. Achei que podíamos ir visitá-lo depois do jantar. Ele vai ficar com o meu pai enquanto a Cami está no trabalho.

— Um bom plano — falei, abrindo o armário. Vasculhei as latas de vegetais, tentando decidir entre milho, ervilhas ou vagem. — O que vamos fazer com o frango?

— Eu ia simplesmente grelhar.

— Milho e purê de batatas, então? — perguntei.

— Parece ótimo. Em seguida, Netflix e relaxar?

Eu o encarei.

— Nós dois somos um tédio.

— Eu gosto de tédio. Tédio é bom.

Alguém esmurrou a porta, e eu deixei Travis na cozinha para abri-la.

— Ou a Mare esqueceu alguma coisa ou é a Marsha Becker.

— Marsha Becker? — perguntou Travis, franzindo o nariz.

— Se for ela, você vai descobrir rapidinho — falei antes de virar a maçaneta e abrir a porta. — Oi.

— Oi — disse o homem na minha frente, sua boca formando um meio sorriso diabólico. Seus músculos pareciam querer sair da camisa, como os do Travis faziam, e ele me olhou do mesmo jeito que o Travis costumava olhar para tudo que tinha uma vagina antes de se apaixonar por mim. — O Travis está por aí?

— Brandon — disse Travis, imediatamente tenso. — O que você está fazendo aqui?

— Pensei em fazer uma visitinha — respondeu ele, passando por mim. Ele olhou ao redor, julgando cada canto do nosso apartamento, depois me olhou da cabeça aos pés. — Pra dar oi de novo para a famosa universitária que domou Travis Maddox.

Cruzei os braços na cintura, sentindo seus olhos passarem, uma a uma, por todas as curvas do meu corpo. Não ajudou muito o fato de eu estar só com a parte de cima do biquíni e um short desfiado.

— De novo? — O maxilar do Travis ficou tenso, e as mãos se fecharam em punhos.

Se Brandon me olhasse mais uma vez, tive medo de que Travis o atacaria.

— Baby — falei, passando por Travis até estar atrás dele. — Estamos prestes a jantar. Eu não sabia que o seu chefe viria. Foi bom vê-lo de novo, Brandon, mas talvez você pudesse voltar outra noite?

Brandon piscou, surpreso com a rejeição.

— Hum... claro. É, peço desculpa pela intromissão. Eu estava visitando um amigo a alguns prédios de distância e decidi passar aqui em cima da hora.

— Tenha uma boa tarde — falei com um sorriso forçado.

— Vejo você amanhã, Trav. — Seu olhar parou em mim. — Espero vê-la de novo, Abby.

Travis baixou a cabeça, observando Brandon sair como se estivesse esperando um assaltante fazer um movimento. No instante em que a porta se fechou, Travis se virou para mim, perguntando:

— *De novo?*

Dei de ombros, sabendo que, se eu contasse naquele momento, Travis ia perseguir o Brandon até o estacionamento.

— Nós nos esbarramos depois do meu encontro com a Cami. Bem rapidinho. Só isso.

Seus ombros relaxaram, e ele expirou.

— Foda — disse ele, massageando a nuca. — Essa foi por pouco.

— Que porra foi essa? — perguntei, indo até a porta para fechar a tranca.

— Foi Brandon Kyle me fodendo.

— Você ganha muito dinheiro pra ele. Por que ele faria isso?

— Não sei — respondeu Travis, voltando para a pia. Ele ficou olhando pela janela, observando Brandon atravessar o estacionamento até o prédio ao lado. — Tenho a sensação de que vamos descobrir.

22

Fundo demais

TRAVIS

— Ótimo trabalho. Mais uma repetição, Betty — falei. — Quer dizer, hum, Bett... — Duas Bettys ao mesmo tempo era confuso pra caralho, então eu comecei a chamar de Bett a de cabelo branco com cachos curtos. Ela quase gemia quando eu falava o seu nome, enquanto a outra, sem exceção, suspirava de ciúme.

Cruzei os braços e recuei um pouco para trás para olhar na direção do Brandon.

Ele era um babaca que fazia coisas de babaca enquanto atravessava a sua academia babaca. Ele lançava olhares provocantes para algumas mulheres que ele sabia que eram casadas, dava um tapa na bunda de uma cliente regular, porque, para qualquer outra pessoa, isso seria uma *brincadeirinha* aceitável. Ele finalmente parou na recepção, indo para trás de Tiffany e envolvendo-a com os dois braços.

Senti minha pulsação acelerar e comecei a suar, apesar de já terem se passado duas horas desde que eu tinha malhado. Eu nunca gostei do Brandon, mas, depois da sua visita inesperada, eu sabia que ele estava aprontando algo e que coisa boa não era. Tentei não supor que ele quisesse ir atrás da minha esposa.

Ele com certeza não era tão burro, mas o Brandon nunca pensava em nada além dos seus desejos. Isso o tornava perigoso, e a ideia de ele nem sequer tentar comer a minha esposa alimentava meu instinto assassino.

— Está tudo bem, Travis? — perguntou Bett, deixando de lado os pesos de dois quilos.

— Sim? — respondi, saindo do transe.

— Você está tremendo, meu querido. Você acha melhor levarmos você para fazer outra refeição? Você não está comendo o suficiente? — perguntou a outra Betty com um sorriso presunçoso.

— É uma oferta muito gentil, meninas, mas a minha esposa me alimenta muito bem.

Bett franziu a testa.

— Mas você parece angustiado. Está tudo bem em casa?

— Está tudo perfeito em casa. — Olhei para o meu relógio. — Tudo bem, por hoje é só. Vejo vocês na quarta?

— Não perderia isso por nada — disse Bett, olhando para o meu bíceps direito e depois para a minha virilha antes de se esforçar ao máximo como uma idosa para passar de maneira sedutora na minha frente.

Brandon apareceu atrás de mim e me deu um tapa no ombro.

— As velhas não têm a menor vergonha — disse ele, rindo. Sua expressão ficou séria. — Que horas é a sua próxima cliente?

— Hum, daqui a vinte minutos.

— Dá uma passadinha no meu escritório, tá?

Fiquei irritado.

— Na verdade, eu ia resolver umas coisas na rua na hora do intervalo. É importante?

— Eu só ia pedir desculpas por aparecer na sua casa sem avisar e perguntar se você e a sua esposa gostariam de jantar uma noite dessas.

— O dia que você apareceu lá foi meu último dia de sair cedo por um tempo. Vou trabalhar até tarde pelo resto da... — Deixei a voz morrer, percebendo meu erro tarde demais.

— Entendi. Não tem problema, meu irmão. A gente dá um jeito. — Ele olhou ao redor para ver se alguém estava ouvindo. — Ei, então... aquela luta, no noticiário.

— O que que tem?

— Ouvi dizer que você estava lá. Achei que devia te alertar. Eu fui na noite de pôquer da Sig Tau e o Parker estava lá. Perdendo. Bêbado. Abrindo o bico pra parecer gente boa. Você sabe como ele é.

— Me alertar? Por que motivo?

Ele ficou sério.

— Ele disse que aquela reportagem no jornal da faculdade era mentira. — Depois de alguns segundos, ele deu uma risada. — Bom, foi isso que ele disse. Ele não mostrou nenhuma prova nem nada assim. Ele disse que estava esperando alguém denunciar você. — Ele fez uma careta. — Ele é covarde demais pra fazer isso.

— Eu não estava lá, cara. Não sei do que ele está falando.

Brandon deu um sorriso falso.

— Tipo, se você estava lá, teria umas cem testemunhas. As pessoas estavam com celulares.

Olhei furioso para ele.

— Eles não podem ter provas, se eu não estava lá.

Ele sorriu.

— Claro. Mas, você sabe, se precisar conversar sobre o assunto, estou aqui.

Eu o encarei por um minuto.

— É, eu, hum... Vou falar com a Abby sobre o jantar.

— Isso, isso, fala mesmo. Mas não sei se a Becca vai poder ir, porque ela anda exausta. Eu tenho ficado longe de casa. Meu Deus, ela está resmungando muito. Eu achei que o corpo delas fosse feito pra essa merda.

— Por merda você quer dizer carregar outro ser humano no seu corpo por quase um ano? Vomitar? Exaustão? Seu corpo crescendo de um jeito que não devia ser possível? Essa merda?

— É. As mulheres ficaram frescas. Nos velhos tempos, elas empurravam os filhos pra fora enquanto fugiam de tigres-dentes-de-sabre.

— Você está me dizendo que prefere uma mulher fedorenta das cavernas, Brandon? — perguntei.

Ele riu tanto que se dobrou e segurou os joelhos. Depois se levantou, com o rosto sério.

— Nada, eu gosto mesmo é das universitárias.

Antes que eu pudesse reagir, ele se afastou.

Tentei fazer um buraco na nuca dele antes de ir até a fileira de armários altos e pretos dos funcionários para pegar o meu capacete. Estendi a mão, digitei o código e puxei a porta. A raiva me tomou, e eu fechei a porta com violência. Ela quicou e abriu de novo, então eu bati de novo, parei, depois dei um soco no metal, gerando um amassado. Meu rosto se contraiu.

Eu não sou assim. Por que estou deixando aquele babaca idiota entrar na minha cabeça?

Encostei a testa no armário, respirando com força, e pus a palma das mãos na tinta preta. Dava para sentir as gotas de suor se formando na minha testa.

Ele com certeza está aprontando alguma coisa, mas o quê?

Segurei meu capacete, fechei o armário e fui direto até a porta da frente. Assim que cheguei perto da moto, peguei o celular.

O sol estava batendo nas minhas costas, e senti a camisa começar a ficar úmida. Eu já estava puto, com a pele em chamas antes mesmo de sair do vestiário. Parecia que eu ia superaquecer.

Deixei o celular de lado, pus o capacete e liguei o motor da Harley, partindo rua afora até o posto de gasolina no quarteirão seguinte. Pelo menos, lá ia ter ar-condicionado e eu poderia conversar com a Flor sem morrer de insolação e raiva.

Estacionei e entrei, comprando um litro de água gelada, depois fui ao banheiro masculino e liguei para a minha esposa. As solas dos meus tênis grudaram no piso enquanto eu verificava os reservados. Vazios. Digitei o número dela, me encarando no espelho enquanto chamava.

Ela demorou tanto para atender que eu já estava esperando a secretária eletrônica, mas logo sua voz macia e reconfortante soou do outro lado da linha.

— Oi, baby.

— Oi — falei, soltando a respiração. Todos os meus músculos relaxaram e, pela primeira vez, eu senti o alívio do ar-condicionado.

— Hum. O que aconteceu? O Trent está bem?

— O Trent está ótimo. O Brandon acabou de falar comigo, e eu estou tentando não matar aquele cara. Ele convidou a gente pra jantar e depois falou que gostava de universitárias.

Ela pensou por um segundo.

— Bom, a gente pode inventar muitas desculpas para não ir.

— Eu posso ter deixado escapar que ia trabalhar até tarde esta semana. Eu não me surpreenderia se ele aparecesse aí.

— Eu não vou abrir a porta.

Dei um sorriso, olhando para baixo.

— Essa é a minha garota. Você sempre tem uma solução.

— Ele é um babaca, e você não precisa se preocupar com ele, Travis. Não tem o menor motivo pra eu um dia ficar sozinha com o seu chefe. Ele não é tão burro, de qualquer maneira.

— Não sei. Ele disse outra coisa.

— Tipo o quê?

— Ele ficou perguntando do incêndio. Disse que estava em uma noite de pôquer na Sig Tau e o Parker mencionou o incêndio.

— E?

— Ele disse que o Parker esperava que alguém me denunciasse, porque ele é covarde demais pra fazer isso.

Abby ficou quieta.

— Eles já escreveram aquele artigo pra limpar a sua barra, com depoimentos de pessoas dizendo que você não estava lá.

— Você nunca me disse como foi que conseguiu isso — falei.

Ela ficou em silêncio de novo.

Fechei os olhos com força, apoiando as costas na parede.

— Por favor, me fala que não tem nada a ver com o Parker.

— Quê? Não! De jeito nenhum, Travis.

— Então, como foi que conseguiu que eles publicassem esse artigo só porque eles deviam dinheiro pra você?

— Bom...

— O que foi que você fez, Flor?

— Tinha um cara lá. Collin... alguma coisa.

— Vanderberg. O pai do Parker é basicamente a versão pobre do pai do Collin. Ele administra um monte de merda no estado.

— Então, ele me reconheceu e sabia quem era o meu pai. Na real, ele nem é ruim no pôquer — disse ela, perdida em pensamentos.

Franzi a testa.

— E — continuou ela —, pode ser que eu tenha explicado pro Ricky e pro Justin quem era o meu pai. Você sabe, as pessoas com quem ele anda. Eles me deviam *muito* dinheiro, Trav. Eles sabem com quem eu cresci. O Collin plantou a semente. E foi meio genial por acaso, mas isso não vem ao caso. Eles estão apavorados demais pra articular alguma coisa de novo.

— Abby — falei, suspirando. — Você não pode continuar se arriscando por mim. Você precisa parar. Você está descendo fundo demais e, se te pegarem, também vai ser presa. Se eu rodar, eu aguento. Se você for presa, Beija-Flor... Eu nunca vou me perdoar. Você tem que ficar fora disso.

— Travis...

— Não, porra! Eu sei que você está com medo, mas chega.

— Eu já menti pra polícia e pros agentes federais. Se você for pego, *nós dois* seremos pegos. Não vou deixar isso acontecer.

Contraí o rosto. Eu me sentia impotente. Não podia dar um jeito naquilo. Eu só tinha que esperar que a gente escapasse dessa... ou não.

— Temos que tomar cuidado, Travis. O que quer que seja, o Brandon está um passo à frente. Eu... eu preciso contar uma coisa pra você. E, por favor, saiba que eu não contei na mesma hora que soube porque não queria que você odiasse o seu emprego ainda mais do que já odeia agora.

Os pelos da minha nuca se arrepiaram.

— Que porra ele fez?

— Lembra quando eu encontrei com ele no estacionamento depois do almoço com a Cami? Ele agiu de um jeito muito esquisito.

— Esquisito como? Nervoso ou dando em cima?

Ela hesitou.

— Ele não me parece um homem que fica nervoso.

— Então ele estava dando em cima de você. — Eu me senti um assassino. — Você acha que ele está tentando me tirar do caminho?

— Claro que não — disse ela com um suspiro. — Isso é maluquice. Até pra ele. Eu deixei bem claro, com toda a educação possível, que ele me dava repulsa.

— Ele tocou em você?

— Baby...

Fechei os olhos.

— Ele tocou em você? — perguntei, com a voz mais firme do que eu pretendia.

Ela fez outra pausa antes de responder.

— Ele beijou a minha mão. Mas eu a puxei para longe. Travis, me escuta. Respira. Não volta lá pra confrontar o cara. Provavelmente é isso que ele quer. Travis?

Todos os músculos do meu corpo se tensionaram de maneira incontrolável. A ira cresceu dentro de mim com tanta força que a única coisa que me impedia de correr até a minha moto e entrar com tudo na parede de vidro da Iron E para atropelar o cara era o som da voz da minha esposa.

— Se for atrás dele, ele vai meter um processo contra você. E você não tem como manter o Brandon longe de mim se estiver na cadeia. Por favor? Travis? Me responde, porra!

Respirei fundo.

— Vou pra casa ver você assim que acabar aqui.

Ela expirou. As próximas palavras que Abby falou pareciam estar a cem quilômetros de distância.

— Promete?

— Prometo, Beija-Flor.

— Preciso de você em casa hoje à noite. Não quebra a sua promessa pra mim, Travis Carter. Não importa o que o Brandon diga para te provocar, só volta pra casa.

— Vou manter a minha promessa. Eu te amo. Chego em casa perto das nove.

— Vai ficar tudo bem, eu juro. A gente vai dar um jeito e vai ficar tudo bem.

Inspirei fundo e concordei.

— Vai, sim.

— Trav — alertou ela.

— Ele vai ter o que merece. Mas não hoje à noite.

— Isso já é o suficiente, pra mim. Eu te amo — disse ela, enfatizando as últimas três palavras antes de desligar.

Tomei o restante da água, mijei e me encarei no espelho enquanto lavava as mãos. Eu as sequei com a toalha, depois verifiquei o meu relógio. Eu tinha uma cliente em cinco minutos. Corri até a moto e voltei para a academia, mas alguma coisa chamou minha atenção.

A picape do Brandon estava estacionada no Pizza Shack perto dos fundos, e ele estava de pé ao lado dela, com os braços cruzados sobre o peito, em uma conversa profunda com dois homens de terno escuro. Os mesmos homens que eu e a Abby tínhamos visto no Biasetti.

Corri direto para a academia e estacionei, desligando o motor. Por que o Brandon estava conversando com agentes federais, porra? Ainda mais depois de ele ter me perguntado sobre o incêndio. Ele não estava lá, não precisava de imunidade, então o que ele tinha a ganhar? Era assim que ele planejava se livrar de mim para ter uma chance com a minha esposa? O Brandon estava tão desesperado assim?

Minha mente disparou até eu ver a próxima cliente sair do carro e andar até a Iron E.

— Oi, Travis! — disse Debbie com um sorriso largo. — Está pronto?

Espelhei sua expressão, mas a última coisa que eu queria fazer na porra do mundo naquele momento era sorrir. Eu ia ter que fingir estar sorrindo, talvez por muito tempo.

— Ahã! Hoje é dia do treino de perna — falei. — Vamos entrar e arrasar.

Ela me cumprimentou com um high-five e entramos juntos.

23

Esse lado do amor

ABBY

A unha do meu polegar dobrou quando eu a pressionei nos dentes, mas tive o cuidado de não roer nem quebrá-la, já que o nosso primeiro aniversário — e festa de casamento — estava a uma semana de distância. Tivemos sorte de comemorar coisas que fizemos pela primeira vez estando casados de um jeito quase habitual. Meu aniversário foi totalmente oposto ao do ano anterior, íntimo e relativamente calmo, com a presença de Kara, Finch, Shepley e America, Trenton e Camille. Nosso primeiro Dia de Ação de Graças na casa do Jim foi muito melhor do que no ano anterior. Não tinha como negar que o feriado do ano anterior tinha sido brutal, e nós passamos o dia fazendo todo mundo ao redor gemer de repulsa com as nossas constantes demonstrações públicas de afeto. O Natal e o Ano-Novo chegaram e terminaram, e America entrou no modo total de planejadora de casamento, finalizando todos os detalhes para a viagem a St. Thomas.

O ano tinha passado quase como se agentes federais não estivessem nos forçando a ter conversas importantes fora do nosso apartamento. Travis e eu íamos às aulas, trabalhávamos, pagávamos as nossas contas e saíamos para namorar como um casal comum, mas ainda havia algumas coisas às quais tínhamos que nos ajustar que outros recém-casados certamente não precisavam enfrentar, tipo planejar cuidadosamente com Finch como fazer Adam e Travis se encontrarem sozinhos no mesmo cômodo sem ninguém descobrir.

Três vezes nós achamos que ia acontecer, mas em duas delas o Adam se acovardou e, na terceira vez, o Travis ficou gripado. Dessa vez, no entanto, era uma situação de agora ou nunca. Adam tinha uma audiência pela frente, e os dois lados o estavam pressionando para ele colaborar com a acusação.

Depois de quase um ano de planejamento e estresse, Adam e Travis finalmente iam se encontrar no galpão atrás do The Red Door, bem depois da última rodada de drinques, para que não fossem vistos. Tive uma sensação boa, quando Travis saiu, de que aquele era o momento certo e de que tudo seria tranquilo, mas já fazia algumas horas que ele tinha saído.

Andar de um lado para o outro na sala de estar não ajudou, então recorri a me sentar na poltrona reclinável e me balançar fingindo estar roendo as unhas.

O sol ia nascer dali a menos de duas horas. Na minha mente, só havia dois motivos para estar demorando tanto: ou eles tinham muitas informações para repassar, ou tinham sido pegos e estavam presos.

Bem quando eu achei que podia enlouquecer, uma chave entrou na fechadura e a porta se abriu. Meu marido tinha acabado de chegar e fechar a porta, se preparando enquanto eu jogava os braços nos seus ombros.

Ele me segurou à distância do braço e levou o dedo indicador aos lábios.

Fiz que sim com a cabeça, e ele me levou para fora, descendo pela passagem estreita que terminava no pequeno parquinho do condomínio.

Travis se sentou em um balanço, e eu me sentei no balanço ao lado. Ele se balançou, mantendo os pés no chão.

— Me fala que o Adam não aceitou colaborar com a acusação e confirmar que você estava lá — procurei saber, mantendo a voz pouco mais alta que um sussurro.

Travis balançou a cabeça.

— Ele não me envolveu, mas eu descobri por que o Brandon andou conversando com os agentes federais. Ele não quer me tirar do caminho pra poder ter uma chance com você. Bom, isso pode ser parte do plano, mas o buraco é mais embaixo. Eu sabia que o Adam ganhava muito dinheiro com as lutas, mas ele dirigia uma Lamborghini, porra. Não tinha como ele estar ganhando tanto mais do que eu assim. Agora tudo faz sentido.

— O que foi que ele contou?

— O Adam tinha um sócio.

Franzi o nariz.

— Desde quando?

— Quase desde o início. Um cara que lutava no Círculo na época em que os meus irmãos também lutavam. Quando se formou na faculdade e se aposentou do ringue, ele fez uma proposta para o Adam pra poder continuar ganhando dinheiro com as lutas. Mas os dois não recebiam apostas apenas nos porões. O Adam instalava câmeras antes de todas as lutas. Eles transmitiam por streaming e recebiam apostas do mundo todo. O Adam estava ganhando um milhão por ano.

— Quê? — falei, mais alto do que pretendia.

— O Adam não me contou isso, então ele não perdia nada da parte dele, que já estava dividindo meio a meio com o sócio.

Fiquei boquiaberta.

— Brandon?

Travis fez que sim com a cabeça.

— Então... e agora? O Brandon também está encrencado e quer te arrastar com ele?

Travis deu uma risada sem humor.

— O Brandon foi até *eles*. Achou que era só uma questão de tempo até ser pego, então ele tomou a iniciativa e falou pros agentes federais que podia ajudá-los em troca de imunidade.

— E eles concordaram? Por que os agentes fariam isso se pudessem pegar você e o próprio Brandon?

— Porque eles ainda não sabem do Brandon. O Brandon não contou do envolvimento dele e não vai contar até conseguir o que os federais precisam ter pra me pegar. Só depois ele pode conseguir a imunidade. Se os agentes forem atrás de mim e do Brandon sem provas, podem perder os dois casos. Ou podem conseguir as provas com o Brandon e ter um caso sólido contra mim. A boa notícia é que ainda não acharam nada que sirva. Eles sabem que o nosso casamento aconteceu depois do incêndio, mas nós viajamos quase imediatamente que a investigação depende de conseguir registros de que estávamos no aeroporto ou em qualquer outro lugar antes do voo. Se não fomos filmados em nenhum lugar exceto no aeroporto, e eles não vão conseguir registros nossos circulando por aí, podemos dizer que fomos a qualquer lugar que quisermos antes de seguir para o aeroporto. Desde que não haja nenhuma gravação mostrando algo diferente. O caso deles contra mim pode ser circunstancial. Mas com o Brandon testemunhando contra mim ou se ele conseguir uma confissão...

Agarrei as correntes que seguravam o meu balanço, sentindo o metal entrar na minha pele.

— Nós vamos colocar esse cara contra a parede, Travis. Não sei como, mas nós vamos virar isso contra ele, e ele vai ficar preso por muito tempo.

Travis olhou para as estrelas.

— Também não sei como vamos fazer isso. Talvez seja hora de parar.

— Parar o quê?

Ele se virou para mim com lágrimas nos olhos.

— Isso é péssimo. É muito maior do que a gente imaginava. O Benny está querendo se envolver. Você já mentiu pros agentes federais e chantageou aqueles dois repórteres. Já é bem ruim eu ter que ficar longe de você por sei lá quantos anos, mas eu não conseguiria viver se você também fosse presa. Vou ficar maluco me preocupando com você lá, porra, se você está sendo machucada, se está doente, se está triste... se você se arrepende do dia em que os nossos caminhos se cruzaram...

— Travis — falei, me levantando. Segurei as correntes do balanço dele e coloquei uma perna em cada lado dos seus quadris, cavalgando-o. Envolvi os braços no seu pescoço e o beijei. Seus lábios estavam diferentes, distantes, rígidos. Segurei o rosto dele com as duas mãos. — Nós vamos ficar bem, está me ouvindo? Eu vou dar um jeito. Eu sempre dou.

Travis balançou a cabeça, encontrando o meu olhar. Ele parecia estar com o coração partido.

— Não desta vez, Flor.

Recuei para ver melhor a sua expressão.

— O que está se passando nessa sua cabeça?

Ele se levantou, me levando junto, e depois me colocou de pé como se eu tivesse o peso de uma pluma.

— Você vai se mudar.

Eu ri.

— Cala a boca. — Ele não sorriu. — Tá bom, e pra onde a gente vai? Pro México?

— Você vai ficar na casa do Mark e da Pam, depois vai voltar para os dormitórios no semestre de outono.

— Trav... que porra é essa? Nosso casamento é daqui a uma semana!

— Shhh — disse ele, estendendo as mãos para mim e olhando ao redor. — Você acha que eu quero fazer isso? Esse é o último recurso. É o único jeito de eu poder te proteger.

— Você está me dizendo que quer o divórcio?

Travis se encolheu e olhou para o chão. Ele tentou falar, mas as palavras ficaram presas na garganta por um instante antes de ele pigarrear.

— Podemos conseguir uma anulação. É fácil, já que o casamento foi em Vegas.

— Não — falei, balançando a cabeça. — *Não,* eu não vou concordar com isso.

Travis estendeu a mão para mim, e eu fiquei pequena nos seus braços, inclinando a cabeça e encostando o rosto na sua camisa. Minhas mãos estavam juntas no seu peito, os dedos entrelaçados.

— Eu te amo mais do que tudo, Flor. Mais do que a minha própria vida. Quando eu for pra prisão, vou perder você de qualquer maneira, então eu preciso fazer isso. Eu preciso te salvar.

— Você não está falando sério. Diz que é mentira.

— Eu vou ser pego e, quando acontecer, eu quero você bem longe de mim. Vamos dizer que eu fui até você depois da luta e pedi pra você se casar comigo. Fomos de avião para Vegas e você não tinha a menor ideia do que estava acontecendo. Eu menti pra você em relação a tudo. Eu te usei de álibi.

— Eu já falei pra eles que fui eu quem pediu você em casamento, Travis!

— Então eu penso em outra coisa.

O tom definitivo da voz dele me destruiu. Meu lábio inferior tremeu.

— Por favor, não...

Ele me puxou para mais perto.

— Você sempre vai ser a minha esposa. Eu nunca vou amar ninguém além de você. E, quem sabe, quando eu sair — ele fez uma pausa para pigarrear —, se você não estiver com ninguém e se você ainda não estiver me odiando — a voz dele falhou —, talvez a gente possa tentar de novo.

— Você não vai me perder. Eu não vou a lugar nenhum. — Olhei para ele. — Você é meu marido. Até que a morte nos separe, lembra? Na alegria e na tristeza?

— Você acha que eu quero fazer isso? Não quero! Estou morrendo por ter que falar ou fazer qualquer coisa que provoque esse olhar magoado no seu rosto, porra. Eu *odeio* essa porra! Mas e se eu não fizer isso? Você também vai pra prisão, e eu não consigo viver com essa culpa. Não consigo.

— E se eu for presa de qualquer maneira? O que vai acontecer?

Ele passou a mão no cabelo raspado.

— Você não vai. Fui eu que menti pra você. Você disse pros agentes federais o que você achava que sabia. Ninguém vai saber nada diferente disso.

— Aqueles repórteres vão saber!

— Eles têm medo demais pra falar. Nada muda quem você é ou quem você conhece. Vou garantir que eles se lembrem disso.

Ele me soltou e entrelaçou os dedos nos meus.

— Vamos. Precisamos fazer as suas malas.

Dei um tapa para afastar a mão dele.

— Não! Nós vamos cancelar a nossa festa e pedir a anulação do casamento também? E você espera que eu continue na faculdade aqui, com todo mundo falando que você foi pra prisão, mas antes se divorciou de mim? Você espera que eu fique por aqui, onde cada merdinha de nada vai me fazer lembrar de você? *Não!*

— Beija-Flor...

Abracei a minha cintura, meus olhos ardiam, minha garganta estava apertada. Eu estava totalmente em pânico. Esse tempo todo, e durante tudo que aconteceu, Travis tinha lutado por mim. Ele nunca tinha se afastado até agora.

— Eu nunca amei nada tanto quanto eu amo ser sua esposa. Você não pode tirar isso de mim, Travis Maddox. Você não pode fazer eu me apaixonar por você, me deixar mais feliz do que eu já fui a minha vida *inteira*, e depois tirar tudo de mim. Mesmo que você tenha que passar um tempo atrás das grades, não vai ser muito, e eu sei que mais dia, menos dia você vai sair e vamos poder recomeçar de onde paramos. Mas, pelo menos — falei, com o rosto desmoronando —, eu ainda vou ser sua esposa.

Uma única lágrima surgiu nos seus olhos e escorreu pelo rosto, caindo rapidamente do maxilar e manchando sua camisa. Ele estendeu a mão, tocando no meu rosto.

— Eu não vou conseguir aguentar a ideia de você na prisão. O único jeito de eu conseguir passar por isso é se eu souber que você está livre e feliz.

Balancei a cabeça.

— Eu não vou estar feliz.

— Mas vai estar segura.

Não consegui mais conter as lágrimas. Caí no choro, meu peito se dobrando a cada soluço, apoiando o rosto na sua mão. Eu tinha certeza de que havia palavras que eu devia estar falando, mas elas se perderam em algum lugar bem no fundo do sofrimento e da traição que eu estava sentindo. Sequei o rosto e olhei para baixo, vendo o chaveiro aparecendo no bolso da calça jeans do Travis.

— Você me fez prometer um monte de vezes que eu não ia embora, e agora vai me mandar embora e se divorciar de mim?

— Não fala desse jeito.

— É exatamente assim. — Antes que Travis pudesse reagir, peguei as chaves. — É você quem vai fazer a porra das minhas malas.

— Flor — gritou ele nas minhas costas.

Segui direto até o carro, correndo os últimos dez passos, mais ou menos, e trancando a porta assim que me sentei ao volante. Virei a chave no mesmo instante em que Travis chegou à minha janela.

Ele bateu no vidro com a palma da mão, em pânico.

— Você está chateada, eu não quero que dirija.

Saí do meio-fio, mas Travis continuou na minha porta, batendo no vidro.

— Beija-Flor, as chaves da minha moto estão nesse chaveiro. Eu não posso... Flor! Puta merda! — gritou ele quando eu me afastei.

Pelo espelho retrovisor, eu o vi parado sob as luzes do estacionamento, com as mãos na cabeça.

Dirigi sem rumo por uma hora, secando os olhos com tanta frequência que a pele macia sob eles começou a ficar dolorida. America não estava na cidade, então só havia uma outra pessoa a quem eu podia recorrer.

O pisca-alerta era o único som no carro quando entrei na saída seguinte e retornei, voltando por onde eu tinha ido. O apartamento do Finch ficava a meio caminho entre onde eu estava e a minha casa. Eu chegaria lá em dez ou quinze minutos. Apertei o botão no volante e falei para o celular ligar para o Finch.

O telefone dele tocou nos meus alto-falantes e, quando eu achei que ele podia não atender, ele atendeu.

— Oi, sua vaca.

— Você está em casa? — perguntei, fungando.

— Ai, meu *Deusinho*! Sim! Sim, vem já pra cá!

Ele desligou na minha cara, e eu não consegui evitar um sorriso. Finch nem me perguntou o que estava acontecendo nem onde eu estava. Ele sabia do que eu precisava sem saber do que eu precisava, como todo melhor amigo deveria saber.

Parei no condomínio dele e estacionei.

Antes que eu pudesse sair, Finch apareceu na entrada da casa dele, usando apenas uma cueca boxer e um roupão aberto. Ele estava com um cigarro pendurado nos lábios enquanto me esperava, com os braços bem abertos. Não importava com que rapidez o meu mundo estivesse desmoronando, era difícil não sorrir ao vê-lo.

— Baby! — disse ele, me abraçando quando cheguei ao topo dos degraus. Ele recuou, dando um trago no cigarro e depois soprando a fumaça ao meu lado. Seu lábio inferior fez um biquinho. — Não me conta o que eu acho que você vai me contar.

Bem nesse momento, um homem alto e parrudo com cabelo na altura dos ombros apareceu na porta.

— Ah! Esse é o Felix. Felix, fala oi.

Felix estendeu sua mão enorme para apertar a minha.

— Prazer em conhecê-lo — falei.

Os olhos do Felix estavam cheios de empatia.

— Sinto muito por você estar triste, Abby. — Ele beijou a bochecha do Finch para se despedir e depois acenou para mim.

— O-Obrigada — falei, observando-o descer os degraus até o estacionamento. Olhei para o meu amigo, que também o estava observando, mas com um sorriso. — Finch e Felix? — perguntei.

O sorriso do Finch desapareceu.

— Ah, cala essa boca e vem chorar no meu sofá. Está tarde demais pra beber mimosas, então vou fazer martínis de romã.

Eu o segui e fechei a porta ao entrar. Travis e eu tínhamos ajudado o Finch a se mudar em um sábado, mas eu não tinha visto a casa desde que ele havia terminado a arrumação. E estava... muito a cara do Finch.

Limpa e minimalista, mas com um toque moderno. Livros formando uma pilha única na parede ao lado da porta do corredor, plantas para todos os lados, almofadas grandes e confortáveis no sofá me implorando para eu abraçá-las.

E foi isso que eu fiz.

Finch se ocupou na cozinha, conversando comigo do outro lado da bancada.

— Então, briga com o Travis. Ele teve o... você sabe, aquela coisa hoje à noite. Foi por causa disso?

— Foi — respondi, fungando. — Ele quer o divórcio.

— Ah, ele está tentando livrar você.

— Acho que sim — falei, secando o nariz com a manga da blusa.

— Meu Deus, tem lenço de papel bem aí, Abby. Você não é um bebezinho, usa o lenço.

Eu me inclinei até a mesa lateral branca e puxei alguns lenços de papel da caixa.

— O Felix parece legal.

— Ele *é* legal. O cara mais legal que eu já namorei. Ele nunca sente ciúme nem fica com raiva. Nunca. Ele simplesmente... se comunica. É bizarro! Preciso de um pouco de drama. Quer dizer, por favor, sou eu, né?

— Talvez você se sinta confortável no caos. Talvez você precise perceber que a paz não é um tédio. O que eu não daria por um pouco de paz. — Sequei os olhos.

Finch trouxe os nossos drinques em copos de martíni e os colocou na mesa de centro — em cima de porta-copos, claro — antes de se sentar ao meu lado. Ele me encarou por um minuto e depois apontou para os drinques.

— E aí? Eles não vão se beber sozinhos.

— Ah — falei, tomando um golinho, depois um golão. — Ah. Ficou bom. Ficou ótimo. — Eu me recostei e respirei fundo.

— Meu amor, o Travis não quer o divórcio. Ele é um lobo preso numa armadilha, neste momento. Ele está partindo para o ataque.

Balancei a cabeça.

— Não, não foi bem assim. Ele estava arrasado. Ficou pedindo desculpas e chorando e dizendo que talvez, um dia desses, quando ele voltar e se eu não estiver odiando ele, possamos tentar de novo.

Finch apoiou o cotovelo nas costas do sofá, apoiando o maxilar, estreitou os olhos e pressionou os lábios, mergulhado em pensamentos.

— Travis Maddox estava... chorando? Eu entendo, ele acha que está fazendo isso para te proteger, mas ele não quer perder você, no fundo.

— Mas isso não o impediu. Eu implorei, garanti a ele que ia dar tudo certo, que íamos dar um jeito, como sempre. Nada funcionou. Ele está determinado. — Senti meus olhos arderem de novo com novas lágrimas.

— Ele não está determinado, meu amor. Ele te ama. A festa de casamento de vocês é na semana que vem, pelo amor de Deus. Aliás, a propósito, obrigado por marcar bem no dia do aniversário de sessenta anos do meu pai. Brilhante ideia.

— É meu aniversário de casamento.

— Sem desculpas! — disse ele, apontando para o ar.

— Era meu aniversário de casamento — falei com um suspiro.

Finch baixou a mão, batendo no lábio com o dedo indicador.

— Ninguém nunca terminou com você, né?

Suspirei, frustrada.

— Não, mas isso não é um término, Finch, é um divórcio. Meu marido pediu o divórcio. Tenho que achar um jeito de consertar essa situação. Você precisa me ajudar! Como é que eu conserto isso?

— Não conserta.

Eu pisquei, não esperava essa resposta.

— Quê?

Ele pôs a mão em cima da minha.

— Não conserta, minha querida.

— Sério? É isso que você vai me dizer neste momento? — perguntei, com o coração partido.

— Você não conhecia ainda esse lado do amor. — Finch encarou um ponto qualquer da sala, mas ele não estava olhando para os livros, para as paredes nem para o aparador. Finch estava a anos de distância. — Você dá o seu coração pra alguém, na esperança de que essa pessoa cuide dele, mas você não tem nenhum controle. Não importa o quanto você a ame, o quanto você a tranquilize nem quantas promessas ela tenha feito pra você. Seis meses ou uma hora depois, ela pode ir embora. Ela pode te trair, pisotear aquela coisa frágil que você entregou a ela quantas vezes você permitir e te convencer a perdoá-la só para te fazer sofrer de novo. Ela pode olhar nos seus olhos e dizer que te ama, sabendo muito bem que o que ela faz quando você não está por perto não é nada parecido com amor. Ou, como o Travis, essa pessoa pode se afastar porque acha que é melhor assim, e não tem nada que você possa fazer em relação a isso... exceto chorar. Você simplesmente chora até não doer mais. Isso é amor. Você oferece o seu coração várias vezes pra ser machucado e estilhaçado até que, um belo dia, você encontra alguém que *finalmente* o protege. — Ele piscou e secou uma única lágrima do rosto, depois sorriu. — Uau! Agora eu voltei ao passado!

— Eu não quero chorar — falei, e meu lábio inferior tremeu.

Finch deu de ombros, com os olhos cheios de empatia.

— Ninguém quer, baby.

Eu me despedacei de novo.

— O Travis disse que sempre ia me proteger.

Finch ajeitou alguns fios de cabelo soltos que estavam no meu rosto.

— Talvez seja exatamente isso que ele esteja fazendo.

Eu solucei aos prantos, e Finch não me calou nem uma vez. Eu chorei até ficar exausta, depois me deitei em seu colo enquanto ele passava os dedos pelo meu cabelo e balançava delicadamente o próprio corpo de um lado para o outro.

Mesmo assim, enquanto me sentia ceder à exaustão, eu sabia que aquele seria apenas o primeiro dos vinte mil quatrocentos e quarenta dias que eu ia chorar pelo Travis, porque nunca chegaria o dia em que perdê-lo não ia doer.

24

Salvador

TRAVIS

Andei de um lado para o outro por uma hora, verificando o celular umas cem vezes, embora eu soubesse que ele não tinha tocado, porque eu o estava segurando.

Deixar a Abby era a coisa certa a fazer, mas provocar o tipo de dor que vi nos seus olhos não pareceu nada certo. Ela já tinha sentido raiva de mim, mas, quando ela me olhou pela janela do Camry, parecia estar com muito ódio, e, apesar de eu ter me preparado, me apavorava pensar que a Abby pudesse me odiar para sempre.

Abby achou que eu estive conversando com o Adam o tempo todo em que fiquei fora, mas ele estava nervoso, então falou o que tinha para falar em trinta minutos e se mandou. Depois disso, estacionei na rua perto do apartamento e fiquei sentado ali durante horas, sabendo que eu tinha uma escolha a fazer.

Pensei em como seria a prisão para ela, que talvez ela acabasse me odiando de qualquer maneira, portanto nada daquilo teria feito sentido. Então eu pensei em deixá-la, mantê-la segura enquanto eu apodrecia na prisão por uma década, ouvindo que ela havia se casado, tido filhos, se esquecido completamente de nós dois, exceto por aquele cantinho no seu coração que não conseguia me perdoar.

Só de pensar na Abby se apaixonando por outra pessoa depois de eu ser levado para a cadeia me deixava insano de raiva, e eu precisei reunir todas as minhas forças para não beber a garrafa inteira de uísque que estava no armário e sair para procurar briga. No estado em que eu estava, com certeza mataria alguém. Não havia ninguém com quem eu pudesse falar, porque eu não podia contar o motivo pelo qual tinha pedido o divórcio.

A não ser uma pessoa.

Eu me despedi do Totó, peguei minha carteira e um casaco para me proteger da chuva e tranquei a porta ao sair, na esperança de encontrar a Abby ou de ela voltar para casa antes de mim, para eu não ter que ligar para a zeladoria para eles me deixarem entrar.

Andar os quase dezoito quilômetros até o apartamento do Finch ia levar algumas horas, então eu fechei a jaqueta e andei rápido. A cada quilômetro, mais ou menos, eu dava uma corridinha para compensar o tempo perdido em semáforos ou desviando de poças e caminhões que espalhavam água na calçada.

Duas horas e meia depois, parei em um posto de gasolina vinte e quatro horas para comprar uma garrafa de água, tomei tudo, joguei a garrafa no lixo e continuei o caminho.

Repassei mentalmente minha conversa com a Abby várias vezes enquanto caminhava. Pensei em tudo aquilo que eu poderia ter dito de maneira diferente, melhor, mas, não importava o quanto mudasse o discurso, eu sabia que não ia deixá-la menos magoada. Fiz o que eu tinha prometido que nunca faria. Mesmo que um dia ela entendesse, jamais ia me perdoar.

Mesmo assim, era melhor do que saber que ela estava trancafiada em algum lugar nos melhores anos da sua vida, lidando sabe-se lá com o quê. A prisão iria mudá-la, aquela luz nos seus olhos se apagaria do mesmo jeito que acontecia quando ela se sentava a uma mesa de pôquer em Vegas.

Ela ficaria presa no modo de sobrevivência, e ninguém jamais veria o seu lado esperançoso, que afasta sua cara de paisagem, que ri um pouco demais e sorri enquanto dorme. Abby merecia manter aquela parte dela que Vegas não conseguiu tocar, e o mundo precisava conhecer isso.

Suspirei quando cheguei ao condomínio do Finch, mas, quando vi o Camry, comecei a correr antes mesmo de considerar o que eu estava fazendo. Meus olhos viram a luz apagada, meu cérebro sabia que estava quase amanhecendo, mas meu punho socou a porta mesmo assim.

Assim que os estrondos intensos ecoaram nos prédios adjacentes, eu me arrependi. O barulho era absurdamente alto quando todo o resto estava em silêncio. Até os pássaros. Nem uma porra de cachorro latiu.

A lembrança de estar socando a porta do dormitório da Abby voltou com força, e meus olhos ameaçaram chorar pela décima vez naquela noite. Se eu pudesse fazer um único pedido, seria voltar no tempo e não ir àquela luta. Talvez eu não tivesse me casado tão cedo com a Abby, mas pelo menos eu ficaria com ela.

Para minha surpresa, não foi o Finch quem abriu a porta, mas a minha esposa. Seus olhos estavam inchados, o rímel estava borrado, o cabelo estava embaraçado e as roupas, amassadas. Eu nunca a tinha visto tão linda na vida.

Eu queria muito abraçá-la, então estendi os braços, mas parei, percebendo que talvez ela não quisesse que eu a tocasse.

Ela olhou para as minhas mãos.

— Você está encharcado. Você andou até aqui?

Fiz que sim com a cabeça.

— Você não sabia que eu estava aqui... então você veio falar com o Finch? Porque ele é a única pessoa com quem você pode conversar.

— Abby...

— Agora é Abby? — Ela fez um sinal com a cabeça, indignada.

Eu me encolhi.

— Eu não achei que fosse justo... Eu só estou tentando deixar as coisas mais fáceis pra você.

— Bom, você não está conseguindo. Você não pode fazer isso comigo, Travis. Você não pode me perseguir e fazer promessas... fazer eu me apaixonar por você só pra me deixar em seguida.

— Por favor, não me odeia.

Ela saiu e fechou a porta atrás de si.

— Odiar você? Eu te amo mais do que jamais amei alguém na vida. *Jamais.* Não sei se já amei alguém além de você e realmente acredito que nunca mais vou sentir isso por mais ninguém. Eu não quero. E, depois de tudo, dos riscos, das incertezas, dos "e se", eu decidi ficar. Eu decidi *ficar*, Travis. *Você* é quem está *me* deixando. Se você fizer isso, eu nunca mais vou dar uma chance pra você me magoar de novo desse jeito, está entendendo?

— Eu...

— Acho que você não está entendendo. Você não consegue. Porque isso não é um término de faculdade. Nós fizemos juramentos um ao outro. Você está acabando com um casamento inteiro.

— É porquê...

— Não existe motivo. Não há nenhum motivo mais forte do que as promessas que fizemos.

— Você vai ficar bem. Eu tenho que acreditar nisso. Você vai ficar bem, aqui fora.

— Você não entende. Isso parece a morte pra mim. Vai acabar comigo. Eu não serei mais a mesma pessoa, e eu vou te culpar. Talvez eu passe a te odiar então, porque isso não vai me mudar para melhor. Se você me deixar agora, vai ter que me deixar pra sempre, porque a mulher que você ama não vai mais existir. Eu não serei mais a mesma. Essa mulher vai sumir.

Levei muito tempo para falar, e mesmo assim, mal consegui fazer as palavras saírem mais altas que um sussurro.

— Você não sabe como eu estou triste. Eu queria... queria que pudéssemos voltar no tempo e, de algum jeito, não ir àquela luta. Essa é a única coisa que poderia consertar o que está acontecendo.

— Mas não *podemos*.

— Eu tentei pensar em alguma coisa, qualquer outra coisa, juro por Deus. Eu me odeio por te magoar.

— Não me faça implorar.

Foi o mesmo que ela disse na primeira vez que transamos, e nós dois estávamos muito conscientes da referência. Agora ela estava dizendo isso por um motivo totalmente diferente. Uma vez eu falei que preferia cortar fora o meu próprio braço a magoá-la. Eu me sentia um merda, um mentiroso, um covarde... ela era mais forte do que eu. E estava provando isso.

— Flor...

Ela caiu em mim, envolveu os braços na minha cintura e apertou.

— Porque eu vou implorar... — disse ela, chorando. — Vou implorar todos os dias.

Na minha caminhada longa e molhada, eu tinha imaginado diversos cenários de como a Abby reagiria na próxima vez que eu a visse. O que estava acontecendo naquele momento não chegava nem aos cem mais bem cotados.

Eu a abracei enquanto ela chorava, tentando não me despedaçar também. Eu devia a ela ser forte e não a obrigar a me consolar depois do que eu tinha feito. Mesmo assim, eu não sabia de que outro jeito poderia protegê-la.

Ela disse alguma coisa, mas estava abafado demais para que eu ouvisse.

— O que foi, Flor? — perguntei.

Ela olhou para mim, com a pele ao redor dos olhos vermelha e molhada.

— Eu não quero chorar pelo resto da vida.

Ela parecia uma garotinha, inocente e perdida. Eu não consegui manter uma fachada de que estava sendo forte depois disso, então segurei seu rosto e a beijei várias vezes. A umidade no seu rosto molhou o meu. Eu queria continuar beijando-a até o sofrimento ir embora, mas eu sabia que era impossível.

Encostei a testa na dela.

— Eu também não quero que você faça isso. Quero que você seja feliz e livre para viver a sua vida. Quero que você esteja em segurança.

— Então briga comigo. Resolve isso.

— Eu não vou conseguir viver comigo mesmo se souber que te deixei ir pra prisão, Beija-Flor. Eu não quero fazer isso, mas deixar você ser presa é muito pior.

— Vamos fazer isso juntos.

— É difícil demais.

— Isso também é! — gritou ela. — Estarmos separados é difícil! Não estar no controle é difícil! Me preocupar com alguém é difícil! Ver alguém que você ama seguir em frente com outra pessoa é difícil! Ter que explicar pra todo mundo por que cometemos esses erros e fizemos essas escolhas é difícil! Encarar os seus medos é *difícil*! Escolhe qual dificuldade você quer, porra!

Ela chorava, e seu corpo tremia a cada palavra.

— E eu acho bom você me escolher, Travis Carter. Acho muito bom você me escolher, porra.

Ver a minha esposa se despedaçar diante dos meus olhos me impossibilitou qualquer tentativa de ser forte. Ela estava certa. Se o pior acontecesse, pelo menos poderíamos encará-lo juntos.

Inspirei fundo.

— Está bem. — Foi tudo que consegui dizer.

— Está bem? — perguntou ela, obviamente hesitando em confiar em mim. Isso partiu meu coração mais uma vez.

Fiz que sim com a cabeça, e o alívio tomou o seu rosto. Ela também balançou a cabeça, e seu rosto desabou. Eu a puxei para o meu peito, envolvendo-a nos meus braços, e ela me abraçou com força, sussurrando:

— Nunca mais me abandona.

— Quer que eu vá embora? — perguntou Abby.

Eu estava sentado na praia particular do nosso hotel, encarando a água de St. Thomas. Eu tinha acabado de renovar os votos com a minha esposa e tinha recebido a bomba do século.

— Nunca — falei, estendendo a mão para ela.

Ela se sentou ao meu lado e segurou a minha mão, felizmente satisfeita em ficar sentada em silêncio.

Shepley tinha ficado ali comigo. Tirando ele, mais ninguém conseguia perceber que o meu mundo estava desabando. Eu não tinha conseguido falar. Nem para o meu primo. Minha cabeça estava cheia demais com preocupações em relação ao futuro para eu fingir que estava tudo normal. Quando a Abby se juntou a nós na praia, ele ficou por perto.

Fechei os olhos. Shepley sabia que alguma coisa estava me perturbando, mas provavelmente achou que a Abby e eu estávamos brigados e ficou por perto para manter a paz e mediar a situação, como sempre. Eu detestava ter que esconder isso dele quase tanto quanto detestava mentir para a Abby. Eles eram meus melhores amigos, e eu não podia contar nada. Eu não podia contar para ninguém.

Olhei para a praia, para onde os meus irmãos começavam a sair do hotel, deixando seus quartos ou acabando o brunch.

Tyler acenou, depois jogou uma bola de futebol americano para Ellie.

Que confusão do caralho. Mesmo que eu contasse a verdade para a Abby, era maluquice demais para acreditar. O quê? Como eu ia explicar casualmente para ela a bomba que o Thomas e sua parceira/namorada, Liis, tinham jogado no meu colo — que o meu irmão mais velho, que todos nós achávamos que era uma porra de executivo da propaganda, na verdade era um agente do FBI? E não um agentezinho qualquer. *Ah, não,* ele estava encarregado do meu caso.

Isso parecia história de novela. Talvez fosse bom que parte dos termos que eles impuseram para a minha imunidade incluísse não contar para a minha esposa que agora eu era um delator federal.

Ela ia me trancar em um manicômio.

Levei a mão da Abby aos lábios e a beijei.

Ela sorriu para mim.

— Estamos bem, né?

— Melhor do que bem.

— Você não está pensando em pedir o divórcio de novo, né?

— Isso não vai se repetir nunca mais. Não importa o que aconteça. Eu entrei em pânico.

É pior ainda, pensei. Se a Abby não tivesse colocado juízo na minha cabeça, Thomas e Liis estariam tendo essa conversa comigo lá em casa. A Abby teria saído do apartamento e estaria em Wichita. Nós teríamos dado início ao pedido de anulação, e eu teria percebido, depois de falar com o Thomas, que teria feito tudo isso por nada.

Minha imunidade se estendia para a Abby, mas, se não tivesse me pressionado, ela teria ido embora há muito tempo e seria tarde demais para eu tê-la de volta.

De todas as coisas, era isso que me incomodava mais.

— Eu sei que entrou, mas agora está tudo bem — disse ela, apoiando a cabeça no meu ombro. — Só estou me certificando porque você está estranho. Quer conversar?

Tentei não ficar tenso, manter os ombros relaxados, porque essa era a primeira de muitas mentiras que eu teria que contar à minha esposa.

— Eu só estava pensando no nosso futuro. Sobre como eu magoei você alguns dias atrás e como estou envergonhado, porque eu sei... eu sei que tudo vai ficar bem. Vamos colocar o Brandon contra a parede, como você disse, e nós dois vamos seguir a vida juntos. Não consigo afastar a sensação horrível que sinto só de pensar que eu quase estraguei tudo.

Ela encostou os lábios na minha pele.

— Eu não ia deixar que você fosse embora.

— Graças a Deus.

— Mas esta festa de casamento... — disse ela, com o rosto apoiado no meu ombro.

— Foi perfeita. Estou feliz por termos deixado a America enlouquecer. Foi tudo como deveria ser.

— Eu não mudaria nada.

— Nada?

— Nada — respondeu ela, me olhando. — Não conseguimos impedir o incêndio, mas aqui estamos, um ano depois, mais apaixonados do que nunca... e no paraíso.

— Mas aquela noite de núpcias — falei com um sorrisinho.

— Acha que a gente pode tentar repetir a dose?

— Você vai fazer alguma coisa agora?

Abby olhou para nossa família na praia, e estavam todos envolvidos em um jogo amigável de futebol americano.

— É feio deixar todo mundo aqui e não ficarmos com eles?

Franzi a testa.

— É a nossa lua de mel. Eles vão entender.

— Bem pensado. — Ela se levantou, estendendo as mãos para mim. — Então o que eu vou fazer agora é transar com você.

Peguei as suas mãos, me levantei e olhei para o céu.

— Eu amo a minha esposa!

Ela me conduziu pela mão até o nosso quarto, e eu lembrei a ela — durante horas — o quanto a amava. Lembrei que eu pretendia manter as promessas que tinha feito e que nunca ia fazê-la se arrepender de ter me salvado. Não só na primeira vez, quando nos conhecemos, nem na segunda, depois do incêndio, mas de mim mesmo, quando eu quase cometi o pior erro da minha vida ao deixá-la.

25

O último porto seguro

ABBY

Assim como no ano anterior, Shepley ia viajar de carro até Wichita. Mas, diferentemente da última vez, ele estava fazendo a viagem sozinho — em um clima rigoroso, só para piorar — para passar o fim de semana com America e os pais dela nos últimos dias preciosos das férias da primavera. Todos nós tínhamos acabado de chegar de St. Thomas, mas a America queria fazer a viagem de volta para Eakins com o Shepley, e ele estava determinado a ver a namorada feliz.

America crescera na Alameda dos Tornados, então não ficava tão nervosa com nuvens escuras e trovões quanto eu. Ela sabia o que fazer e deveria ter passado esse conhecimento para o namorado, então, se alguma coisa acontecesse, de todas as pessoas era com Shep que eu devia estar menos preocupada. Mesmo assim... lá estava eu, grudado no app de meteorologia.

Em vez de ligar para o Travis, liguei para a America... de novo.

— Você já teve notícias dele?

America riu.

— Está chovendo fraco, Abby. Na última vez que nos falamos, os limpadores de para-brisa estavam na frequência mais lenta e eles estavam rangendo no vidro. Não é nada. Eu juro, nós estamos de olho.

— Mas, Mare... estão falando em granizo.

— Eu acho que você ficou com transtorno do estresse pós-traumático por causa daquele tornado no nosso último ano. Não era pra tanto — disse ela, parecendo distraída.

— Mas nós... nós vimos. Era enorme. — Minha mente voltou para aquele dia. Foi coisa de pesadelo, ficamos paradas no alpendre do Mark e da Pam, vendo um monstro cair do céu. O funil não era preto como a gente vê nos filmes, era branco em contraste com o céu azul-escuro, se movendo lentamente na linha do horizonte, devorando tudo que estava no caminho. Aquele tornado foi a coisa mais assustadora que eu já tinha visto... até o incêndio no porão do Keaton Hall. — Tem um alerta de tornado na área por onde ele está viajando, e não termina antes que ele chegue aí.

— Mas o tornado que você viu não provocou muitos danos. Ele passou fora da cidade, atingiu alguns celeiros antigos. Nenhuma fatalidade. Muitos alertas. Me escuta. Eu juro. Juro que o Shep está prestando atenção. Meus pais também estão. Não tem nuvens tipo paredão, não tem nuvens de bolha, está tudo bem.

Dei um sorriso.

— O seu pai não chama essas nuvens de bolas de vaca?

— Tecnicamente, seriam bolas de touro, mas não vou corrigir o meu pai.

Eu ri.

— É, melhor não. Ele é o tipo de cara que fica sentado do lado de fora numa cadeira de praia, bebendo cerveja, pra ver a tempestade chegando.

— Ele não faz isso! — disse America. Ela tentou parecer ofendida, mas ainda estava rindo. — Você está surtando mais do que a mãe dele. Toma alguma coisa e vai se deitar.

Ela estava de bom humor, feliz porque ia ver o Shepley dali a algumas horas.

Os pais dela ficavam muito preocupados que um namorado tirasse o seu foco, mas, embora não estivessem errados, o Shepley fazia bem para a America. Ele a mantinha com os pés no chão, se preocupava de verdade com ela e a tratava como uma rainha. Se o Mark e a Pam tivessem um vislumbre disso, provavelmente iam relaxar com a filha na questão do relacionamento, ainda mais depois que o Travis e eu fugimos para nos casar.

Eles estavam muito alertas e a deixando louca em relação ao tempo que passava com o Shepley. Eles quase não permitiram que ela voltasse com o Shep, mas a visita lhes poupava a viagem para levá-la a Eakins.

— Eu não vou fazer isso no próximo verão — disse America, determinada. — Vamos viajar juntos para visitar os meus pais em vez de um visitar o outro. Pode anotar as minhas palavras.

— Anotado. Me mantém atualizada e fica em segurança — falei.

Ela desligou, e eu me sentei no sofá, fazendo carinho no Totó. Ele estava dormindo no meu colo, e o peito dele subia e descia em um ritmo relaxante. Eu tinha vencido a batalha contra aqueles dois jornalistas sem prestígio e depois contra o Travis, mas alguma coisa ainda me incomodava — algo pior —, e eu não sabia o que era. O fato de eu não saber estava consumindo os meus dias, e eu estava encontrando outras coisas tangíveis para me preocupar, como Shepley dirigindo na direção de uma tempestade.

Meus dedos congelaram no meio do carinho no pelo cacheado do Totó quando ouvi uma batida suave na porta. Eu o afastei para o lado, acordando-o. Ele andou ao meu lado, esperando aos meus pés enquanto eu olhava pelo olho mágico.

— Merda — sussurrei.

Brandon bateu de novo.

— Abby? Podemos conversar um segundinho? É importante. É sobre o Travis.

— Ele não está em casa, Brandon. Liga pra ele.

Ele sorriu e baixou o olhar.

— Eu sei que ele não está em casa. Foi por isso que eu vim. Estou preocupado com ele.

Meu coração disparou. Eu tinha quase certeza de que Brandon estava ali para obter informações, e eu havia prometido ao meu marido que não ia deixá-lo entrar no apartamento enquanto estivesse sozinha. Mas, se eu não falasse com ele, isso o levaria a fazer alguma coisa pior?

Abri a porta e saí, fechando-a atrás de mim.

Brandon estava ridículo. Além do cabelo penteado com gel em um topete de dez centímetros, ele usava um paletó azul-royal acolchoado, uma camiseta de gola V azul-turquesa com aparência de vagabunda, uma calça jeans apertada enrolada nas barras, sem meias e, a melhor parte, um mocassim azul-royal acolchoado, combinando com o paletó.

— Meu Deus — falei, dando meio passo para trás.

Ele tentou dar o seu sorriso mais sexy, e eu tentei não vomitar. Ele obviamente se sentia irresistível.

— Oi.

Eu me encolhi, mas ouvir o Totó batendo as patinhas na porta me despertou do pesadelo em que eu parecia presa.

— Tudo bem. Vamos acabar logo com isso. Você está preocupado com o quê, Brandon?

Ele estava tentando esconder o triunfo que sentia, e isso me deu vontade de socar a cara dele.

— O Travis vem agindo de um jeito estranho. Acho que ele se sente culpado pelo incêndio.

Ele está usando uma porra de escuta.

— Bom — comecei. — Claro, todos nós nos sentimos péssimos por isso. A gente conhecia várias pessoas que morreram naquele porão.

— Estou preocupado que ele faça alguma coisa idiota e seja pego.

— Ser pego? O que você quer dizer?

— Mentir pros agentes federais. Mentir pra polícia. Todo mundo sabe que ele estava lá, Abby. O voo de vocês só saiu depois que os carros de bombeiros chegaram no local.

Balancei a cabeça.

— Não soubemos do incêndio até chegarmos ao aeroporto e vermos as reportagens nas televisões. Você está insinuando que ele estava lá? Porque ele não estava.

— Estava, sim, Abby. Vocês dois estavam. Eu entendo, você está querendo protegê-lo. Mas todo mundo sabe, os agentes federais sabem e você não devia ser presa com ele. Não quando ele está na academia fazendo o que ele está fazendo.

Dei uma risada.

— Lá vamos nós...

Brandon suspirou.

— Eu não ia dizer nada, mas não posso ficar vendo você ser pega por isso porque está tentando ser fiel a ele quando ele... ele não é fiel a você, Abby. O Travis e a Tiffany estão se pegando pelas suas costas. Estão juntos na academia agora mesmo. Ele não está trabalhando até tarde. Eles ficaram no meu escritório conversando e se engraçando quando eu saí. Ela estava passando a mão nele. Vou falar com ela. Vou convencê-la a contar a verdade pra você. Ela vai contar. Ela é uma boa garota, só é... persuasiva.

— Você está com ciúme? — perguntei.

— Hein?

Cruzei os braços.

— Você está me dizendo que a Tiffany, a funcionária com quem você tem um caso, também está dormindo com o meu marido, e você saiu calmamente depois de ver os dois lá só pra me contar?

Ele pareceu genuinamente confuso.

— Não sei do que você está falando. A Tiffany é minha recepcionista. Sempre fomos muito próximos, mas o caso deles está rolando praticamente desde que ele começou a trabalhar lá. Você acha que eu teria ficado só olhando o que estava acontecendo na minha academia se eu tivesse um caso com ela? Escuta... Eu sei que é difícil ouvir isso. Minha ex-mulher me traiu e é horrível.

— Não foi o que aconteceu, de acordo com toda a população de Eakins.

— As pessoas falam muitas coisas. Engraçado que ninguém me pergunta. Eu só estou dizendo que entendo. Estou aqui, se você precisar conversar com alguém que já passou pela mesma situação. Não quero deixar você sentada aqui sozinha. Vamos para algum lugar, tomar um drinque, e eu te conto tudo o que sei.

Tirei o celular do meu bolso traseiro.

— Olha só como é fácil, Brandon. Se a Becca precisar de dicas, pede pra ela me ligar.

— O que você está fazendo?

Segurei meu celular enquanto fazia a chamada.

— Um FaceTime com meu marido.

Travis atendeu no primeiro toque, sorrindo.

— Oi, Flor. Tudo bem?

— Você ainda está malhando? — perguntei, olhando para trás dele. Travis estava na parte principal da academia, quase vazia.

Ele virou a câmera para sua cliente.

— Susan, fala um oi pra minha esposa.

— Oi, Abby! — disse Susan, acenando. Ela estava suada, mas sorrindo.

— A Tiffany ainda está aí? — perguntei.

Ele olhou ao redor.

— Não, sou eu que vou fechar tudo hoje à noite. Você lembra que horas a Tiffany saiu, Susan?

— Pouco depois que eu cheguei aqui — informou Susan, fora da câmera.

— Por quê? Aconteceu alguma coisa?

— Nada não, a gente conversa quando você chegar em casa. Eu te amo.

— O que você está fazendo do lado de fora? — perguntou ele.

Entrei e tranquei a porta.

— Eu só estava levando o lixo. Vejo você mais tarde, baby. Te amo.

Ele sorriu, mas ainda estava confuso — e desconfiado.

— Tudo bem, Flor. Vou sair daqui a pouco.

Nós desligamos, e o Brandon bateu na porta de novo.

— Abby? Eu sei que ela ainda está lá. A Susan e o Travis são muito amigos. Não me surpreende nem um pouco ela estar acobertando ele. E você ouviu, ele sabe que tem alguma coisa acontecendo. Ele estava na defensiva, fazendo perguntas. Ele queria investigar se você sabia de alguma coisa. Sei que é difícil ouvir e que você não quer acreditar, mas é verdade.

— Ahã... é melhor você ir.

Ele bateu de novo.

— Deixa eu provar pra você. Tenho certeza que o Travis falou um monte de mentiras sobre mim para me desqualificar, caso eu te contasse. — Ele riu. — É óbvio, se a gente pensar bem. Você vai se encrencar e perceber tarde demais que foi tudo por alguém que nunca te amou.

Olhei para o meu cachorro.

— Totó, vai pra sua cama — falei, sorrindo quando ele hesitou por um instante, e depois me deixou e foi para a almofadinha confortável onde ele dormia no nosso quarto. — Bom garoto — elogiei baixinho.

— Abby? Não estou tentando criar um clima esquisito, mas eu preciso que você me escute. Não posso deixar que você faça isso.

Suspirei e abri a porta.

— Vamos combinar uma coisa. Não preciso nunca que você me *deixe* fazer coisa alguma. Você fez papel de trouxa na minha porta e agora vem com essa história de que não vai *deixar* que eu faça alguma coisa? Me deixar fazer o quê? Questionar as suas mentiras? Acreditar no meu marido quando eu acabei de ver a verdade com meus próprios olhos? Dá pra ver, Brandon, que você está acostumado a lidar com meninas adolescentes que não pensam duas vezes quando alguém diz o que elas devem fazer ou pensar, mas, mesmo que o meu marido não fosse superior a você em todos os aspectos da vida e não pudesse te reduzir a uma poça de sangue, eu ainda estaria parada aqui, mandando você sair da porra da minha varanda.

— Abby...

— SAI DA MINHA VARANDA, PORRA!

Ele se virou e desceu alguns degraus, hesitou e depois continuou. Assim que entrou na picape, abriu a porta e balançou a cabeça.

— Quando tudo acabar, não vem chorando pra mim. Eu tentei.

Bati a porta, com a adrenalina disparando pelas minhas veias. A tranca clicou lentamente sob a orientação dos meus dedos trêmulos, mas isso foi tudo que eu consegui fazer além de ir até o sofá e assobiar para o Totó. Ele pulou no meu colo e, a cada carinho no pelo dele, meus batimentos desaceleravam.

Se eu contasse ao Travis o que tinha acabado de acontecer — depois do que o Brandon já tinha aprontado na academia —, meu marido com certeza seria preso horas depois por agressão. Esconder isso dele não era a opção mais fácil.

Xinguei o Brandon baixinho, por me obrigar a fazer essa escolha, e, ao mesmo tempo, eu já sabia qual seria a minha decisão. Eu não podia mentir para o Travis e teria que confiar que ele não ia perder a cabeça. E eu teria que confiar na minha capacidade de convencê-lo a ficar em casa.

— O papai vai ter que pedir demissão — falei, feliz por ter economizado os meus ganhos no jogo de pôquer da Sig Tau.

No meio do carinho no pelo do Totó, ouvi uma batida delicada no outro lado da porta.

Deixei a cabeça cair para trás. Eu não ia abrir a porta de novo.

— Vai embora!

A batida seguinte foi tão discreta quanto a primeira, e muito mais baixa do que seria se fosse o Brandon. Eu me levantei, pensando em quem poderia ser. E se fosse uma criança ou alguém do condomínio precisando de ajuda? Espiei pelo olho mágico e fechei os olhos com força, deixando a cabeça bater na porta.

— Você só pode estar de sacanagem comigo, porra — sussurrei.

— Abby? Desculpe a hora. Eu me perdi, depois fui ao apartamento errado algumas vezes. — Ela bateu de novo, dessa vez com menos paciência. — Eu sei que você está aí, acabei de te ver arrancar verbalmente as bolas daquele cabeça de minhoca.

Minhas mãos não respondiam. Fiquei parada ali, encarando a porta, sem nenhuma expressão. Normalmente, eu conseguia encontrar uma solução ou um plano de fuga, mas não tinha nada. Só... silêncio. Entre me preocupar com a America, lidar com o Brandon e, agora isso, meu organismo tinha decidido simplesmente desligar. Era coisa demais para um dia só.

— Abigail Hope Abernathy! Abra esta porta!

Abri a tranca de maneira desajeitada e puxei a maçaneta com força, encarando a versão menor, cansada, acabada e vinte e seis anos mais velha de mim mesma.

— Desculpa, mãe. — Apontei para a sala de estar. — Entra.

Ela sorriu por meio segundo antes de seu rosto desabar. Ela havia envelhecido em um ritmo exponencial desde a última vez que nos vimos. Os fios caramelo do seu cabelo estavam frisados e misturados com grisalhos crespos. As rugas nos dois lados da boca eram profundas, as bochechas estavam flácidas, a pele, fina e amarelada, assim como seus olhos vazios.

Ela passou apressada por mim.

Fiquei olhando para o estacionamento antes de bater a porta atrás dela, desejando ainda estar lidando com o Brandon, e não com ela. Até ter o Mick na minha porta seria melhor do que a minha mãe sentada no meu sofá, bebendo vodca pura pelo canudo que havia colocado dentro da garrafa plástica de água surrada que ela usava para disfarçar.

Apontei para ela.

— Não vomita.

Ela deu uma risadinha e se recostou nas almofadas.

— Faltam pelo menos mais cinco dessas para isso.

— Já ouvi alguma coisa assim — falei, me sentando na poltrona reclinável.

Minha mãe nem sempre foi uma mãe ruim, mas também nunca foi boa. A casa nunca estava limpa, o café da manhã nem sempre estava na mesa antes do horário da escola. Ela nem sempre voltava para casa à noite e nem sempre estava sóbria.

Por mais imprevisível que ela fosse quando o Mick estava ganhando, não era segredo nenhum que Bonnie Abernathy estava sempre a um drinque de sumir do mapa se a sorte do marido acabasse.

Quando eu fiz treze anos, isso aconteceu.

Minha mãe não ficou muito tempo por perto depois que o dinheiro desapareceu. Qualquer indício de normalidade que eu tinha experimentado até aquele ponto foi substituído por noites em quartos de hotel cheios de fumaça e porões de mafiosos, vendo meu pai suar por causa das suas péssimas jogadas no pôquer e depois aliviar a barra para ele não levar uma surra ou coisa pior quando não conseguia arrumar o dinheiro perdido.

A Máfia que administrava Vegas era um grupo especialmente brutal, mas a maioria deles tinha um ponto fraco com crianças. Então, eu era o escudo humano do Mick.

Meu pai dizia que ele era tudo que tinha me restado. Que ele estava só tentando equilibrar as contas, colocar comida na mesa. Que a Bonnie tinha ido embora no meio da noite sem nenhum aviso, e ele tinha que tentar encontrar um jeito de manter a nossa minúscula família longe das ruas.

Esses apelos convincentes funcionaram durante anos, mas ele perdeu mais do que dinheiro quando um dia, sem nenhum aviso, minha mãe me pegou na escola e dirigiu noite adentro até chegarmos à sua nova casa em Wichita, Kansas.

Mick tinha perdido seu último porto seguro.

— Como foi que você me achou? — perguntei.

A poltrona reclinável rangeu quando eu me mexi nas almofadas, mas minha mãe pareceu não ouvir por causa da sua irritação imediata com a pergunta.

— É meio estranho perguntar isso pra sua mãe, você não acha?

— Não se ela foi embora sem deixar nem um bilhete alguns meses antes da minha formatura no ensino médio.

— É, bom — disse ela, tirando uma cigarreira da bolsa e mexendo na tampa.

— Você não pode fumar aqui dentro.

— Não posso? — perguntou ela, tirando um cigarro da cigarreira e acendendo. Ela não perdeu o contato visual comigo enquanto tragava e soprava a fumaça.

Pressionei os lábios numa linha fina. Eu me levantei, abri a porta e abanei as minhas mãos na nuvem de fumaça.

— *Por que* você está aqui? Se você está precisando de dinheiro, está sem sorte. Só estamos ganhando o suficiente pra pagar as contas.

Seus olhos perderam o foco enquanto ela olhava para a frente e dava outro trago.

— Ah. A sorte não sorri pra mim há muito tempo, Abby.

Ela estava com a mesma expressão derrotada de quando ficou parada na porta da cozinha, observando Mick me ensinar a jogar pôquer.

Eu sempre me perguntei que pensamentos estavam por trás daqueles olhos sem esperança. Se ela também me culpava pela fonte de sorte do Mick secar como o deserto que cercava o nosso trailer.

— Então... — disse ela, fazendo um cinzeiro improvisado com a mão e batendo a cinza ali. — Ouvi dizer que você agora é uma mulher casada.

— Acho bom você tomar cuidado, mãe, porque está começando a parecer que você realmente se importa comigo.

Minha mãe estreitou os olhos para mim, mas não saiu da personagem. Naquele momento, ela era a Bonnie descolada, indiferente e calma. Cinco minutos depois, ela poderia estar aos prantos, gritando ou rindo. Era difícil dizer.

Mesmo assim, era surreal vê-la sentada na minha frente depois de tanto tempo sem trocar nenhuma palavra. Nem uma porra de cartão de feliz aniversário.

— Ouvi falar do incêndio — disse a minha mãe.

— O que que tem?

— Estou feliz por você estar bem. O Mark e a Pam disseram que a America ficou apavorada com a possibilidade de você estar lá.

Dei de ombros.

— Eles não sabiam que nós tínhamos fugido pra nos casar em Vegas.

Minha mãe fez um sinal com a cabeça.

— Entendi. Que interessante vocês terem escolhido Vegas. Vocês não podiam ir a um juiz de paz ou a Reno ou...

— É possível se casar em Vegas a qualquer hora do dia, e nós não queríamos nos estressar com voos e itinerários.

— Isso é a sua cara — falou ela, soprando mais fumaça.

Eu me levantei, arranquei o cigarro da sua boca e o afoguei na pia antes de jogá-lo no lixo. O calendário na parede funcionou bem para abanar a fumaça porta afora, mas eu sabia que o Travis ia sentir o cheiro quando voltasse para casa.

— Que grosseria — disse ela, me observando tentar jogar a fumaça para fora.

— Nem metade da grosseria que é você fumar no meu apartamento sem permissão. Pronto — falei, batendo a porta com violência. — Você já viu com os próprios olhos que eu estou bem. Mais alguma coisa?

— Eu só... queria dizer que te amo.

— Você... o quê?

— Nenhuma garota, não importa o que tenha acontecido, deveria passar pela vida achando que a mãe não a ama. Eu sei que abandonei você. Sei que eu ficava mais bêbada do que sóbria, sei que fui uma mãe de merda, mas não foi por não te amar. Foi porque eu não me amava.

— O que é isso, algum tipo de palhaçada de perdão em doze passos?

Minha mãe se levantou.

— Não. Ainda sou uma bêbada. Eu já te falei, eu ouvi falar do incêndio e senti que precisava fazer isso. Você pode acreditar se quiser, me mostrar o dedo do meio, me pedir para ir embora e nunca mais voltar. Estou até surpresa por você ter aberto a porta. Mas você abriu, aqui estou eu e já falei o que precisava. Eu te amo. Sempre te amei. Sempre vou te amar. Você foi uma filha perfeita e não merecia ter os pais que teve. Não espero que você queira começar a passar as festas de fim de ano comigo. Não tenho nenhuma expectativa nesse sentido. Eu só queria falar isso. Provavelmente é difícil de acreditar, depois de lidar com o Mick por tantos anos, mas é só isso.

— Eu acredito. Você foi embora na primeira vez só com a roupa do corpo. Depois disso, você nunca pediu dinheiro, nem depois que as notícias foram publicadas.

— Eu não quero nada de você, Abby.

— Nem um relacionamento — falei, sentindo meus olhos arderem.

— Algumas pessoas nunca deveriam ser mães. Infelizmente para você, eu sou uma delas. Mas não foi porque eu não te amava o suficiente nem porque você não era digna de coisa melhor. Não existe uma versão melhor de mim. — Ela apontou para si mesma. — Só tem esta. É tudo que existe.

— Tudo bem — consegui dizer, observando-a reunir seus pertences. As cinzas na sua mão salpicaram o sofá e o tapete. — Obrigada por, hum... obrigada por passar aqui, acho.

— Não se sinta culpada, Abby. Você não é obrigada a amar um veneno só porque o nome dele é mãe.

Suspirei.

— Você não é um veneno. Você é...

— Uma bêbada. E eu sinto muito. Queria que você tivesse recebido mais apoio e cuidado.

— Se isso tivesse acontecido, mãe... Eu não estaria aqui. Não estaria casada com o amor da minha vida. Não saberia as coisas que eu sei nem seria capaz de ler as pessoas como eu faço. Eu não seria tão resiliente.

— É verdade, mas você não fica cansada? De ser resiliente? Eu ficava.

— De jeito nenhum.

Ela fez que sim com a cabeça, depois desceu os degraus e atravessou o estacionamento molhado no escuro.

Pensei em segui-la, em oferecer dinheiro suficiente para um quarto de motel para ela passar a noite, talvez um jantar, mas eu sabia que ela não ia aceitar. Dava para ver nos seus olhos que ela sabia que já tinha levado o bastante. Mordi o lábio, observando a noite engoli-la sem nenhum som.

Uma moto rosnou ao longe, os faróis se aproximando. Travis estacionou na vaga de sempre, desligando a moto e vindo na minha direção com os olhos cheios de curiosidade.

— Está tudo bem, Flor? — perguntou ele. Travis subiu correndo os degraus e beijou o canto da minha boca enquanto eu ainda estava encarando a noite.

— É, minha, hum... minha mãe acabou de sair.

Ele se virou para procurar entre os carros no estacionamento.

— Sua mãe? Onde ela está?

— Foi embora. — Suspirei. — De novo.

Ele me conduziu pela mão para dentro do apartamento e fechou a porta atrás de nós antes de me puxar com delicadeza, me abraçando.

— Você está bem?

— Por mais que pareça estranho, estou. — Encostei o rosto no seu peito.

Na verdade, eu não sabia muito bem como estava me sentindo. Eu sempre achei que minha mãe fosse perdida, triste, alcoólatra, mas aí ela entrou no meu apartamento com a sabedoria e a compreensão de duas vidas inteiras.

Ele fungou algumas vezes, olhando ao redor do apartamento.

— Ela...?

— Fumou aqui dentro? Ahã. Até eu tirar o cigarro da mão dela.

— Ela vai voltar? — perguntou ele.

Eu o abracei mais forte.

— Não.

26

Caminhos para o destino

ABBY

— Você devia ir — falei, tocando no seu braço.

— Pra qual delas? — perguntou ele.

— Você não tem como escolher não ir pra Califórnia.

Travis franziu a testa. Brandon tinha insistido para ele participar de uma convenção de saúde e bem-estar com ele em San Diego, e ele e eu estávamos tentando disfarçar a nossa preocupação. Dois dias inteiros ao lado do Brandon não iam terminar bem.

Ele me abraçou.

— Eu não quero te deixar.

— Eu sei, mas... Você devia ir comigo à vigília de aniversário do incêndio no Keaton hoje à noite.

— E se isso chatear as pessoas? E se provocar um tumulto?

Alguém bateu na porta, e Travis me soltou para atender. Totó foi com ele, esperando pacientemente para saber quem era.

— Sr. Maddox — disse uma mulher.

Saí do meu lugar para ver quem era.

A mulher estava vestindo um terninho cinza bem cortado, uma camisa social e um sapato preto de salto que mesmo assim não a deixava com mais do que um metro e sessenta e pouco. O homem estava vestido de maneira semelhante, mas com uma gravata. Ele era mais alto que ela, troncudo, com o maxilar quadrado e bem barbeado. Eram agentes federais.

A mulher mostrou sua identificação para o Travis.

— Sou a agente Val Taber. Esse é o agente Joel Marks. Podemos entrar e falar com você rapidinho?

Engoli em seco.

Travis se virou para mim, parecendo nervoso.

— Hum... claro. Entrem.

Eu os observei sentarem-se no sofá grande, enquanto Travis se acomodava no sofá de dois lugares comigo.

Ficamos de mãos dadas. Todos os meus medos borbulharam até a superfície. E se eles estivessem lá para prendê-lo e a noite passada tivesse sido nossa última noite juntos? Nós dois estávamos tão cansados que praticamente desmaiamos. Nem nos deitamos de conchinha, que dirá outras coisas. Mais importante, como é que eu poderia impedir que isso acontecesse?

A agente Taber sorriu.

— Viemos informar, sr. Maddox, que concluímos as nossas investigações sobre o incêndio do Keaton Hall e não há evidências suficientes para abrir um processo.

Travis e eu nos entreolhamos, depois ele olhou de novo para os agentes.

— Hum... obrigado? — disse ele.

Soltei uma risada.

— Desculpa, mas isso é meio estranho. Não sabemos muito bem como reagir. Sabemos que não estávamos lá, então isso... valida o nosso testemunho, imagino?

A agente Taber conseguiu dar um sorriso seco.

— Vocês vieram até aqui só pra nos informar? — perguntei.

— Não — respondeu o agente Marks, se mexendo no assento. — A investigação contra Adam Stockton ainda está em andamento. Vocês conhecem mais alguém envolvido nesse círculo de lutas ilegal itinerante? Alguém que mandava as mensagens ou ajudava o Adam com dinheiro?

Travis balançou a cabeça devagar.

Comecei a apertar a mão dele, mas o movimento discreto atraiu a atenção da agente Taber, então eu relaxei.

— Qualquer coisa de que se lembre ou que você tenha ouvido pode ajudar — explicou Marks.

— Desculpa, não me ocorre nada. Mas, se eu souber de alguma coisa, aviso — disse Travis. E se levantou. — Mais alguma coisa? Querem uma água ou algo assim?

Os agentes também se levantaram.

— Temos outro compromisso. Parabéns, sr. Maddox — disse Taber. — Foi uma sorte incrível vocês por acaso terem fugido pra se casar na mesma noite de uma luta importante.

— O amor faz essas coisas — declarou Travis, piscando.

Os agentes saíram, mas eu levei o dedo até a boca, depois olhei para o Totó.

— Quer dar uma volta? — perguntei para o meu cachorro. Ele abanou o rabinho e eu peguei a coleira e a mão do Travis.

Não falamos nada até chegarmos à rua. Travis suspirou como se estivesse prendendo a respiração o tempo todo.

— Você acha que eles estão falando a verdade? — perguntei. — E se eles só não conseguiram nenhuma evidência e estiverem tentando pegar alguma coisa nas nossas conversas no apartamento? Eles podem achar que vamos relaxar se não estivermos na mira.

— E é exatamente por isso que eu não devo ir à vigília hoje à noite.

— Travis... tem alguma coisa acontecendo com você. Acho que isso pode ajudar.

— Tudo bem, tudo bem, eu vou — concordou ele, franzindo a testa.

— O que mais está te preocupando?

Travis parou, e eu percebi que ele estava pensando cuidadosamente nas palavras.

— Eles me perguntaram se o Adam tinha um sócio. Se alguém mandava as mensagens pra ajudar a organizar a luta.

Pisquei.

— Shep? Não. Ele não estava lá e tem um álibi sólido. Ele está salvo. Se eles não conseguirem conectá-lo ao incêndio, não vão ter um caso.

Travis suspirou e assentiu.

— Acho que não precisamos mais ter cuidado no apartamento.

— Eu discordo. É melhor a gente esperar até eles pararem de investigar todo mundo.

— Tem razão.

Dei um sorriso presunçoso.

— Isso é muito excitante, sr. Maddox.

Travis me pegou no colo e me carregou de volta para o apartamento. Nós rimos, e eu enfiei o rosto no pescoço do Travis enquanto o Totó trotava ao nosso lado.

— Então, você vai hoje à noite? — perguntei.

— Preciso arrumar as malas, Flor.

— Eu ajudo você agora à tarde e a gente consegue fazer quase tudo.

— Está bem. Vai ser difícil, mas, sim, eu vou.

— Ainda bem, porque eu falei pra America e pro Shepley que nós íamos. E o Trent e a Cami também vão. Acho que vai ser bom para todos nós.

Travis estava com as malas prontas, menos os itens de higiene pessoal.

Fizemos um carinho na cabeça do Totó como despedida e trancamos a porta do apartamento ao sair. Nós dois estávamos agitados e nervosos, sem falar muito, sem conseguir encontrar uma boa música para ouvir no rádio. Travis ficou o tempo todo secando a palma das mãos na calça jeans.

Dei uma olhada no Instagram, vendo que já havia fotos da vigília no meu feed. Meu estômago deu um nó. Só então eu senti o que o Travis tinha sentido mais cedo — nós teríamos que nos lembrar daquela noite, do medo, do desespero, da tristeza e do choque enquanto eles tiravam corpos sem vida do porão.

Minha lembrança mais nítida depois que o Travis e eu escapamos era de dezenas de pessoas chamando alguns nomes — nomes que nunca iam responder. Nomes que estariam imortalizados em folhetos dos serviços de funeral e em lápides e agora podiam ser encontrados entalhados nas laterais do obelisco de pedra que funcionava como o novo Memorial de Keaton.

Centenas de pessoas estavam reunidas ao redor dos escombros do Keaton. Onde antes o preto e as cinzas cobriam o solo, torrões de grama verde viçosa tinham sido colocados, e tulipas de todas as cores envolviam a base do memorial. Havia uma dezena de bancos virados para a pedra, e todos nós encarávamos os buquês de flores, os ursos de pelúcia, as fotos emolduradas e as fitas que já tinham sido colocadas na base de ferro do monumento. Em uma fonte delicada, havia uma inscrição no ferro.

Memorial do Keaton Hall
20 de março de 2009

PARA QUE AQUELES QUE VIEREM DEPOIS
NUNCA SE ESQUEÇAM DESSES NOMES

Travis quis sumir da face da Terra no instante em que chegamos, uma energia de pânico irradiava dele.

Isso não era uma coisa que ele pudesse consertar ou lutar contra. Como todos nós, ele simplesmente teria que viver com aquilo.

Alguém perto da frente começou a distribuir velas e, assim que as nuvens pintadas do pôr do sol foram escurecendo, os pavios passaram a brilhar um por um. E algumas garotas começaram a cantar.

— *I heard there was a secret chord, that David played, and it pleased the Lord...*

Todos cantamos "Hallelujah" juntos, em meio a fungadas e lágrimas.

O maxilar do Travis estava rígido, e ele puxou os lábios para o lado em uma tentativa de não chorar.

Envolvi os braços na sua cintura, e ele apoiou o rosto no topo do meu cabelo.

— Oi — cumprimentou um homem atrás de nós, pondo a mão no ombro do Travis.

— Adam — disse Travis, olhando ao redor.

— Eu sei, eu não devia estar aqui.

— Vocês dois deviam estar aqui — falei. — Todo mundo merece se curar. — Eu o abracei, e ele me apertou com força.

Quando a música terminou, as pessoas começaram a se abraçar e conversar. Travis, Shepley e Trenton ficaram abraçados por muito tempo. America prendeu o braço no meu, e eu peguei a mão da Cami. E, em seguida, aconteceu uma coisa que não esperávamos.

— Travis?

Os olhos vermelhos e inchados da garota se ergueram para o meu marido, com uma sombra de sorriso no rosto.

Percebi que Travis estava se preparando para o pior.

— Sim?

— Meu nome é Brittni. — Ela olhou para o obelisco. — Eu estava lá naquela noite. Eu tropecei e caí. Fui virada de costas. Estava tão enfumaçado que eu não conseguia encontrar a saída. Todo mundo estava correndo por cima de mim, me derrubando toda vez que eu tentava me levantar, mas você me viu, me colocou de pé e me apontou para o Adam — disse ela, olhando-o. — E você me tirou de lá. Vocês salvaram a minha vida. Muito obrigada aos dois.

— Oi — disse outra garota. — Você não me conhece, mas foi você que me ajudou a sair de lá.

— Eu? — perguntou Adam, apontando para o próprio peito.

Ela assentiu.

— Meu nome é Amy. Posso te abraçar?

— Pode — respondeu Adam, um pouco perplexo.

Uma por uma, mais pessoas se aproximaram, homens e mulheres, para abraçar Adam e Travis e agradecer por eles as terem orientado para a saída e salvado a vida delas.

A cada abraço, fui percebendo que a culpa que vinha pesando sobre o Travis no ano anterior ficava um pouco mais leve. Quando uma fila se formou, lágrimas começaram a escorrer pelo rosto do Travis, e depois pelo do Adam. Mais pessoas tinham alguma coisa a dizer para o Adam, porque o Travis acabou saindo para me procurar, mas era encorajador testemunhar o Adam encontrar consolo também.

De volta ao apartamento, Travis saiu do banheiro só com uma toalha enrolada na cintura e água pingando dos braços e do peito. Ele caiu de costas na cama, emocionalmente exausto.

Eu já tinha tomado banho e estava de pijama, esperando que ele se juntasse a mim.

Eu me abaixei para beijar sua testa.

— Eu sabia que ir seria bom pra você, mas nunca ia esperar aquilo.

— Nem eu. Pra ser sincero, Flor, eu estava no modo de sobrevivência. Eu não me lembro de todas aquelas pessoas. Eu estava no piloto automático.

— Bom, o seu piloto automático também é um herói.

— Não é um herói — disse ele, juntando as sobrancelhas. — Não é nada perto disso. Se não fosse por mim, aquelas pessoas nem estariam lá.

— Isso é verdade. Se você não fosse tão interessante de ver, elas não estariam lá pra vê-lo. Se elas não quisessem pagar, o Adam não ia continuar organizando as lutas. Se não tivéssemos sido pegos na luta anterior, o Adam não teria usado as lanternas. Se não fosse a última luta do ano, o local não estaria tão lotado. Se tivessem coisa melhor pra fazer, aquelas pessoas estariam em outro lugar. Havia uma dezena de variáveis, Travis, e você não controlava nenhuma delas. Aquelas pessoas, te abraçando com lágrimas nos olhos? Elas estavam lá hoje à noite por sua causa também. Às vezes, as coisas se encaixam perfeitamente para o bem, e às vezes para a tragédia. Isso não significa que você mereça toda a culpa.

As sobrancelhas dele se juntaram.

— Eu mereço uma parte.

— Todo mundo que estava lá merece uma parte. Essa é a questão.

Ele suspirou.

— Tenho que acordar cedo. Vamos descansar um pouco.

Os lençóis se amassaram quando entramos embaixo deles e nos ajeitamos. Eu me deitei um pouco mais alta para que o Travis pudesse se deitar no meu peito e relaxar nos meus braços. Mesmo assim, ele estava inquieto. Agitado.

— Qual é o itinerário do congresso? — perguntei.

Ele parou de respirar por tempo suficiente para eu perceber um pânico disfarçado.

— Hum, não sei bem. Depois que eu me instalar no quarto do hotel, descer e fizer o credenciamento, aí devo ficar sabendo da programação.

— Isso é... vago...

— Eu só preciso aprender sobre os novos equipamentos que vão ser apresentados, técnicas, coisas assim. Perda total de tempo. Mas, pelo menos... Ah, eu esqueci de te contar. A Becca teve algum problema com a gravidez. O Brandon não vai, então pelo menos eu não vou ser preso por agressão na Califórnia.

Eu me mexi para olhar para ele.

— Em qual universo o Brandon deixaria de viajar pra parecer um ser humano decente?

Travis não quis encontrar o meu olhar.

— Não sei. Deve ser alguma coisa séria.

Dei um beijo de boa-noite no meu marido e depois me deitei no travesseiro, apertando-o mais uma vez antes que ele caísse no sono. Passei os dedos no seu cabelo raspado, perdida em pensamentos. Meu marido estava mentindo para mim.

27

Adônis

TRAVIS

Depois das verificações de segurança em quase toda porra de porta e andar, eu finalmente entrei nos escritórios do Esquadrão 5, do qual — eu sentia dificuldade em entender, quanto mais em acreditar — meu irmão mais velho, Thomas, era o chefe. O escritório estava cheio de pessoas ocupadas, digitando, falando ao telefone, correndo com arquivos nas mãos.

Passei pelo primeiro escritório, olhando pela porta aberta, e vi a companhia que meu irmão levou no meu casamento em St. Thomas.

Ela se levantou e veio na minha direção com um sorriso.

— Liis? Que escritório grande, é você que administra este lugar ou é o Tommy?

Ela pareceu irritada com alguma coisa que eu tinha dito.

— Bom, não se engane, ninguém administra este lugar além do seu irmão. Mas, sim, sou a supervisora deste andar. Vem comigo, o escritório dele é mais à frente.

Passei por um labirinto de cubículos separados por paredes baixas cobertas com tecido cinza. Recebi breves olhares dos outros agentes, alguns parando no meio de uma frase para me encarar.

— Ignora eles — disse Liis. — Este andar é tipo aquele reality *Real Housewives* de San Diego. Eles adoram fazer fofoca e sabem que você é o irmão mais novo do temido AEAE.

— O que é um AEAE?

— Seu irmão é o AEAE. Agente Especial Assistente Encarregado. Oi, Constance — Liis cumprimentou a mulher que estava em uma mesa separada dos outros, com os cachos loiro-esbranquiçados caindo pouco abaixo dos ombros. Ela parecia mais uma debutante do Alabama do que uma funcionária do FBI.

— Agente Lindy — disse ela com a voz anasalada do sul.

Eu sabia.

— Travis Maddox, essa é a Constance Ashley, assistente do AEAE. Não deixa os cílios te enganarem, ela tem uma Ruger embaixo da mesa e é a melhor atiradora do Esquadrão 5.

Os olhos azuis de Constance se iluminaram, e ela bateu os cílios pretos e longos que Lindy tinha acabado de mencionar.

— Ora, obrigada, agente Lindy. Eu digo isso ao Maddox há anos. — Ela tocou no receptor que estava no seu ouvido e fez um sinal para nós com a cabeça. — Podem entrar.

Liis me conduziu por uma porta de madeira grossa até o escritório de canto do Thomas. Havia duas paredes só de janelas, que davam para a Vista Sorrento Parkway, uma clínica veterinária e um pátio de depósitos. Não era uma bela paisagem, mas provavelmente era a melhor do prédio.

Thomas se levantou e abriu bem os braços.

— Olha aí o meu irmãozinho.

— Ninguém tem uma recepção como essa, mas tudo bem — resmungou Liis.

Thomas me abraçou, depois percebeu meu desconforto.

— Oi — disse ele, encontrando o meu olhar. — A parte difícil já passou. As acusações ficaram pra trás, e agora você só precisa ser você mesmo. Senta aí.

Peguei uma das cadeiras que estavam em frente à mesa dele, e Liis pegou a outra. Ela parecia calma e serena. Eu sentia vontade de pular pelas janelas e correr de volta até o meu apartamento com a Abby.

Meu irmão supostamente era um executivo de propaganda, mas ali estava ele, usando seu terno federal e sua gravata federal, atrás da sua enorme mesa federal. Na parede, prêmios que eu não sabia que ele tinha ganhado. Na mesa, fotos com pessoas importantes que eu não sabia que ele conhecia.

— Nada disso vai ser fácil, Tommy. Sabe quantas mentiras eu tive que contar pra minha esposa só pra vir até aqui, porra? Como diabos vou pagar as minhas contas se estiver correndo de um lado pro outro reunindo informações pra você?

— Os informantes são pagos. Bom. E já cuidamos da sua história pra Abby. Vamos rotear todas as ligações pro seu hotel ou pro centro de convenções. Criamos conteúdo caso ela pesquise a convenção no Google.

— Como foi que você conseguiu fazer o Brandon participar e fazer a esposa dele fingir uma complicação na gravidez pra não vir? — perguntei.

— O organizador da convenção, que por acaso é nosso agente Marks, massageou o ego dele e se ofereceu pra pagar pela viagem do Brandon... e por prostitutas.

— E a Becca? Não me fala que vocês deram comida estragada pra ela nem nada assim.

Thomas apontou para Liis.

Ela fez um sinal com a cabeça e se virou para mim.

— A Becca está bem. Brandon se encontrou com uma pessoa que ele achava que era caloura na faculdade, ficou extremamente bêbado e supostamente foi drogado e roubado. A Becca foi uma desculpa. Ele não tinha um documento de identidade pra poder pegar o avião.

— Graças a Deus — falei, relaxando na cadeira.

— E — disse Thomas — você vai ter um álibi permanente até fecharmos a situação com o Benny.

— Quando vai ser isso? — perguntei.

— Trav, eu tenho que ser sincero. Começamos essa investigação dois anos atrás, e ela sempre fica mais profunda.

Dei de ombros.

— O que isso significa?

— Isso significa: seja paciente — disse Liis. — Quando tivermos todas as evidências necessárias, faremos prisões. Seus laços com Benny e Mick Abernathy vão nos ajudar a chegar lá.

— E como é que eu vou fazer isso?

Thomas se ajeitou na cadeira, e eu sabia que ia odiar o que quer que saísse da sua boca.

— O Benny ofereceu ajuda pra você escapar do processo pelo incêndio, não foi?

— Como é que você sabe?

Thomas riu.

— Somos o FBI, Trav, nós sabemos de tudo. Você vai aceitar essa ajuda. Ele vai livrar a sua cara, que já foi livrada, e concordar em pedir pra você lutar pra ele.

Eu me inclinei para a frente.

— Nem por um caralho, Tommy. Eu prometi pra Flor...

— As coisas são diferentes, agora.

Eu me recostei na cadeira — com força — e cruzei os braços.

— Você realmente vai me fazer quebrar todas as promessas que fiz a ela até hoje? Com um sorriso no rosto? Vai se foder. — Olhei para Liis. — E vai se foder você também.

— Ei — disse Thomas, irritado.

Liis levantou a mão.

— Não o culpo, Travis. É uma posição difícil. Mas esse é o único jeito do seu irmão garantir sua imunidade, e o plano dele é a maneira mais rápida de fazer você entrar na panelinha do Benny.

Thomas se inclinou para a frente.

— Você aceita o convite, soca umas pessoas, descobre os detalhes de segurança dele. Você vai ter acesso a tudo. Isso vai dar certo, e é melhor do que qualquer um de nós poderia esperar. — Ele estava muito impressionado consigo mesmo, e isso estava me deixando puto.

O telefone fixo do Thomas tocou, e ele apertou um botão.

Constance não esperou pela resposta dele.

— Agentes Marks, Taber e Kostas, senhor.

— Manda entrar — disse Thomas. Ele falou com ela num tom diferente de todos que eu já tinha escutado. Ele também não usava esse tom com a Liis. Era autoritário, distante. Era desagradável.

Três agentes entraram, e reconheci dois deles — o homem e a mulher que foram me falar que eu estava livre —, e um homem gigante que eu não conhecia.

Meus músculos tinham aumentado desde que comecei a trabalhar na Iron E. Os braços desse cara eram o dobro dos meus.

Ele tinha o biotipo do Lou Ferrigno na época do *Hulk*, parecia uma estátua romana, com cabelo loiro e olhos azuis bem claros.

— Travis, você já conhece Marks e Taber. Eles vão ser seus pontos de contato. O agente Kostas vai tirar a Iron E do Brandon.

Lancei um olhar desconfiado para o Thomas.

— O Brandon não vai abrir mão daquela academia, Tommy.

— Vai, sim — afirmou Marks. — Kostas vai ajudar com o seu disfarce em casa, além de ficar de olho na Abby enquanto você estiver em Vegas.

Eu me virei para olhar o Kostas, depois o meu irmão.

— Você vai designar justo esse cara que parece um deus grego pra cuidar da minha esposa? Você está totalmente louco, porra. — Olhei de novo para ele.

— Bom, ele é grego mesmo — explicou Taber com um sorriso torto.

— E macedônio — acrescentou Kostas.

— Porra nenhuma. — Apoiei o cotovelo no braço da cadeira, levei os dedos aos lábios e balancei a cabeça.

Thomas se inclinou para a frente.

— Você fica achando que tem escolha. Isso já está acontecendo, Travis. Estamos te informando, não pedindo a sua permissão.

Expirei pelo nariz, tentando me manter calmo.

— Kostas tem experiência como treinador. Taber e Marks vão levar você pro andar de baixo e vão orientá-lo nas questões de vigilância, segurança com armas e coleta de informações.

— Coisas de espião de verdade — disse Taber, erguendo as sobrancelhas.

— Como é que eu posso agir como segurança do Benny e estudar e trabalhar e ver a minha esposa? — perguntei, irritado.

Thomas franziu a testa.

— O Benny disse antes que ia respeitar a sua agenda se você lutasse pra ele, certo?

— É, mas... como é que você sabia disso?

Thomas ignorou a minha pergunta.

— Faz ele respeitar a sua agenda. Tudo vai ficar do jeitinho que você achou que seria quando cogitou trabalhar pra ele. Kostas vai continuar te mandando pra *convenções* — disse ele, usando os dedos para fazer aspas — quando você tiver tempo extra. Provavelmente dois fins de semana por mês durante o ano letivo e mais do que isso durante as férias e no verão. Você só tem mais quatro semestres até a formatura. Vamos todos nos unir pra fazer isso dar certo. Não vamos pedir mais do que você consegue aguentar nem exigir tanto que a Abby comece a desconfiar.

— Ela já está desconfiada! Ela não é burra, Tommy!

Liis levantou a mão de novo.

— Vamos acalmá-la, como fizemos pra esta viagem. Vai dar tudo certo.

— E quando é que eu vou até o Benny? — perguntei, derrotado.

— Amanhã — respondeu Marks.

— *Amanhã?* — Eu me levantei e comecei a andar de um lado para o outro. Tudo estava acontecendo rápido demais.

Eles obviamente já vinham planejando isso havia um tempo, mas era o meu primeiro dia, e eles estavam jogando tudo nas minhas costas. Eu não tinha certeza se a Abby ia acreditar em mim. E se ela fizesse perguntas que eu não pudesse responder? Eu teria que continuar mentindo, e não havia um fim à vista. Se um dia ela descobrisse, será que ia me perdoar? Será que eu ia me perdoar?

Eu estava feliz por não ser preso, mas estava cercado de ternos, um modelo da revista *Men's Fitness* ia ser babá da minha esposa toda vez que eu estivesse fora da cidade, e eu não podia dar opinião em nada.

Além de tudo, Thomas não parecia se incomodar com a minha situação. Ele era meu irmão e estava sentado ali, presunçoso, e eu queria enforcá-lo com aquela gravata idiota.

Kostas me observou, entretido.

— Para de sorrir pra mim, seu besta — rosnei. Parei de andar de um lado para o outro e apontei para ele. — E, se você olhar por muito tempo pra minha esposa, eu arranco esses belos olhos azuis com a porra de um garfo.

— Travis — alertou Thomas.

— Por que um garfo? — perguntou Taber.

— Escuta — começou Thomas.

— Por que não um lápis, uma faca ou... — continuou ela.

— Caramba, Taber — rugiu Thomas.

— Desculpa, senhor — disse ela, ajeitando a postura e entrelaçando os dedos na sua frente.

— Somos uma equipe — explicou Liis. — E, se todos trabalharmos juntos, o Travis fica em segurança, a Abby fica em segurança e nós prendemos esses babacas. Depois, Travis, você volta pra sua vida, volta pra sua esposa, e nós teremos o aconchegante final feliz pelo qual trabalhamos tanto. Eu sei que é muita coisa pra absorver, mas você já esteve perto do Benny. Vai ser tudo natural, verossímil e, o mais importante, seguro. Ou tão seguro quanto uma pessoa consiga estar, na companhia de criminosos sedentos por sangue.

— Ele aguenta — disse Marks.

O telefone do Thomas tocou, e ele apertou um botão.

— Desliga o viva-voz, senhor — pediu Constance.

Thomas esperou um segundo enquanto olhava ao redor da sala, depois pegou o aparelho.

— O que foi? Ai, merda. — Seus olhos encontraram os meus. — Eles têm certeza? — Ele esperou uma resposta, depois suspirou. — Arranja um transporte pra ele. — Thomas massageou a testa antes de colocar o aparelho na base.

— O que foi? — perguntou Liis.

— Mudança de planos — respondeu Thomas. — Taber, você vai escoltar o Travis. Ele vai pra Vegas agora.

— Agora, senhor? — perguntou Taber.

Nossos olhares se encontraram, e eu percebi um vislumbre de compaixão nos olhos do meu irmão que eu tinha certeza de que ninguém mais tinha percebido.

— Agora.

28

Saindo de Las Vegas

ABBY

A terceira e última carga de roupa lavada estava na secadora, era composta principalmente de biquínis, saídas de praia e sungas. As últimas duas semanas tinham sido uma montanha-russa em que eu nunca mais queria andar.

De todas as coisas pelas quais passamos no último um ano e meio, Travis quase me deixar foi, de longe, a pior.

Agora fazia sentido o motivo para ele estar tão preocupado depois do nosso casamento em Vegas. Ele só tinha tentado terminar uma vez, e eu não conseguia evitar questionar tudo, mesmo depois de termos renovado os nossos votos. Eu, que já tinha partido seu coração uma dezena de vezes. Pus as mãos na borda da secadora e me debrucei, envergonhada.

Nenhuma garota de dezenove anos tinha tudo resolvido, e eu vinha tentando não ser tão dura comigo mesma por ficar insegura em relação ao Travis enquanto estávamos namorando. Mas, depois do que eu tinha passado quando ele tentou me "salvar" indo embora, eu queria implorar pelo seu perdão toda vez que o pânico me tomava.

Ele tinha me deixado para ir trabalhar no dia anterior. A convenção à qual o Brandon o tinha mandado durava apenas dois dias. Achei que o Travis ficaria aliviado de não estar perto do chefe, mas ele ainda parecia agitado. Ele mal conseguiu olhar nos meus olhos quando detalhou o itinerário. Alguma coisa estava acontecendo, mas eu ainda me achava nervosa demais para questioná-lo.

Travis tinha prometido nunca mais me deixar, mas ele estava introspectivo desde o dia depois do casamento em St. Thomas, e eu não queria forçar a barra, preocupada com que ele tentasse me "salvar" de novo. Estar casada não era garantia de que ele ficaria comigo, e eu não sabia se um dia conseguiria superar esse medo.

Meu celular vibrou, e eu me levantei, respirei fundo e olhei para ele, lendo a mensagem da America.

Minha aula das duas horas foi cancelada, estou a caminho.

Enchi as bochechas de ar e expirei, tirando um fio de cabelo solto dos meus olhos. Eu não havia contado para a America o que tinha acontecido antes da renovação dos votos e não sabia se devia.

Ela podia voltar a odiá-lo, fazendo Travis se sentir pior do que ele já se sentia.

Eu esperava que St. Thomas fosse uma boa maneira de começar de novo, mas Travis parecia estar em um lugar sombrio. Minha mente repassou mil cenários — se ele não achava que tinha tomado a decisão correta de ficar comigo e uma infinidade de outras coisas. Eu sabia que ele me amava. E me concentrei nisso.

Eu tinha acabado de esvaziar a lava-louças quando a minha melhor amiga bateu na porta. Eu a destranquei e a deixei entrar, vendo-a andar e se jogar na poltrona reclinável, a mesma em que eu tinha sentado da primeira vez que estive naquele apartamento.

A sala agora parecia muito diferente, e America também, com seu cabelo loiro recém-cortado na altura dos ombros e com franja. Sua pele estava dourada pelo sol do Caribe, e ela parecia relaxada e feliz em um cropped branco, calça cinza-claro e tênis brancos. Ela só precisou de alguns segundos para perceber que a minha energia não era a mesma que a dela.

— Ai, meu Deus. O que foi? — perguntou, preocupada, se inclinando para a frente.

— Não sei — respondi, me sentando na parte do sofá mais próxima dela. — Só um pressentimento, acho.

— Em relação a quê?

— Também não tenho certeza.

— As coisas parecem ter se acalmado, se é que você me entende, certo?

Fiz que sim com a cabeça. Ela estava certa. Não víamos mais sinal dos agentes federais.

— Foi por causa do aniversário do incêndio no Keaton Hall?

Balancei a cabeça.

— Acho que não.

— Foi legal ver todo mundo indo falar com ele.

Assenti de novo. Eu não podia falar em voz alta por medo de alguém estar escutando, mas eu nunca tinha visto o Travis tão emotivo.

Tínhamos ouvido muitas histórias sobre o Travis orientando pessoas para chegarem a um lugar seguro e sobre o Adam conduzindo gente até o lado de fora. Eu não sabia que o Adam tinha voltado várias vezes para ajudar o máximo possível de pessoas a saírem.

A cada abraço agradecido, Travis se esforçava para manter a compostura.

— Ele pareceu mais em paz depois daquilo... por um tempinho. Tem alguma outra coisa.

— Ele está chateado?

— Não tenho certeza. Tem alguma coisa errada.

— O que você acha que é? — Ela olhou ao redor. — Ou você não quer falar no assunto?

— Não sei. Acho que preciso de ar fresco. Passei o dia todo em pânico. Não consegui me concentrar nas aulas.

— Sim — disse ela, se levantando. Ela estendeu a mão pra mim. — Vamos dar uma volta.

Peguei sua mão e a coleira do Totó e uma jaqueta antes de sair e trancar a porta.

Comecei a falar assim que achei que estávamos longe o suficiente do apartamento.

— Vou contar uma coisa, mas você não pode surtar. — Nós duas tínhamos deixado nossos celulares para trás, acostumadas a tomar muito cuidado.

— É tão ruim assim?

Suspirei, esperando o Totó farejar um bom lugar para fazer suas necessidades.

— Uma semana antes do casamento, o Travis se encontrou com o Adam. O Brandon estava envolvido nas lutas, e o Travis tinha certeza de que o Brandon ia entregá-lo e, com isso, o Travis ia ser preso.

— O Brandon? Como?

— Ele é sócio do Adam. Eles estavam transmitindo as lutas online por streaming e ganhando milhões. O Brandon tentou fazer um acordo com os agentes federais pra conseguir imunidade.

— Aquele filho da puta — resmungou ela baixinho.

— O Travis estava com mais medo ainda de me arrastar com ele pra prisão. Então ele... — eu quase não consegui dizer as palavras — ele tentou terminar tudo.

— O quê? — gritou ela, olhando imediatamente ao redor. Suas palavras seguintes foram mais baixas. — Que porra é essa que você acabou de me dizer? Eu tenho certeza que não ouvi você dizer que o Travis terminou tudo antes do maldito casamento.

— Ele tentou. Eu realmente achei que ele fosse terminar. Eu quase não consegui convencê-lo do contrário.

— Por que você não me disse nada? — perguntou ela, irritada.

— Ele mudou de ideia. Eu não queria falar no assunto antes de St. Thomas. Eu só queria curtir o momento. Queria que todo mundo curtisse.

— Abby...

Fechei os olhos, tentando não chorar de novo.

— Ele mudou de ideia, Mare. Mas, ali, por um minuto alucinado, eu realmente achei que fosse perdê-lo.

Ela me abraçou.

— Ai, meu Deus. Ai, meu Deus, Abby, me desculpe por não estar aqui.

— Não é culpa sua. Não é culpa de ninguém. O Travis estava agindo por desespero. Mas agora parece que ele não está mais preocupado com isso. Desde St. Thomas, ele não tocou no assunto. Só que... tem mais alguma coisa. Ele está diferente. Não sei se ele está arrependido de não me abandonar ou se está chateado porque o Brandon começou a pedir pra ele viajar a trabalho. O que eu sei é que ele não vai ser preso. É como se ele soubesse que está livre. Talvez ele tenha feito um acordo e não queira me contar. Não tenho certeza, mas tem alguma coisa.

Continuamos andando, e America pegou a minha mão livre, segurando-a no peito.

— Não consigo acreditar que ele estava disposto a se afastar de você. Nem mesmo por isso.

— Bom, ele estava. Foi o momento mais assustador da minha vida, e eu tive duas experiências de quase morte no último ano.

America estava mergulhada em pensamentos.

— Você acha que tem a ver com o Benny? E se ele concordasse em aceitar a oferta de ajuda do Benny?

Parei.

— Talvez você esteja certa. Vamos voltar. Quero fazer algumas ligações e verificar se ele está mesmo na Califórnia agora, e não em Vegas.

Voltamos para o apartamento, mas paramos de repente quando vimos uma picape preta desconhecida estacionada na vaga do Travis.

— Jesse, que porra é essa? — disse America, soltando a minha mão para se aproximar dele.

Ele levantou as mãos.

— Não é o que você está pensando, eu juro.

Franzi a testa. A expressão presunçosa que ele exibia no rosto, na última vez que nos visitou, tinha sido substituída por tristeza.

— O que é, então? É sobre o Travis?

Ele balançou a cabeça.

— É... é a sua mãe, Abby. — Ele baixou os olhos e suspirou. — A Bonnie se foi.

Eu o encarei, tentando processar as palavras.

— Se foi? Você quer dizer que ela está desaparecida? — perguntei.

Ele balançou a cabeça.

— Ela faleceu, Abby, sinto muito.

— Como assim? — exclamou America, com a voz aguda. — Tem certeza? Como é que você sabe?

— Já checamos. O Benny. Eu tinha que contar pra você. Eu nem sei se quer voltar lá, mas já comprei passagens pra você e pra Mare irem a Vegas.

— Ela está em Vegas? — perguntei.

Ele deu de ombros e assentiu.

— Ela estava lá há algum tempo. O voo sai em duas horas. Sinto muito, Abby, de verdade.

America cobriu a boca e me envolveu nos seus braços.

— Abby!

A maioria das pessoas ia chorar naquela situação, se despedaçar e soluçar, mas eu só me sentia entorpecida.

— Acho... acho que vou perguntar pra Cami e pro Trent se eles podem cuidar do Totó.

— Eu vou com você. Eu vou, Abby, e não quero ouvir nem uma palavra sobre isso. — Ela digitou o número de alguém e levou o celular ao ouvido. Depois de um minuto rosnou. — O Travis não atendeu. Vou mandar uma mensagem pro Shepley. A gente vai.

— Você não pode perder as suas aulas, Mare, e os seus pais não vão te deixar.

— Eu não me importo! Você acabou de perder a sua mãe! Eu vou, porra! Vamos lá, eu te ajudo a fazer as malas.

Fiquei encarando a mala enquanto America a enchia com roupas, lingerie e itens de higiene pessoal. Ela parou na frente do meu armário, pegou dois vestidos e me mostrou.

— São os únicos pretos que você tem que não são... de balada.

Fui até ela e toquei no tecido. Quando eu os comprei, foi pensando em usar em entrevistas de emprego. Eu não tinha a menor ideia de que usaria um deles no enterro da minha mãe. Peguei o da esquerda, porque tinha um decote mais fechado e o tecido era mais fresco para respirar no calor do deserto.

— Boa escolha — disse America, separando um par de sapatos fechados.

Depois de concluir o que parecia ser uma curta lista de verificação interna, America fechou o zíper da minha mala e a puxou até a porta.

— Pega o seu carregador e a sua bolsa. Verifica se a sua identidade está dentro dela.

— Ah, sim — falei, indo até a cômoda. Confirmei que estava com tudo que era necessário.

America estava digitando no celular.

— Deixa a chave embaixo do capacho. O Trent vai pegar o Totó depois do trabalho e levar pra casa deles. Ele vai continuar tentando falar com o Travis. — Ela levantou o olhar. — E o Trent quer que você ligue pra ele quando puder. Ele sente muito por você.

Jesse colocou minha bagagem no banco traseiro, ajeitando minha mala de rodinhas de lado porque sabia que ia precisar de mais espaço para os pertences da America.

No dormitório dela, fiquei sentada na picape enquanto Jesse a ajudava a colocar as malas no banco traseiro, depois America se sentou no banco atrás de mim.

— Estou surpreso com a rapidez com que você arrumou tudo isso — disse ele.

— Sei ser eficiente quando é necessário — respondeu ela, afivelando o cinto de segurança.

Jesse configurou o GPS para ir ao aeroporto, e nós fomos até lá em silêncio total. Sem rádio, sem conversa. Passou pela minha mente que o Travis não ia ficar feliz de saber que eu estava viajando com o Jesse, mas ele também ia entender a emergência. Eu não podia ser exigente com passagens gratuitas para voltar a Vegas para o enterro da minha mãe.

Quando chegamos ao aeroporto, fazer o check-in e passar pela segurança foi como seguir no automático. Eu só percebi como estava me sentindo perdida quando America apertou a minha mão enquanto esperávamos a chamada no portão de embarque.

— Você não fala nada há duas horas, Abby. Precisa de alguma coisa? — perguntou ela.

Balancei a cabeça.

Ela apertou a minha mão de novo.

— O Shepley pega o próximo voo. Ele vai nos encontrar no hotel de manhã.

Fiz que sim com a cabeça, olhando pela janela.

Na metade do voo, minha mente começou a se concentrar no que significava eu não conseguir chorar. Eu tinha visto minha mãe pouco tempo antes, pela primeira vez em quase dois anos. Ela tinha me dado um desfecho. Não podia evitar me perguntar se ela sabia que estava morrendo. Se aquilo havia sido uma despedida.

Eu estava sentada na poltrona do meio em uma fileira de três assentos. Jesse assistia a algo na tela diante dele, America olhava pela janela. Ela não pôs o seu fone para o caso de ser necessária, mas se manteve distraída para eu não achar que estava em cima de mim.

Como o Travis não podia estar comigo, fiquei feliz que ela estivesse. Além do meu marido, só a minha melhor amiga entenderia exatamente o que eu precisava naquele momento. Às vezes, parecia até que ela sabia antes de mim.

Quando as rodas tocaram na pista, o tranco me trouxe de volta à realidade. Eu não tinha conseguido falar para fazer perguntas ao Jesse, como se eu também estivesse no piloto automático. A maneira como a minha mãe tinha morrido ainda era um mistério para mim, e eu já sabia havia horas que ela estava morta.

Jesse nos ajudou a fazer o check-in em um quarto de um hotel fora da Strip, conseguindo um desconto para nós.

— Isso é por causa de uma antiga conexão no Bellagio ou porque você trabalha pro Benny? — perguntou America enquanto seguíamos para o elevador.

— As duas coisas — respondeu ele, com um sorriso. Ele apertou o botão, e nós esperamos em silêncio.

America também parecia compartilhar do mesmo entendimento que eu; Jesse obviamente estava tentando omitir alguma coisa, e ninguém queria que ele ignorasse essa sensação.

Subimos até o quarto e esperamos Jesse usar o cartão-chave para abrir a porta. Ele esperou em silêncio enquanto America começou a desfazer nossas malas e a organizar o banheiro, como ela sempre fazia.

— Eu, hum, vou descobrir o que precisamos fazer — disse Jesse por fim. — Eu sei que o corpo dela ainda precisa ser reconhecido pela família.

— O Mick não fez isso? — perguntei, meio sufocada.

— O Mick está desaparecido. Eu nem sei se ele já foi avisado. Estão esperando por você. Liga pra funerária e eles vão fazer o resto, ajudar com os arranjos e explicar tudo o que for necessário. Usamos a mesma funerária para os meus dois avôs.

— Eu lembro — falei, me concentrando em uma árvore lá fora. Era parecida com a que dava para ver pela janela do quarto do Travis — do nosso quarto. Bastou isso para eu me sentir mais calma, embora eu não soubesse como era possível estar mais calma do que entorpecida.

Jesse se debruçou sobre a mesinha e rabiscou alguma coisa no papel de carta do hotel. Ele arrancou a folha do bloco, foi me dar, mas decidiu entregar para America.

— Aqui. O nome da funerária que usamos e o endereço de... onde ela fica.

— Obrigada — disse America.

— Como foi que aconteceu? — perguntei, olhando de novo para a árvore.

Jesse retorceu as mãos e ficou nervoso.

— Você sabe, Abby. Ela não estava bem há muito tempo. Ela bebe mais do que qualquer homem que eu conheço.

— Estou perguntando do fim.

Jesse se encolheu.

— Você não... você não vai querer saber. Ela se foi. Deixa quieto.

— Eu quero, sim. Quero saber.

— Ela estava indo e vindo do hospital há meses. Na última vez que vi a sua mãe, não sei, ela parecia meio inchada e desconfortável. Os olhos estavam amarelos. O corpo estava simplesmente cansado.

— Ela estava em casa quando aconteceu? — perguntei.

— Não, ela estava num quarto de hospital. Já estava ali havia alguns dias.

— Que bom — falei, assentindo. — Isso é bom. Ela... ela estava sozinha?

Jesse suspirou.

— Ninguém jamais fica sozinho no hospital.

— Você sabe o que eu quero dizer.

— Ela entrou em coma no dia em que faleceu. Ela não saberia se houvesse alguém visitando.

— Você quer dizer se eu tivesse conseguido visitá-la.

— Você não sabia. Que inferno, eu só soube depois — disse ele. — Abby, ela estava num leito quente e confortável até o fim. Você devia se consolar com isso.

— Acho que sim — falei, olhando para as minhas mãos.

— Preciso ir. Eu saí sem avisar a ninguém e eu tenho que... Preciso ir — disse Jesse.

Eu me levantei, e ele me abraçou, mas mantive os braços junto ao corpo.

— Me liga, tá? Estou com você. — Ele acenou, mas, no instante em que ia pegar na maçaneta, alguém bateu na porta. Jesse olhou para America e para mim, depois virou a tranca e a maçaneta.

Travis estava parado no corredor. Ele não pareceu surpreso em ver o Jesse, mas não gostou de ter que passar por ele para chegar até mim.

Eu estava preparada para um sermão cheio de ciúme, mas ele me pegou nos braços e me apertou.

— Eu vim o mais rápido possível.

— Isso foi... bem rápido — comentou America.

— Eu vou, hum... — disse Jesse, apontando para a porta.

— Obrigado por ter trazido a Abby pra cá — agradeceu Travis, com o rosto ainda encostado no meu cabelo. — Mas, apesar disso, vai se foder.

Jesse fez que sim com a cabeça.

— É justo.

Ele fechou a porta ao sair, e Travis me abraçou com força.

— Sinto muito, Flor — sussurrou ele.

Olhei para ele.

— Como foi que você...?

Ele franziu a testa do mesmo jeito que fez quando estava me falando o itinerário antes de viajar.

— Eu vim assim que soube. Tive que mover céus e terra, mas agora estou aqui.

— Como? Como é que você está aqui? Agora?

Travis deu uma risadinha, nervoso.

— Um dos organizadores soube do que aconteceu, me arrumou um avião particular e eu vim.

Eu o abracei de novo, encostando o rosto no seu peito.

— Eu só estou feliz por você estar aqui.

— Eu também.

— Tudo bem — disse America, jogando o celular na cama dela e se sentando ao meu lado. Suas explicações a seguir foram calmas e reconfortantes. — Depois que você a identificar, a funerária vai começar a cuidar de tudo. Então você vai ter que tomar algumas decisões. O Jesse me mandou o endereço do apartamento dela. Fica em Boulder City, a uns quarenta minutos daqui. — Ela olhou para o relógio. — Mas... Sinto muito, Abby, temos que ir ao necrotério agora.

Balancei a cabeça.

— Eu vou com você — disse Travis.

America abraçou nós dois.

— Você não precisa fazer isso sozinha.

— Eu não sei se consigo.

— Consegue, sim — incentivou America, encontrando o meu olhar. — Você precisa fazer isso. Não tem mais ninguém que possa.

Fechei os olhos por um instante, para me recompor enquanto eles continuavam me abraçando. America estava certa: eu não estava sozinha. Eu tinha meu marido e minha melhor amiga, as duas pessoas no mundo todo com quem eu me sentia mais segura.

Mais uma vez, o carro foi preenchido com o silêncio. Travis chamou um Uber, e até o motorista sacou que não era para falar. Poderia ser pela habilidade natural do Travis para intimidar ou pelo fato de que o nosso destino era um necrotério — ou as duas coisas.

Quando chegamos, Travis e eu paramos em frente ao prédio de três andares com características arquitetônicas quase indescritíveis. Tijolos cinza-claro, algumas janelas retangulares, portas duplas que combinavam perfeitamente com os tijolos, e um letreiro que quase parecia genérico.

America deu alguns passos para a frente, mas parou quando percebeu que não a estávamos seguindo.

— Vocês dois estão bem?

Olhei para o Travis, que estava encarando o prédio com uma ruga profunda entre as sobrancelhas.

— Ai, meu Deus. Ai, meu Deus, eu nem pensei, Trav. Você não devia ter vindo — falei, cobrindo os olhos.

Ele tirou meus dedos e os beijou.

— Eu não quero nada além de estar aqui com você.

— Mas... — comecei.

Ele balançou a cabeça.

— É difícil pra mim? É. Eu odeio ver você passar por isso, porque eu me identifico. — Ele olhou para o prédio. — Mas estou feliz por poder segurar a sua mão neste momento.

Nós entramos, e eu deixei a America lidar com as pessoas da recepção. Entreguei a minha identidade e depois esperamos.

E esperamos.

E esperamos.

... e esperamos.

Por fim, um homem de jaleco azul-marinho apareceu na porta.

— Sra. Maddox? — chamou ele.

Nós três nos levantamos, e Travis me segurou enquanto seguíamos em frente.

O homem me fez várias perguntas enquanto íamos até os fundos, e eu as respondia, mas, alguns segundos depois, já não me lembrava do que ele tinha perguntado. Passamos por uma porta vaivém, depois por outra, e chegamos a um cômodo com um cheiro que parecia uma combinação de hospital com freezer de baixíssima temperatura.

O homem nos conduziu até uma parede cheia de gavetas prateadas com alças finas. Ele verificou os números e puxou.

Vi a minha mãe deitada ali, sem vida, e, mais uma vez, não senti nada. O entorpecimento me assustava mais do que o corpo que estava na minha frente.

Em seguida, as lágrimas vieram.

— Sinto muito, mas precisamos de uma confirmação verbal.

— É ela — falei, virando de costas.

America e Travis não saíram do meu lado.

Assinar formulários e sair de lá foi como um borrão. E, entre meu pânico de estar, por algum motivo, despedaçada por não ser capaz de sofrer com a imagem da minha vida sem vida e a pura raiva que eu sentia do Mick por ter deixado tudo por minha conta — de novo —, eu estava aliviada que pelo menos aquela parte tivesse acabado.

— Eu odeio esta cidade. Nunca mais quero voltar aqui — falei, tentando respirar através das lágrimas.

— Só temos uma reunião com o agente funerário e podemos ir embora — explicou America.

— Cremar. Pede pra eles cremarem a minha mãe e me mandarem as cinzas. Embalsamar e maquiar só serve para as pessoas se lembrarem dela de um jeito diferente do que eu acabei de ver. Eu já vi. É só mandar cremá-la e mandar as cinzas pra mim. Eu... dou um jeito depois.

A princípio, America ficou surpresa, mas depois assentiu e começou a digitar no celular. Ela levou o aparelho ao ouvido e se afastou, conversando com a pessoa do outro lado da linha.

Travis pediu o Uber e guardou o celular, me segurando com as duas mãos.

— Sinto muito por você ter visto aquilo, Flor. Sinto muito porque o merda do seu pai, mais uma vez, deixou você na mão e largou o peso pesado da família nas suas costas.

— Bom, eu tenho você. Ele não tem ninguém.

— E de quem é a culpa por isso? — perguntou America, voltando a se juntar a nós. — Eles vão mandar um e-mail com alguns formulários pra você assinar, depois vão cuidar de tudo. Mas... vai custar quinhentos dólares.

— Tudo bem — disse Travis. — Isso não é problema.

— Desde quando? — perguntei, atônita. Meu rosto parecia quente e molhado, mas o Travis beijou um lado mesmo assim.

— Eu cuido de tudo, Beija-Flor.

Respirei fundo e olhei para o nada.

— Eu só quero ir embora daqui e voltar pra casa. Fingir que foi tudo um pesadelo e que ela só está... afastada, não morta.

America massageou as minhas costas com a palma da mão.

— Eu preparo um banho pra você no hotel. Já falei pro Shepley cancelar o voo. Vamos voltar amanhã.

Olhei para o Travis.

— Você pode voltar pra convenção. Obrigada por largar tudo e vir.

Ele franziu a testa.

— De jeito nenhum. Claro que não. Eu vou pra casa com você. Não vou sair do seu lado.

Eu me apoiei nele, aliviada. Travis era a minha fortaleza, a minha base, o único refúgio seguro que eu conhecia. Eu não ia nem fingir que não precisava desesperadamente dele.

No fundo da minha mente, eu estava preocupada de não saber quais emoções podiam aflorar quando o luto batesse. Eu ainda estava em uma montanha-russa sem vislumbrar a saída. Mas era mais suportável tendo o meu marido comigo, e America sempre ao meu lado.

Parecia uma tragédia a minha mãe não ter um funeral, uma lápide, uma família para visitá-la. Mas ela escolheu ficar sozinha, e eu nunca precisaria estar.

— Tenho muita sorte de ter vocês dois na minha vida — falei. — E estou bem feliz de ir embora de Las Vegas, desta vez para sempre.

— Você tem muitas coisas pela frente, Abby. Muitas distrações — disse America.

Eu me virei para ela.

— Eu preciso de todas as distrações. O que você tem em mente?

— Hum — respondeu ela, pensando. — Quer falar nisso agora?

— Qualquer outra coisa. Por favor — pedi.

— Bom, vamos ver. Hum... Ah! A Festa da Primavera está chegando, e o Boom Fest.

— Boom Fest? O que é isso? — perguntei.

Travis falava enquanto verificava a localização do Uber mais uma vez.

— É o festival de música anual do campus. Eles não fizeram no ano passado porque... bom, por causa do incêndio.

America deu um sorriso cuidadoso.

— Todo mundo está falando nisso. Se você quiser.

— Este ano vai cair no meu aniversário — disse Travis. — E eu vou fazer vinte e um. Todos os meus irmãos vão estar lá. Mas, se você não quiser ir, vou ficar feliz de me sentar em casa ao seu lado e assistir a Netflix abraçadinhos com uma tigela enorme de pipoca e o Totó no nosso colo.

Bem quando ele franziu a testa, America falou:

— O Trent e a Cami devem pegar o Totó a qualquer momento.

Ele fez que sim com a cabeça.

— Ótimo. Muito melhor do que o Brazil. — Ele beijou a minha cabeça. — Você está bem, Flor? O Uber está quase chegando.

— Estou com vergonha de admitir o que está errado — confessei.

Travis e America se posicionaram para ver melhor a minha expressão. Eu não sabia o motivo; os dois sabiam que eu nunca desistia de nada.

— Não estou triste — falei de uma vez só. — O que tem de errado comigo?

— Abby — disse America, segurando a minha mão com suas duas mãos. — Você acabou de descobrir, há poucas horas, que ela morreu. Você mal a conhece, mas ela é sua mãe. Como é que você deveria se sentir? — America passou o polegar no meu rosto. — Sentimentos nunca são errados. O que quer que você esteja sentindo, está tudo bem. Se você ficar triste mais tarde, tudo bem. Se não ficar triste nunca, tudo bem, também.

Respirei fundo, deixando meu corpo relaxar.

— Tenho muita coisa pela frente — falei para mim mesma. — Distrações. E estou indo embora de Las Vegas... para sempre.

29

Moisés

TRAVIS

— Você está bem? — perguntei a Abby.

Ela me deu um abraço de lado.

— Obrigada. Era exatamente disso que eu precisava.

As cinzas da Bonnie tinham sido entregues no dia anterior, e Abby levou uma hora para decidir o que fazer com a urna. Ela não queria olhar para aquilo todo dia, mas também não achava certo guardar no armário. Assim, decidimos colocar no antigo quarto do Shep.

Fomos até a loja de materiais de construção e fizemos uma prateleira simples. Abby colocou a urna no centro e decorou cada lado com vasinhos de flores e parecia estar satisfeita com o resultado. Mas eu não sabia se ela estava preparada para o local em que estávamos prestes a entrar.

O Boom Fest era uma versão barata do Coachella promovida pela Estadual de Eastern. As garotas usavam roupas brilhantes e curtas, uma maquiagem absurda que normalmente incluía purpurina ou aquelas pedras falsas coladas no rosto. Os caras pegavam mais leve, usando chapéu panamá ou fedora e camisas havaianas.

Abby e America estavam adequadas. America usando uma combinação selvagem em branco: um espartilho branco com tiras largas amarradas na frente e um par de *spanks* — como ela chamava —, mas também usava uma camiseta branca transparente por baixo do espartilho e do negócio que parecia um top, com mangas pouco acima dos cotovelos e o resto do tecido descia até abaixo do short. Seu cabelo estava preso em um monte de tranças com fitas brancas e prateadas, e ela também usava um tipo de coturno de couro com renda branca. Ela estava até com cílios metálicos prateados e óculos em formato de coração que usava como tiara de cabelo ou algo assim.

Abby não estava tão escandalosa, mas ainda me fez sentir meu antigo eu borbulhando sob a superfície. Não falei nada sobre o top de biquíni preto que tinha um emblema da Rota 66 em um dos lados e uma moto bordada no outro, nem do microshort que ela estava vestindo — mas meu antigo eu teria falado.

Por algum motivo, as botas de couro preto na altura da canela que ela estava usando eram o que me deixava mais desconfortável, e eu não conseguia identificar o motivo.

Abby ajeitou a gargantilha preta grossa no pescoço e se virou para procurar Finch, e uma das suas duas tranças francesas pularam por cima do ombro.

— Você vem? — gritou ela.

— Estou indo, sua vaca! Paciência — gritou Finch a uns trinta metros de distância. Seu namorado, Felix, estava logo atrás dele.

Abby ficou na ponta dos pés para beijar a minha bochecha e depois riu enquanto espanava a purpurina prateada que aparentemente tinha se transferido dos seus olhos para o meu rosto.

— Oops, deixa eu tirar isso daqui — disse ela com um sorriso.

— Deixa aí — falei, recuando. Segurei sua mão e depois dei um beijinho nos seus lábios quando ela menos esperava, fazendo-a rir ainda mais.

Meus irmãos e suas companheiras deveriam estar nos esperando na roda gigante, mas não vi nenhum deles.

— Que estranho — falei, olhando para o meu relógio. — Estamos dez minutos atrasados.

— Desculpa — disse America.

— E nenhum deles chegou? O ponto de encontro não era aqui, Shep? — perguntei.

— Você não viu a mensagem no grupo? — indagou Shepley. — O Thomas disse que não ia conseguir vir, e aí todo mundo meio que desistiu depois disso.

— Não fode comigo — falei, olhando ao redor. — Eles não vêm no meu aniversário de vinte e um anos? Eu fui no aniversário de todos! Que sacanag...

— Primeiro de abril, babaca! — disse Trent, me empurrando por trás. Eu me virei e vi os meus quatro irmãos e as namoradas de todos eles, e os oito pares de olhos se iluminaram.

— Feliz aniversário! — desejaram em uníssono.

Abby abraçou Cami primeiro.

America foi direto até Falyn e Ellie.

As garotas se revezaram nos abraços, do mesmo jeito que os meus irmãos fizeram comigo. Quando foi a vez do Thomas, ele me abraçou apertado.

— A gente não ia perder isso, irmãozinho.

Vê-lo ali parecia estranho, e eu não gostei. Ele não era simplesmente meu irmão, agora ele era meu chefe, meu diretor, e eu já o tinha visto pela segunda vez em San Diego desde que a mãe da Abby morrera para receber o restante do meu treinamento com Marks e Taber — e um outro cara chamado Sawyer que só apareceu para ficar olhando. E ninguém além da Liis sabia.

Liis me cumprimentou com a cabeça, e eu tive certeza de que ela sentiu o meu desconforto.

— Feliz aniversário, Travis.

— Obrigado, Lind... Liis.

Pela visão periférica, vi que a Abby percebeu. Ela mantinha um sorriso relaxado no rosto, mas os olhos congelaram na troca desconfortável só por um instante antes de ela desviar o olhar para terminar de conversar com a Ellie.

— Vamos — chamou Finch. — As bandas estão lá do outro lado.

Seguimos Finch e Felix, enquanto as garotas conversavam e caminhavam abraçadas de lado e os irmãos Maddox se cutucavam e trocavam soquinhos.

O festival estava lotado, mas a multidão se abriu como o Mar Vermelho para nós, ao verem cinco diferentes lutadores renomados do Círculo se aproximando como um pequeno exército, arrastando seus grandes amores. Passamos por food trucks e diversas barracas, depois chegamos à área em que havia espetáculos de carnaval, comedores de fogo e acrobatas, palhaços e animais exóticos. Quando finalmente chegamos aos fundos da área de shows, continuamos em frente, chegando ao centro com facilidade.

A banda começou a tocar minutos depois, e dava para ouvir com facilidade apesar dos gritos da multidão. Fiquei parado atrás da Abby, envolvendo os braços na sua cintura. Ela se recostou no meu peito e nós nos balançamos, curtindo nosso primeiro legítimo momento de paz desde o incêndio.

Isso me fez acreditar no Thomas dizendo que ia dar tudo certo. Que íamos conseguir as informações de que eles precisavam para fazer as prisões e Abby e eu poderíamos ser felizes enquanto isso.

De repente, Ellie estava nos ombros do Tyler, aplaudindo a banda. Então America subiu nos do Shepley.

Olhei para Abby.

— Quer uma visão melhor?

Ela fez que sim com a cabeça, entusiasmada, me dando um extra de adrenalina para levantá-la quase sem nenhum esforço. Em pouco tempo, todas as garotas já estavam sentadas acima da multidão — exceto Liis, que não parecia interessada nisso, embora ela fosse a mais baixa de todos nós.

A banda continuou tocando, uma terceira música, depois a quarta, e o vocalista contava histórias e falava besteira para nos fazer rir entre uma música e outra.

Era um dia perfeito, com o sol não muito quente e uma brisa delicada de vez em quando para nos refrescar onde estávamos parados ombro a ombro. Conforme o sol começou a se pôr, fogos de artifício estouraram ao longe, e a multidão enlouqueceu.

Uma por uma, as garotas pediram para descer, e a Ellie foi a última. Elas começaram a dançar — menos a Liis, claro —, e meu primo, meus irmãos e eu observamos entretidos.

Abby estava com as mãos para cima, sorrindo e balançando com a música.

A música parou, o vocalista agradeceu a plateia pela presença e todos nós gritamos.

Assim que a multidão se acalmou, Abby olhou para mim e sorriu. Um segundo depois, o som de um tapa barulhento encheu o ar e ela tropeçou para a frente. Seus olhos se arregalaram para mim.

Meu olhar foi para trás dela, onde Brandon estava parado.

— Caramba, esse foi bom, hein! Eu queria fazer isso há algum tempo — disse ele, esfregando as mãos.

Abby massageou a bunda e se virou para ele, recuando rapidamente na minha direção.

Foi aí que a comemoração acabou. A família Maddox estava encarando um inimigo em comum.

Comecei a ir na direção dele, mas, de algum jeito, consegui parar, respirando com dificuldade. A adrenalina que corria pelas minhas veias me deu vontade de lutar contra todo mundo que estava na multidão.

— Você perdeu a porra do juízo? — perguntei, fervendo de raiva.

— Bom... — Brandon apontou para a minha esposa. — Olha para ela. Olha pra essa bunda! Eu estava bem ali, cara, tive que fazer isso!

Abby pôs a mão no meu ombro.

— Não. Ele está jogando uma isca pra você — sussurrou ela.

— O que foi? — perguntou Brandon, olhando ao redor. — Você está puto? Acho bom você perguntar ali pro seu irmão como é lutar comigo. Eu dei uma surra nele naquela época, e agora estou melhor ainda.

— Eu tinha tomado quase um litro de uísque, seu imbecil — disse Tyler com sarcasmo. Ele deu um passo para a frente, mas eu o segurei pondo a mão no seu peito.

Olhei para o Thomas, esperando que ele me impedisse, mas ele estava simplesmente olhando furioso para o Brandon, com os punhos fechados nas laterais do corpo.

— Eu devia ter feito isso naquela noite mesmo — provocou Brandon, olhando para a minha esposa de um jeito sedutor.

— Cala a boca, Brandon — ordenou Abby, furiosa. Ela estava tremendo. Eu não a via assim desde o incêndio.

— De que caralhos você está falando? — perguntei.

— Eu fui até a sua casa uma noite aí. — Ele piscou para a Abby. — Admite. Você ficou feliz em me ver.

— Foi isso mesmo que você pensou quando eu gritei pra você sair da porra da minha varanda?

Brandon riu.

— Ri pra ela de novo, palhaço — provocou America.

— Ei — disse ele, dando de ombros. Seus olhos estavam selvagens, sua adrenalina corria pelas veias, e ele parecia pronto para uma briga. — Não é culpa minha que a mulher do Travis quer chupar o meu pau desde que a gente se conheceu.

— Não cai nessa, Trav. Ele está aprontando alguma — disse Abby. Ela massageou a traseira do short de novo.

— Você está bem? — perguntei a ela.

Ela hesitou.

— Flor? — falei com mais firmeza do que eu pretendia.

— Vai deixar marca.

Travei o maxilar, inclinando a cabeça para o lado.

— Eu preciso.

Abby olhou para ele, depois voltou para mim e assentiu.

— Ensinar boas maneiras a esse babaca.

Eu me joguei em cima do Brandon e, pela visão periférica, vi meus irmãos afastando todo mundo para formar um círculo perfeito e eu poder dar uma surra no cara.

Meus socos tinham tanta força por trás como quando eu estava atacando os capangas do Benny.

Brandon era forte pra caralho, mas era mais lento que o Trenton, não era tão inteligente quanto o Thomas e não conseguia dar um murro como os gêmeos.

Eu caí em cima dele, dando um soco atrás do outro.

— Nunca mais! Olhe! Pra minha esposa! De novo! — gritei, batendo nele a cada palavra.

Quando o sangue começou a escorrer, não parei. Depois de um soco direto no maxilar, Brandon voou, com os pés para o alto, e pousou com um baque. A multidão reagiu com um *"OH!"* coletivo.

Brandon se esforçou para ficar de pé e, quando conseguiu, estendi as mãos para o lado.

— Você ainda acha que é o melhor, seu babaca arrogante?

Brandon me deu um soco, me jogando para o lado. Segurei meus joelhos, sentindo a porrada no maxilar, e a vibração do impacto ainda estava na minha cabeça.

— Travis? — chamou Abby atrás de mim.

Eu me levantei, respirando com dificuldade, com o dedo indicador levantado.

— Esse foi o seu primeiro.

A multidão explodiu e eu caí para matar, grudando meu punho no seu rosto, minha bota no seu estômago, derrubando-o no chão. Em seguida, saltei em cima dele, dando o máximo a cada soco.

— Chega, Travis — gritou Thomas.

Segundos depois, fui tirado de cima dele e levado para longe, mas não foi pela minha família, e sim pela polícia do campus. Meus irmãos estavam prestes a intervir, mas Thomas os impediu.

Limpei o sangue da boca, depois cuspi vermelho no chão, encarando o Brandon.

Ele se arrastou devagar para ficar de pé, respirando com dificuldade, sangrando pelo nariz quebrado e pela boca arrebentada.

— Obrigado — disse ele, rindo. — Eu sabia que você não ia me decepcionar.

A polícia do campus algemou nós dois enquanto a multidão se dispersava.

— Travis? — chamou Abby.

Pisquei para ela.

— Vai ficar tudo bem. Vejo você em breve.

Ela assentiu enquanto Trenton a puxava para trás e a abraçava de lado.

— A gente cuida dela. Se preocupa só com você.

Fiz que sim com a cabeça, depois um policial me empurrou para a frente, seguindo Brandon e sua escolta até o estacionamento.

Eles pelo menos foram espertos o suficiente para nos colocar em carros separados, e a ida até a delegacia foi curta. Eu meio que esperava que o Thomas e a Liis estivessem nos esperando por lá, mas não estavam. Brandon e eu fomos fichados, depois trancados em celas vizinhas.

Depois que um oficial fechou as barras da minha cela, eu me sentei no banco gelado, feliz por estar sozinho. Meu corpo ainda tremia de raiva. Se alguém estivesse ali para me zoar, eu teria esmurrado essa pessoa também.

— Grades, chefe? Sério? Vocês não atualizaram este lugar desde que foi construído, né?

— Cala a boca, Maddox — disse o oficial, se afastando.

— Você sempre foi um babaca idiota — xingou Brandon do lado dele. Percebi que ele estava apoiado na mesma parede.

— É? Bom, não sou eu que traio a minha esposa grávida, que trepo com a recepcionista e com as clientes nem tive a cara esmagada pelo carma umas trinta e oito vezes.

Brandon riu.

— Eu contratei você, te provoquei com a sua esposa burra e meio bonita e armei pro seu lado. E você caiu na armadilha.

— Armou o que pra mim, Brandon? Você acha que eu não sei que você andou conversando com os agentes federais? Acha que eu não sei que você estava transmitindo aquelas lutas online e ganhando milhões de dólares com apostas ilegais? Sem falar de não pagar impostos sobre nada disso e lavar o dinheiro todo na academia. Um passo à sua frente, sabichão.

— Nada disso importa agora.

Abafei uma risada.

— Importa porque foi você que fez. E, de um jeito ou de outro, você vai ser pego.

— Não vou, não. Eles não sabem de nada. E nunca vão conseguir rastrear. Eu ganhei milhões de dólares com a sua idiotice e vou escapar ileso. Faço essa merda há seis anos e eles nunca viram nem um vestígio. Eu não ganhei milhões. Eu ganhei dezenas de milhões e vou continuar ganhando enquanto você estiver apodrecendo numa prisão federal úmida trocando lanchinhos por dar a bunda. E aí, sabe o que eu vou fazer? Convencer a sua esposa de que você era suspeito o tempo todo e você vai receber cartas dela falando como o meu pau é gostoso. Vou ficar com a academia, com a renda das apostas, a Becca vai puxar o meu saco, e a sua esposa vai implorar pra estar no meu harém. E não tem nada que você possa fazer em relação a porra nenhuma. O que você não sabe, *Trav*, é que eu tenho imunidade.

Eles não sabem do meu envolvimento. Eles estão concentrados em pegar você. Eles só precisavam de um motivo pra te prender e te levar em custódia, e eu dei isso a eles. Vou viver minha melhor vida e você, seu merdinha superconfiante, vai estar fodido.

— Você tem imunidade, é? Eles te deram isso por escrito?

Ele ficou calado por um instante.

— O que você quer dizer? Temos um acordo.

— Você acha que o FBI funciona com apertos de mão? Você pensou, enquanto estava fazendo todas essas negociações, no que nós podíamos oferecer a eles?

Ele caiu na gargalhada.

— Que porra vocês podem oferecer a eles? Eles não conseguem rastrear as minhas merdas. Você é fiel demais pra entregar o Adam, e eles já estão com as bolas dele nas mãos, de qualquer maneira. Ele foi preso na cena do crime e não tem um álibi.

— Você já ouviu falar da Lucky Thirteen? — perguntei.

Brandon hesitou.

— Q-Quê?

— Lucky Thirteen. Uma garotinha de treze anos que era um fenômeno do pôquer. Ela jogava em todas as grandes mesas de Vegas e ganhava. Ela aprendeu com o pai e passou a infância convivendo com a máfia de Vegas. Conhece as transações deles, como agem, com quem fazem negócios. Meio que uma pequena fodona, se você quer a minha opinião.

— Sua historinha está me matando de tédio, Maddox.

— O pai dela é Mick Abernathy.

— E daí?

Eu sorri, querendo poder ver a cara dele.

— O nome dela é Abby.

Ele ficou em silêncio de novo.

— Aonde você quer chegar?

— Aonde eu quero chegar é que... a minha esposa é a Lucky Thirteen. Ela tem contatos com a máfia de Vegas. Quando o FBI descobriu isso, eles desistiram de tentar me prender e começaram a implorar pra entrar pra minha lista de melhores amigos. Me fala, Brandon, quem tem as melhores conexões? Você pode me entregar pra eles. Eu posso entregar os chefes do crime organizado.

— Você... Você é cheio dessas historinhas de merda, Maddox — disse Brandon, com uma pitada de pânico na voz. — Um de nós vai pra prisão, e não sou eu.

Uma porta se abriu e dois policiais entraram por ela, seguidos por Thomas e Liis. Eles estavam de terno, exalando seriedade.

Brandon cambaleou e se levantou, segurando uma grade com cada mão.

— O que é isso? — perguntou ele.

Um oficial abriu a minha cela, e eu saí.

— Você está livre — disse o oficial.

— O quê? — perguntou Brandon. — O que você quer dizer com ele está livre? Sou eu que tenho imunidade!

Ele tentou arrancar as grades, mas não foi a lugar nenhum. Seus olhos se alternaram entre mim, Thomas e Liis, que estava mostrando seu distintivo pendurado por uma corrente fina no pescoço.

Thomas me deu um tapinha nas costas.

— Muito bem. Conseguimos tudo que precisávamos.

— Espera. O seu irmão é... Espera um segundo! — gritou Brandon.

Fui na direção do Brandon, me aproximando com um sorriso presunçoso.

— Não se trata do que você sabe, e sim de quem você conhece, não é mesmo? — Dei uma piscadinha para ele, depois segui os oficiais até a saída.

Thomas e Liis pararam ali, e meu irmão enfiou as mãos nos bolsos da calça.

— Não podemos sair assim. Eles vão fazer perguntas.

— Entendido — respondi.

Thomas acenou com a cabeça para mim.

— Cuida desse olho aí.

— Pode deixar — falei, empurrando a porta. Minha esposa e minha família estavam esperando por mim, com sorrisos largos enquanto eu me aproximava.

Abby não me esperou chegar perto. Ela correu na minha direção e pulou, envolvendo as pernas na minha cintura, pressionando os lábios nos meus com toda a força.

— Feliz aniversário! — Ela me beijou várias vezes, depois jogou os braços ao redor meu pescoço, apertando. — Ai, meu Deus, eu estava com tanto medo de não poder falar isso pessoalmente hoje. Você está bem? — perguntou ela, recuando para olhar nos meus olhos.

— O Brandon era uma questão importante a ser resolvida. Eu o fiz admitir tudo, e agora eu tenho imunidade.

— Sério? — perguntou ela.

Eu a coloquei no chão.

— Sério. Vamos pra casa em liberdade.

Ela me abraçou de novo, depois meus irmãos nos cercaram com braços dados como uma fortaleza sólida e confiável dos Maddox.

— Não sei o que está acontecendo — disse Trenton —, mas parece que você está livre.

— Estou — respondi, tentando impedir que a Abby fosse esmagada quando eles nos abraçaram com mais força.

Abby me olhou com lágrimas nos olhos, depois me abraçou de novo, encolhendo seu corpo no meu.

— Vamos pra casa — falei.

— Você é a minha casa — disse ela baixinho.

Suas palavras me derreteram. Ela estava se referindo ao que eu tinha falado quando ela tentou me deixar. Não fazia muito tempo que eu tinha implorado por ela de joelhos, na frente de todo mundo que estava nos encarando dentro do refeitório do campus, sem dar a mínima para o que as pessoas estavam pensando. Nada nem ninguém era mais importante para mim do que a mulher que estava me olhando, com lágrimas nos olhos, sem saber se podia confiar em mim. Naquela época, não parecia certo passar um dia sem Abby Abernathy. Agora, não havia certeza maior para mim do que saber que eu não conseguiria sobreviver sem Abby Maddox.

Segurei seu rosto com as duas mãos, beijando-a como se fosse a primeira vez. Eu estava casado com o amor da minha vida. E, por mais que parecesse clichê, com a minha melhor amiga. Tínhamos o resto da vida juntos, e finalmente podíamos curtir nosso felizes para sempre.

— Não acredito que eu quase estraguei isso — falei. — Que idiota de merda eu fui.

Abby balançou a cabeça.

— Você não tinha como estragar nada. Eu também não. Porque isso... isso é para sempre.

Olhei ao redor para os meus irmãos, cada um abraçado com a sua garota. Inclinei a cabeça na direção do estacionamento.

— Vamos embora dessa porra.

Trenton mostrou o dedo do meio para a delegacia quando se virou, ao mesmo tempo abraçando Camille e encostando o rosto na cabeça dela enquanto os dois caminhavam. Abby me entregou as chaves do carro, que eu destravei com o clique de um botão. Abri a porta para a minha esposa, depois a esperei sentar. Ela deu uma risadinha quando roubei um beijo antes de fechar a porta, depois não perdi tempo correndo até o meu lado.

Ela suspirou quando dei partida no motor, e seus ombros relaxaram. Pus a mão na sua coxa.

— Nós vamos ficar bem. Toda aquela palhaçada acabou.

Ela colocou a mão na minha.

— Eu sei — sussurrou ela. — Finalmente acabou. É quase difícil de acreditar. E eu estou tão orgulhosa de nós, por tantos motivos. Mas sabe do que eu tenho mais orgulho? Mesmo nos nossos piores dias, nós nunca deixamos de amar um ao outro.

Balancei a cabeça.

— Esse dia nunca vai chegar pra mim, Beija-Flor.

Ela sorriu.

— Ninguém poderia me convencer do contrário, nem mesmo você. Eu fiquei pensando no começo, me perguntando por que eu lutei tanto contra isso. Tive que cavar bem fundo e, enquanto você estava naquela cela, percebi que era porque, no passado, eu achava que um amor verdadeiro e duradouro teria que ser perfeito. Mas o que faz o amor durar é ser corajoso o suficiente pra seguir em frente, apesar dos desafios, e confiar que vamos sair mais fortes do outro lado. Eu sabia que não importava o que acontecesse lá dentro... Não sei. Eu simplesmente estava sentindo muita paz. Eu sabia que, não importava o que acontecesse, nós íamos superar. Porque a beleza de tudo é ser quase perfeito.

— Nosso amor é quase belo? — perguntei.

Ela assentiu.

Beijei sua mão, depois observei quando ela sorriu para mim com todas as emoções que eu tinha me esforçado tanto para ver no seu rosto. Amor, contentamento e calma giravam dentro daqueles olhos cinza familiares e insanamente lindos.

— Você nunca vai me convencer de que estar com você não é perfeito, Flor.

Ela apoiou a cabeça no meu ombro e envolveu o meu braço. Saí do estacionamento, seguindo os carros dos meus irmãos até a rua. Ninguém estava com pressa. Todos estavam felizes de ir para casa, e eu fiquei para trás, o último na fila de uma caravana dos Maddox. Um bando de garotos sem mãe, que aparentemente nunca faziam nada certo, sem noção quando o assunto eram relacionamentos e, apesar disso, estavam agora sentados ao lado das mulheres que amavam, quase perfeitos, quase belos e felizes como nunca.

Epílogo

ABBY

Entrei na casa do meu sogro com a minha melhor amiga e ouvi na mesma hora gritos de comemoração da nossa família, incluindo os pais do Shepley, Jack e Deanna, os pais da America, Mark e Pam, as esposas dos Maddox e uma convidada especial da nossa festa de formatura na faculdade: a afilhada do Trenton, Olive.

Trenton a segurava nos braços entre ele e a Camille, sorrindo de orelha a orelha. Todo mundo estava feliz.

Era assim que a vida devia ser, e nós tínhamos conquistado aquilo.

Travis estava na minha frente, levantando uma cerveja para o brinde, e seus irmãos, seu pai e seu tio o imitaram.

— Às formandas mais lindas que já passaram no palco da Estadual de Eastern! — gritou ele. — E ao Shepley.

Todo mundo riu, depois aplaudiu, gritando e concordando.

Ao longo dos últimos dois anos, Travis e eu tínhamos entrado em uma rotina. Depois de se formar, Travis começou a viajar mais e eu ficava em Eakins, terminando a faculdade de contabilidade e fazendo estágio no escritório contábil Becken & Stall.

Sentíamos uma saudade absurda um do outro quando ele não estava em casa, mas a gente deu um jeito de fazer acontecer. Cercada pela família, eu estava exatamente onde sempre deveria estar.

Travis me ajudou a tirar o capelo e depois me abraçou de lado e beijou a minha têmpora. Ele estava todo sorridente desde que tinha voltado para casa na semana anterior.

De todo modo, quando os irmãos estavam reunidos, parecia que tudo estava certo, que estávamos completos, e meu marido ficava quase eufórico.

Todos conversavam, Shepley, America e eu abrimos nossos presentes, depois todos nos sentamos à mesa — e no sofá e a uma mesa de jogos extra — para comer um almoço tardio que Liis e Falyn tinham preparado.

Travis estendeu a mão, distraído, para tocar no meu joelho enquanto provocava o Trenton e falava com os gêmeos sobre a empresa de seguros deles no Colorado.

— Então, Abby... o que você acha de uma revanche hoje à noite? — perguntou Taylor.

— No Pôquer? Não — falei, balançando a cabeça.

A mesa caiu na gargalhada.

— Você não ia ganhar dela, de qualquer maneira — disse Thomas.

Eu me lembrei da primeira vez que joguei na casa do Jim, naquela mesma mesa, cercada de fumaça e sorrisos. Thomas tinha descoberto o meu segredo, me observando com olhos curiosos que nunca deixavam de prestar atenção nos arredores.

Liis era igualzinha e, ao longo dos anos, comecei a perceber mais coisas sobre os dois. Como eles eram parecidos e como às vezes saíam da sala para ter conversas particulares com o meu marido.

Thomas e Travis tinham se aproximado mais, e Liis parecia estar no pacote.

Eu vinha tentando descobrir do que tratavam, mas todos protegiam a amizade entre eles. Não de um jeito que me deixasse desconfortável, mas... curiosa.

— Então, filha — disse Jim, limpando a boca com o guardanapo. — O que temos agora?

— Bom — falei com um suspiro —, a Becken & Stall me ofereceu um emprego.

A mesa toda explodiu. Travis ficou radiante.

— E? — perguntou Falyn com um sorriso.

— E... Estou pensando no assunto.

— A grana não é boa? — perguntou Camille.

— Não... Não, a grana é boa. Muito boa. Eu só preciso resolver algumas coisas antes.

— Tipo o quê? — perguntou Thomas.

Eu me ajeitei no assento.

Olive se inclinou demais na cadeira e caiu para trás, gritando imediatamente o nome do Trenton. Ele correu para ajudá-la a se levantar e ajeitar a cadeira, examinando o cotovelo machucado.

— Ela está bem? — perguntou Jim.

Trenton a levantou nos braços, colocando a mão delicadamente na nuca da menina, que chorava no ombro dele.

— Ela está bem, né, mocinha? Você é durona. — Ele pegou seu cotovelo e o beijou.

Olive fungou e assentiu enquanto ele secava as lágrimas do seu rosto.

— Viu? Já passou! — disse Camille com um sorriso.

— Já terminou, Jim? — perguntou Liis, se levantando para pegar o prato dele. Jim assentiu e ela pegou mais alguns pratos antes de ir para a pia da cozinha.

— Eu ajudo você — falei, me levantando.

— Nada disso, você é a convidada de honra — disse Jim.

— Não posso ficar sentada aqui. A Liis cozinhou!

— Isso significa que eu tenho que ajudar? — perguntou Ellie, séria.

— Não, por favor, não — provocou America.

Peguei mais pratos e segui Liis até a cozinha, deixando a risada da minha família ecoando atrás de mim.

— O Thomas parece muito feliz — comentei, abrindo a torneira.

Liis sorriu, raspando os restos de comida na lata de lixo.

— Acho que sim.

— É muito bom ver ele e o Travis ficando tão próximos.

O sorriso da Liis desapareceu por meio segundo, depois seus olhos se iluminaram.

— É fofo demais.

— Fofo? — comentei com um sorriso torto.

— O que foi?

— Não sei. Você não costuma dizer *fofo*.

Ela deu de ombros.

— Bom, acho que nenhuma outra palavra seria adequada.

O celular da Liis apitou, e ela verificou a tela. Um leve tremor de preocupação nublou o seu rosto, e ela se afastou da pia para fazer contato visual com Thomas, que levantou o olhar do próprio celular, que ele também estava verificando.

Travis também olhava para o dele, com a testa franzida.

Liis guardou o celular e continuou a enxaguar os pratos, e eu reuni coragem para o que ia dizer a seguir:

— O Travis não sabe fazer cara de paisagem... não como você e o Thomas.

Liis parou, com a água ainda correndo nas mãos.

— Quê?

A bancada afundou no meu quadril quando eu me apoiei nela. Cruzei os braços.

— Vamos lá, Liis. Você não acredita mesmo que eu seja tão ingênua assim. O Travis volta dos congressos com o supercílio e o lábio estourados. Hematomas desbotados no maxilar e nas maçãs do rosto. Dedos cortados e inchados.

— Sério? Que estranho — disse Liis, tentando parecer ocupada de novo.

— Sabe o que é estranho de verdade? — perguntei, entrelaçando as mãos na altura da cintura. — Lembra o mês passado, quando o Travis estava na Filadélfia e eu bati o carro de leve? O Kostas veio me ajudar e, enquanto a gente estava esperando a polícia tirar fotos, ele recebeu uma mensagem. Sua.

— Quem?

— Kostas — respondi, observando as engrenagens girando atrás dos seus olhos. — Ele está sempre... por perto. Mas não. É quase como se ele ficasse de olho em mim para o Travis quando ele está viajando.

Liis sorriu.

— Que simpático. Eu posso imaginar o Travis fazendo isso.

— Estranho como ele apareceu e comprou a Iron E da Becca, depois decidiu que o Travis deveria frequentar as convenções. E... ele nunca vai a nenhuma.

— Você acha?

— Sabe quem mais liga pro Kostas de vez em quando? Val Taber.

— Você fica falando esses nomes como se eu devesse conhecê-los.

— Liis — falei, baixando a voz. — Quando você e o Thomas nos visitaram no último Natal, você deixou seu distintivo no cinto. Estava escondido pelo seu paletó, mas, quando você se inclinou pra abraçar o Jim, as luzes refletiram no metal.

Ela olhou para mim e deu uma risadinha.

— Distintivo? Que tipo de distintivo?

— Seu distintivo federal.

Ela caiu na gargalhada.

— Abby! Você me mata de rir!

Estreitei os olhos para ela.

— O Travis só foi liberado porque eles queriam o Brandon no lugar dele? Você não acha realmente que eu seja tão burra. Eu sei tudo o que há pra saber sobre o Mick e o Benny e os capangas dele. Por que você não me pediu pra ajudar? Por que pediu para o Travis?

— Abby...

— Eu quero o meu marido em casa. E você vai me ajudar com isso.

Ela olhou por sobre o meu ombro, depois encontrou o meu olhar.

— Ajudar com o quê?

— Eu vou conseguir informações sobre o meu pai e, depois, sobre o Benny, e você ajuda a fechar esse caso pra eu poder ter o meu marido de volta. Não importa o acordo que você tenha com ele pela imunidade, com ele lutando pro Benny, isso tem que acabar.

— Você não pode estar falando sério.

Fechei os olhos.

— Simplesmente... para — falei, tentando ficar calma. — Para de mentir pra mim. O Travis é obrigado a isso toda vez que sai da cidade. Você vai me ajudar nessa ou eu destruo o seu disfarce.

Liis se aproximou. Eu finalmente tinha conseguido a sua atenção.

— Abby, você não entende como tudo é perigoso. Você pode fazer o Travis ser morto.

Suspirei, finalmente ouvindo a verdade.

— Eu não estava falando do Benny. — Apontei com o polegar para atrás de mim. — Aqueles garotos prometeram ao pai que não iam fazer parte da polícia. Eu sei que é importante o Thomas manter um disfarce. Você me ajuda a ajudar o Travis, e todos podemos continuar fingindo pro Jim.

— Essa é uma *péssima* ideia.

Por menor que a Liis fosse, ela sabia ser intimidadora quando queria, isso eu tinha que reconhecer. Mas eu não ia recuar. Eu tinha demorado muito para descobrir o que estava acontecendo e, agora que eu tinha a confirmação, ia convencê-la a me ajudar.

— O dia de hoje pode terminar de dois jeitos. Ou você e eu fazemos um acordo ou o Thomas vai ter muita coisa pra explicar. E, quando descobrirem que ele recrutou o Travis contra a vontade e ele foi obrigado a mentir pra mim...

— Está bem — disse Liis, irritada. Ela respirou fundo e relaxou os ombros. — Está bem. Mas vai ser uma longa conversa, com muito planejamento e... Meu Deus, eu posso perder o emprego por causa disso.

Lancei um olhar desconfiado para ela.

— Por eu tentar consertar o meu relacionamento com o meu pai? Boa sorte pra quem tentar provar o contrário.

Liis balançou a cabeça.

— Abby, isso é extremamente perigoso. O Travis não ia querer você envolvida.

— Você está falando comigo como se aquelas pessoas não tivessem entrado e saído da minha vida durante toda a minha infância. Eu conheço esses caras melhor do que qualquer outra pessoa, e eu sei como navegar pelo lado sombrio de Vegas. É isso que eu sei. Você devia ter me chamado antes. O Travis não estaria distribuindo socos pra se sustentar... ou seja lá o que diabos ele está fazendo pra vocês.

Liis pensou a respeito.

— Você tem um bom argumento. Mas ainda vamos ter que criar uma estratégia, pensar em todos os possíveis cenários.

— Combinado — respondi. — Obrigada.

Ela fechou os olhos e balançou a cabeça, frustrada.

— Não me agradeça por isso. Isso é... Simplesmente não me agradeça.

Terminamos de lavar a louça em silêncio, depois Jim nos chamou para a sala de estar. Ele estava com duas garrafas de champanhe, andando de um lado para o outro enquanto enchia a taça de todos.

Levantei a mão.

— Estou bem, pai, mas obrigada.

— Você não vai brindar à sua formatura? — perguntou Travis.

— Estou estufada, e champanhe vai piorar tudo.

— Quer mais alguma coisa?

Olhei para o armário de bebidas alcoólicas e balancei a cabeça.

— Vou tomar água. Estou bem, mas obrigada, baby.

Jim levantou a taça.

— Ao meu sobrinho preferido, Shepley, e à nossa querida America, minha sobrinha preferida...

— Sua única sobrinha — provocou ela.

— E, mesmo assim, nossa preferida — disse Jim. — Shepley, você sempre foi a pessoa que manteve a paz. Sem você, não sei aonde o Travis ia parar. Você sempre o compreendeu como ninguém. Você é leal, carinhoso e alguém com quem se pode contar. Você é bom pra sua namorada, pros seus amigos e pra sua família. Você se tornou um homem incrível, e não podíamos sentir mais orgulho. E, America, você é a menina dos olhos do Shepley, você ilumina todos os lugares em que está. Você é uma protetora ardorosa daqueles que você ama. Nós amamos vocês dois e temos muita sorte que o Shep tenha trazido você pra nossa família. Estamos melhor por isso.

— Certíssimo! — disse Jack, levantando sua taça ainda mais alto.

Todos tomamos um gole, e Jim levantou o copo de uísque de novo.

— E Abby... a primeira filha da família Maddox. Nosso pequeno raio de sol. A mulher que é a cola que nos mantém todos unidos, organiza as nossas festas e garante que o seu velho pai tome todas as vitaminas. Nós te amamos, Abby, temos orgulho de você e, se a minha namorada estivesse aqui, Diane diria... parabéns, querida. Você se superou.

— É isso aí! — disse Travis, levantando sua taça mais alto ainda.

Todos tomaram um gole, depois eu levantei o meu copo.

— Jim, as suas palavras, como sempre, são perfeitas. Por favor, me permita acrescentar um brinde bônus à minha melhor amiga.

— Brinde bônus! — gritou Trenton.

Olhei para America.

— Você veio comigo pra Estadual de Eastern pra me manter na linha e você me jogou nos braços do Travis Maddox a cem quilômetros por hora.

Thomas abafou uma risada, fazendo o resto da família cair na gargalhada.

Travis franziu a testa.

— Ei...

— Nós estudamos juntas, andamos até as salas juntas, almoçamos e jantamos e tomamos café juntas, fomos a happy hours juntas, choramos juntas e nos apaixonamos juntas, e os últimos quatro anos com você e com esta família foram a melhor parte da minha vida até agora. Você é muito inteligente, inegavelmente fiel, e você vai ser uma professora do caralho. Parabéns, minha amiga mais que querida. O mundo com certeza é muito melhor com você nele.

Os olhos da America se encheram de lágrimas, depois ela conduziu todos a tomarem outro gole.

— E — recomecei — vocês todos vão ter que me perdoar. Peguei emprestado o próximo brinde do meu marido.

Todo mundo rosnou, mais uma vez ofendendo um pouco o Travis.

— Ei — disse ele.

— Por favor, perdoem o palavrão, mas... — Levantei meu copo. — Aos babacas! E às garotas que partem o coração de cada um. — Levei a palma da mão ao peito, olhando para Travis como quem pede desculpa. Dava para ver que ele estava preocupado com o rumo do brinde, então eu permiti que um sorriso bem discreto suavizasse a minha expressão. — E ao terror absoluto que se sente, quando você odeia ser a porra do centro das atenções, de anunciar para a família toda... que vamos ter bebê.

A sala toda ficou em silêncio, depois todos os olhares se voltaram para Travis, que estava se levantando com uma expressão confusa no rosto.

— Nós vamos... Você está... — gaguejou ele.

Fiz que sim com a cabeça, radiante.

— Estou grávida.

— Você está... — Ele ficou boquiaberto e olhou para todos os rostos da nossa família.

America ofegou, levando a mão até a boca.

Travis me olhou com lágrimas nos olhos.

— Beija-Flor — disse ele, engasgado. — Eu vou ser papai?

Jim fez uma pausa, percebendo o que estava acontecendo, e depois começou a secar os olhos com o dedo indicador e o polegar.

— Eu vou ter um netinho?

Jack o abraçou de lado.

— Parabéns!

Eu assenti mais uma vez, sentindo as lágrimas arderem nos olhos.

— Dois. Dois netinhos.

Todos me olharam, confusos.

— Nós vamos... — Suspirei, também incrédula. — Vamos ter gêmeos.

A família explodiu em gritinhos, uivos e aplausos. America gritou por trás dos dedos.

Jim estava rindo apesar das lágrimas, exultante.

— Dois? — perguntou Travis, levantando os dedos. Fiz que sim com a cabeça, e seu lábio inferior tremeu. Em seguida, ele se ajoelhou devagar, me abraçando na altura da cintura.

Apoiei a cabeça do Travis até ele recuar e beijar a minha barriga.

— Oi, bebês — falou ele baixinho.

Meus lábios formaram uma linha fina e meu rosto desabou. Eu já tinha visto Travis com raiva, apaixonado, temendo pela nossa vida, preocupado e em paz. Observá-lo enquanto ele se dava conta de que ia ser pai era o melhor de tudo.

Ele se levantou e segurou o meu rosto, me beijando várias vezes. Sequei as lágrimas das bochechas dele, depois ele secou as minhas antes de se virar para o pai.

— Você vai ser vovô!

— Vou sim, caramba! — gritou Jim, abraçando nós dois.

A família comemorou de novo, depois se revezou para nos parabenizar. Nós nos abraçamos, nos abraçamos e nos abraçamos mais um pouco.

Minhas irmãs estavam chorando, depois meus irmãos também começaram a derramar lágrimas de felicidade.

Eu tinha sonhado com aquele momento durante toda a minha infância. O amor que eu senti de todas as pessoas naquela sala era minha maior esperança e, considerando que eu tinha me apaixonado por um homem imprevisível e de temperamento explosivo, um mulherengo tatuado, um homem que ninguém jamais imaginou que um dia fosse se casar, a minha vida era mais linda do que o desejo mais perfeito que eu pudesse ter feito.

Agradecimentos

À minha mãe, que me apoiou de várias maneiras no ano em que escrevi este livro. Você é altruísta, paciente e me ensinou a ser a mulher determinada e independente que sou, e me ensinou também que eu posso encarar qualquer desafio e sair dele mais forte e mais sábia. Obrigada por sempre estar ao meu lado.

A Jessica Landers, por tudo. Você administra os meus negócios, meu dia a dia, e literalmente salvou a minha vida este ano — um dos mais difíceis da minha existência — mais de uma vez. Você nunca se cansa das minhas ligações chorosas madrugada adentro, e não tem medo de exigir que eu não desista. Você é compassiva, mas sabe quando amar de um jeito duro. Não existem "obrigadas" suficientes no mundo para fazer jus ao tipo de amiga que você tem sido para mim. Estou aqui hoje por sua causa, e isso não é um ato insignificante de gentileza.

Às minhas melhores amigas das noites de quarta-feira, nossas histórias semanais me ajudaram a atravessar muitos momentos sombrios no último ano. Eu não fazia ideia, quando comecei um serviço de assinaturas para ler capítulos do meu livro uma vez por semana, que ia desenvolver amizades para toda a vida. O apoio de vocês tem sido inestimável para mim. Agradeço por seu amor e compreensão, seu encorajamento e conselhos.

Ao Mark, meu sócio, amigo querido e irmão. Seus conselhos e encorajamento têm sido inestimáveis, obrigada por sempre me proteger.

À Hailey, você é a melhor filha que uma mãe poderia desejar. Você é tudo que eu sempre quis ser, você me inspira diariamente e você me apoiou e me abraçou durante umas noites muito longas. Eu te amo mais do que jamais poderei expressar.

Impresso no Brasil pelo Sistema Cameron da Divisão Gráfica da
DISTRIBUIDORA RECORD DE SERVIÇOS DE IMPRENSA S.A.